I0722207

EIN

Vampir

OHNEGLEICHEN

Buch Eins

Englische Bücher von R. A. Steffan

The Circle of Blood Series

Circle of Blood: Books 1-3
Circle of Blood: Books 4-6

The Last Vampire World

The Last Vampire: Books 1-3
The Last Vampire: Books 4-6
Vampire Bound: The Complete Series, Books 1-4
Forsaken Fae: The Complete Series, Books 1-3
The Sixth Demon

The Eburosi Chronicles

The Complete Horse Mistress Collection
The Complete Lion Mistress Collection
The Complete Dragon Mistress Collection
Master of Hounds

The Love and War Series

Antidote: Love and War, Book 1
Antigen: Love and War, Book 2
Antibody: Love and War, Book 3
Anthelion: Love and War, Book 4
Antagonist: Love and War, Book 5

EIN

Vampir

OHNEGLEICHEN

Buch Eins

R. A. STEFFAN & JAELYNN WOOLF

Ein Vampir Ohnegleichen: Buch Eins

Copyright © 2022 von OtherLove Publishing, LLC
Alle Rechte vorbehalten

Aus dem Englischen von Marijke Kirchner, Aberdream Media

Lektoriert von Liane Baumgarten

Umschlaggestaltung durch
Deranged Doctor Design

ISBN: 978-1-955073-59-2 (paperback)

Für Informationen kontaktieren Sie den Autor unter http://www.rasteffan.com/contact/

Erste Auflage: August 2022

INHALTSVERZEICHNIS

KAPITEL EINS

ICH WAR SECHS JAHRE ALT, als ich lernte, dass Menschen keine blutenden, klaffenden Wunden an der Brust haben sollten. Das war ein Anblick, den man nicht noch einmal sehen wollte – und doch war ich hier und starrte auf den leblosen Körper hinunter, der wie eine ausrangierte Marionette in meinem Gartenhaus lag.

Ich wollte nur meinen verdammten Rasen mähen. Es sollte später an diesem Tag regnen und das hohe Gras im Garten sah schon jetzt ungepflegt aus. So vieles in meinem Leben schien außer Kontrolle geraten zu sein – war es zu viel verlangt, einen gepflegten Garten zu haben? Ich spürte, wie meine Gedanken rasten, wie Panik aufkam und drohte, mich an jenen längst vergangenen Herbsttag zurückzuversetzen, an dem ich – als kleines Mädchen – in einer einzigen Sekunde meine Unschuld und meine Mutter verloren hatte.

Mein Unbehagen hatte in dem Moment begonnen, als ich das aufgebrochene Vorhängeschloss an der Schuppentür bemerkte. Dieses flaue Gefühl im Magen, die Erkenntnis, dass jemand in meinen Sachen herumgestöbert hat und wahrscheinlich das gestohlen hat, was am wertvollsten aussah. In diesem Fall war das mein Rasenmäher. Abgesehen von diesem und dem Rasentrimmer enthielt der Schuppen hauptsächlich eine Sammlung selten benutzter Gartengeräte, die schon bessere Tage gesehen hatten.

In der Erwartung, dass ich Geräte im Wert von ein paar hundert Dollar verloren hatte, öffnete ich die Tür und spähte hinein. Die gute Nachricht war, dass der Rasenmäher noch da war, ebenso wie der Rasentrimmer und der Benzinkanister.

Die schlechte Nachricht war, dass mir der Zugang zu ihnen durch den leblosen Körper eines Mannes mit einer klaffenden Schusswunde an der Brust versperrt wurde. Er schien Anfang dreißig zu sein, hatte zerzaustes schwarzes Haar, das etwas länger war, als es der Mode entsprach, und ein Gesicht, das einem Kunstwerk von Raffael oder Michelangelo glich. Hätte einer der alten Meister einen dunklen Engel gezeichnet, so hätte er wie dieser Mann ausgesehen – schön, gefährlich, *tragisch*.

Er trug eine schwarze Jeans, Kampfstiefel, ein weißes maßgeschneidertes Hemd mit ein paar offenen Knöpfen und eine schwarze Lederjacke, die vorne offen war. Das Hemd war zerrissen und blutgetränkt – der Fleck bedeckte den gesamten Brust- und Bauchbereich.

Ich schluckte schwer.

Ich würde gerne sagen, dass ich sofort in Aktion getreten bin, seine Lebenszeichen überprüft habe und zurück ins Haus gerannt bin, um mein Handy zu holen, um die Polizei zu rufen. Die Wahrheit war aber, dass ich sehr lange wie erstarrt dastand und meine Gedanken wie verängstigte, flatternde Spatzen ins Land der PTBS flogen.

Es war niemand anderes in Sichtweite. Jedes Haus in dieser Gegend hatte einen Sichtschutzzaun um den Garten, und der ein Meter achtzig hohe Lattenzaun erweckte den Eindruck von Abgeschiedenheit. Ich konnte keine Anzeichen für ein gewaltsames Eindringen auf das Grundstück erkennen und konnte mir nicht erklären, wie er hierhergekommen war. Das Tor zum Garten war geschlossen und verriegelt und am Holzzaun waren keine blutigen Flecken oder Handabdrücke zu sehen.

Schließlich riss ich mich aus der lähmenden Panik und ging in die Hocke – mit schlotternden Knien. Zitternd streckte ich eine Hand aus, während mir übel wurde, und drückte drei Finger an den Hals des Mannes, wie ich es im Fernsehen gesehen hatte. Trotz der milden Nachmittagsluft fühlte sich seine Haut kühl an – viel kühler, als sie hätte sein dürfen. Ich konnte das verräterische Pochen eines schlagenden Pulses nicht spüren, obwohl ich die Seite seines Halses gründlich abtastete.

Um sicherzugehen, hielt ich meine Hand nah über seine Nase und seinen Mund und überprüfte einige Sekunden lang seine Atmung. *Nichts.* Der dunkle Engel in meinem Geräteschuppen war längst tot und sein Körper kühlte zu der marmornen Statue ab, mit der ich ihn im Geiste verglichen hatte.

Ich fühlte mich ohnmächtig. Verängstigt. Nutzlos. Mit einem Mal wurde mir klar, dass ich in Gefahr sein könnte. Hatte der Mörder ihn hierhergebracht, um die Leiche zu verstecken? Schlich auch jetzt ein Verrückter mit einer Pistole um meinen Garten, bereit, alle möglichen Zeugen zum Schweigen zu bringen?

Mein Herz, das bisher in einem erschrockenen, erstarrten Rhythmus gehämmert hatte, schlug nun im dreifachen Tempo. Ich schoss in die Höhe, wich taumelnd von der Schuppentür zurück, war wie erstarrt, denn ich war mir sicher, dass in diesem Moment ein Mörder auf der anderen Seite des baufälligen Gebäudes lauerte – außerhalb meiner Sichtweite. Ich schüttelte den Kopf und versuchte, mich zu konzentrieren, denn die Kopfschmerzen, die mich den ganzen Tag über geplagt hatten, pochten im Takt mit meinem donnernden Puls.

Ich musste meinen Scheiß auf die Reihe kriegen. Ich war dabei, durchzudrehen, und ich musste gut überlegen, was ich als Nächstes tun sollte. Wer immer das getan hatte, war wahrscheinlich schon lange weg. Wenn jemand einen Toten auf deinem Grundstück ablädt, sicherst du den Tatort, so gut du kannst und rufst die Polizei, ermahnte ich mich selbst. Ich konnte diese Dinge tun – das war nicht so schwer.

Also … sichere den Tatort, forderte ich mich auf.

Ich trat aus dem Schuppen, schloss die Tür und sah etwas *Unfassbares* – der Riegel war unbeschädigt. Das Vorhängeschloss, das den Geräteschuppen sichern sollte, war aufgebrochen worden, aber als ich den Bügel durch den Riegel fädelte und ihn zumachte, war es nicht sehr offensichtlich, dass er beschädigt war.

Ich warf einen letzten ängstlichen Blick durch den Garten, der immer noch leer und ruhig war, aber brachte nicht den Mut auf, hinter den Schuppen zu sehen, ob dort ein Mörder hockte. Stattdessen zog ich mich zur gläsernen Terrassentür zurück, riss sie auf und schlich ins Haus hinein, bevor ich sie schloss und fest verriegelte. Warum zum Teufel hatte ich nie auf Dad gehört, als er mir riet, ein Brett zu kaufen, das ich als zusätzliche Sicherheitsmaßnahme in die Schiene der Tür klemmen konnte?

Mit tiefen, ruhigen Atemzügen eilte ich in die Küche und nahm mein Handy vom Tresen. Ich war sechsundzwanzig Jahre alt und musste zum ersten Mal den Notruf wählen, wurde mir klar.

„*Eins-eins-null. Was ist Ihr Notfall?*", antwortete eine Stimme am anderen Ende der Leitung prompt – sie klang gelangweilt.

„Hallo. Da ist … äh … da ist eine Leiche in meinem Gartenschuppen. Ich wollte gerade den Rasen mähen und …"

„*Ihr Name, bitte?*"

„Zorah Bright." Ich buchstabierte es, um der unvermeidlichen Frage nach dem ‚h' in meinem Namen zuvorzukommen.

Die Frau ratterte meine Handynummer von der Anrufer-ID herunter und bat mich, ihre Richtigkeit zu bestätigen.

„Das stimmt", sagte ich.

„*Adresse?*", fragte sie und klang dabei immer noch so, als wünschte sie sich, ihre Schicht würde schnell zu Ende gehen.

„Drei-achtzehn Evian Street, St. Louis, sechs-drei-eins-eins-acht.“

„Danke. Brauchen Sie einen Krankenwagen?“

Ich blinzelte. „Nein … eigentlich nicht. Der Typ ist tot.“

„Haben Sie seine Lebenszeichen überprüft?“

„Ja“, sagte ich. „Seine Haut ist kalt. Kein Puls. Keine Atmung. Ein großes Loch in seiner Brust.“

Meine Übelkeit nahm zu und mir wurde schwarz vor Augen.

„Die Polizei und der Rettungsdienst sind auf dem Weg zu Ihnen.“

Schon wieder redete sie vom Krankenwagen … Ich fragte mich, ob sie von vielen Leuten hört, die leblose Körper melden, die sich als nicht tot herausstellen.

„Okay“, sagte ich und legte auf.

Ich fühlte mich zittrig und aufgedreht. Wenn ich mich hinsetzen müsste, würde ich mit Sicherheit in fünf Minuten aus meiner Haut fahren, also ging ich auf und ab. Ich war mir nicht sicher, wie lange ich warten musste. Eigentlich sollte der Rettungsdienst in wenigen Minuten vor Ort sein, aber ich hatte vor nicht allzu langer Zeit in den Lokalnachrichten einen Bericht darüber gesehen, wie lang die Polizei in der Stadt brauchte, um zu reagieren. Manchmal brauchten sie eine halbe Stunde oder länger. Die Moderatoren im Fernsehen diskutierten hin und her, inwieweit das Problem auf schlechtes Management oder auf unzureichende Mittel aus dem Bundeshaushalt zurückzuführen war.

Unabhängig von der Ursache des Problems war die praktische Konsequenz, dass es eine Weile dauern könnte.

Vielleicht würde das Warten dem Mörder, der sich in meinem Garten versteckte, genug Zeit bieten, sich davonzuschleichen, sodass die ultimative polizeiliche Konfrontation irgendwo anders als auf meinem Grundstück stattfinden könnte. Vorzugsweise an einem Ort, der weit, weit weg von hier ist.

Wie besessen überprüfte ich die Zeit auf meinem Handy, während ich trotz meines pochenden Kopfes und meines schmerzenden Körpers immer noch auf und ab ging. Die Sieben-Minuten-Marke war gerade überschritten, als ich hämmernde Geräusche hörte. Ich erstarrte, meine Füße waren plötzlich auf dem abgenutzten Parkettboden wie angewurzelt. Das war nicht das Hämmern von Polizeibeamten an meiner Haustür. Es waren keine Sirenen zu hören, und das Geräusch kam von der Rückseite des Hauses, nicht von der Vorderseite.

Mit klopfendem Herzen schlich ich mich zur Terrassenschiebetür. Es war nicht das Geräusch einer Faust gegen Glas. Eher der Lärm eines Nachbarn, der an irgendeinem Bauprojekt arbeitete. Aber ... es hatte sich näher angehört. Ich schlich mich hinüber zu der Wand neben der Glastür und kam mir irgendwie lächerlich vor, als ich schnell einen Blick in den Garten warf.

Nichts.

Ich hörte wieder das Klopfen und warf einen längeren Blick in den Garten, jetzt nicht mehr so sehr darauf bedacht, mich zu verstecken.

Ein weiteres Klopfen.

Mein Blick wurde magisch von meinem Gartenschuppen angezogen.

Klopf, klopf.

Die Schuppentür klapperte bedrohlich in ihren Angeln. Der Riegel öffnete sich und eines der Scharniere löste sich.

Und dann ... sprang die Tür auf.

Mit offenem Mund starrte ich wie eine Idiotin auf den Schuppen und sah zu, wie eine Gestalt aus der zerfetzten Tür trat. Die Vorderseite seines zerrissenen weißen Hemdes war rot gefärbt und ging an den Rändern in einen dunkleren Rostton über. Er taumelte ein wenig und hielt sich mit einer Hand am Türrahmen fest, während er sich umschaute und offensichtlich orientierungslos war.

Zielsicher ... unweigerlich ... blieb sein Blick an der Glasschiebetür haften. Er schaute mich durch seine zu langen schwarzen Haare direkt an. Selbst aus dieser Entfernung konnte ich sehen, dass seine Augen die gleiche Farbe hatten wie das Eis im Zentrum eines Gletschers – sie waren von einem Blau, das so kalt und brillant war, dass es von innen heraus zu glühen schien.

Ich stand unbeweglich da, als er sich mir näherte, und seine Augen fixierten mich wie eine Kobra, die ihre Beute fesselt.

Er war tot gewesen. Da war ich mir sicher. Er hatte ein verdammtes *Loch* in seiner verdammten *Brust* um Himmels willen. Und *warum wollten sich meine Füße nicht bewegen?* Er blieb auf der anderen Seite der Tür stehen und wir betrachteten uns durch die fadenscheinige Glasbarriere. Seine Augen leuchteten immer noch in diesem unnatürlichen Blau.

„Mach die Tür auf."

Seine Stimme war gedämpft, aber nicht so sehr, dass ich nicht einen dahinschmelzenden britischen Akzent hätte heraushören können. Meine Hand hob sich im Schneckentempo zu dem kleinen Hebel, der das Schloss verriegelte, ohne dass ich darüber nachdachte. Ich keuchte, als ich realisierte, was ich da tat und riss meine Hand gerade noch rechtzeitig zurück, entsetzt über mich selbst. Ich wäre einen Schritt zurück gewankt, aber meine Füße waren noch wie festgeklebt.

Seine Stirn runzelte sich, als hätte ich ihn überrascht und zwei winzige Fältchen durchzogen die perfekten Züge seines Gesichts. „Also gut", murmelte er und hob eine Hand zum Türgriff. Er gab ihm einen einzigen scharfen Ruck, und das unzureichende Schloss sprang auf, während die Schiebetür durch die von ihm ausgeübte Kraft ein wenig in der Schiene hüpfte.

Er trat über die Schwelle und sah mich stirnrunzelnd an. Seine Haut sah aus wie Alabaster, so blass war sie.

Lauf, dachte ich wütend. *Was stehst du hier noch herum, du Idiotin? Lauf weg!*

„Entschuldige hierfür, Darling." Seine Stimme war leise – vielleicht sogar ein wenig abgelenkt. Er legte seine Hand sanft um meinen Nacken. Seine Haut hatte immer noch diese unnatürliche Kühle inne. „Normalerweise esse und verschwinde ich danach nicht einfach."

Mir lief ein Schauer über den Rücken, als er mich ansah – wir waren uns so nah. Ich öffnete den Mund, aber meine Stimme hatte sich anscheinend gleichzeitig mit der Kontrolle über meine Gliedmaßen verabschiedet. Ich konnte meinen Blick von seinen glühenden blauen Augen nicht abwenden.

Er strich über mein Haar im Nacken und streichelte mich zärtlich am Hals, wie es ein Liebhaber tun würde. „Kämpfe nicht gegen mich an. Hab keine Angst. Ich gebe dir mein Wort – du wirst dich an nichts erinnern, wenn ich weg bin."

Ich starrte ihn an.

Du wirst dich an nichts erinnern?

Nein. Ich weigerte mich. Ich vermochte vielleicht nicht die Kontrolle über meinen Körper haben, aber ich würde meinen Geist *nicht* aufgeben. Seltsamerweise konnte ich immer noch nicht sprechen, um es ihm zu sagen. Was zum Teufel war mit mir los?

Wie ein Schatten schlich er um mich herum und ließ nur einen Zentimeter Platz zwischen uns. Die einzige Stelle, wo er mich berührte, war mein Nacken und trotz seiner eiskalten Hand entfachte er auf meiner Haut eine brennende Hitze. Seine Finger verstrickten sich in meinen dichten, dunklen Locken, und er nutzte seinen Griff, um meinen Kopf zur Seite zu neigen. Meine Kopfhaut kribbelte als Reaktion auf das sanfte Ziehen.

Seine Lippen schlossen sich von hinten um meinen Hals. Seine Zähne knabberten, suchten nach der zartesten, verletzlichsten Haut. Ein leises Geräusch entkam meiner vor Schock zugeschnürten Kehle. Es war die Art von Geräusch, die sowohl

Liebhaber als auch gefangene Beute von sich gaben, und ich konnte mich nicht daran erinnern, es jemals zuvor gemacht zu haben.

Es bohrte sich etwas Scharfes in meine Kehle. Ich spürte zwei Einstiche, die höllisch schmerzten, und dann verwandelte sich dieser Schmerz in eine betäubende Hitze, noch bevor ich mich mit einem Keuchen befreien konnte. Das Keuchen verwandelte sich in ein Stöhnen. Ich wäre ins Schwanken geraten, aber eine zweite Hand hielt mich fest im Griff. Ein tiefes, ziehendes Gefühl schien direkt von meinem Hals zu einer Stelle in meinem Unterleib zu rauschen – mir wurde ganz warm, vielleicht war ich sogar etwas feucht. *Hör auf*, versuchte ich meinem Körper zu sagen. *Das sollte dir nicht gefallen – was zum Teufel ist los mit dir?*

Was ist los mit *dir*? Diese Frage hatte ich schon viel zu oft gehört und nie eine befriedigende Antwort darauf erhalten. Im Moment erregte mich unbestreitbar etwas, das man als Übergriff bezeichnen konnte, und ich glitt in einen Zustand glückseliger Benommenheit, der an den Nebel nach einem Orgasmus erinnerte.

Ein völlig Fremder hatte sich in meinem Hals festgebissen und trank mein Blut. Ich wusste, wie der Anblick, den wir darboten, aussehen musste, und ich wusste, wie unmöglich es war, dass es tatsächlich so war, wie es aussah. Es war mir aber egal.

Es war mir egal, dass es offensichtlich Vampire wirklich gab. Es war mir egal, dass dieser Typ mich mit Leichtigkeit umbringen konnte. Es war mir egal, dass ich schamlos stöhnte und einem völlig

Fremden immer mehr von meinem Blut überließ, während ich mich dem wirbelnden Vergnügen entspannt und voller Akzeptanz hingab.

Aber es störte mich trotzdem ein wenig, dass ich das alles vergessen sollte, sobald der Fremde weg war.

Das wird nicht passieren, ermahnte ich mich mit Nachdruck.

Schwindelgefühle überkamen mich bereits, als ich spürte, wie sich die spitzen Zähne in meinem Hals lösten – ein unangenehmes Gefühl inmitten der wohligen Wärme. Seine Lippen und seine Zunge linderten den Schmerz der wunden Stellen, und das Gefühl rückte in weite Ferne, während das beharrliche Schwindelgefühl mehr und mehr meine Aufmerksamkeit in Anspruch nahm.

„Ruhig, ganz ruhig", sagte eine tiefe Stimme. Er legte mich auf den Boden, aber die neue Position stoppte das Schwindelgefühl nicht. „Es tut mir aufrichtig leid, dass ich dich belästigt habe. Ruh dich ein wenig aus und vergiss, dass ich jemals hier war."

Ich war mir vage bewusst, wie seine Finger mir meine wilden Locken aus dem Gesicht strichen.

„Nein", röchelte ich, selbst als die Dunkelheit des Schlafs – oder vielleicht der Bewusstlosigkeit – mich einholte. Aus der Ferne nahm ich das Geräusch der Terrassentür wahr, die auf und zu geschoben wurde.

Nein. Ich werde nicht vergessen.

KAPITEL ZWEI

„MISS? *HALLO*! Können Sie Ihre Augen für mich öffnen?"

Als ich die Augen aufschlug, sah ich zwei Polizisten, die sich über mich beugten – einen Mann und eine Frau. *Hm*? Ich drehte meinen Kopf erst auf die eine, dann auf die andere Seite und versuchte, mich zu orientieren. Ich lag … auf dem Boden, in einem Raum, der mein Esszimmer wäre, wenn ich tatsächlich einen Esstisch hätte.

Warum lag ich auf dem Boden?

Ich hatte irgendeinen verrückten Traum.

„Miss?" Es war die Polizistin, deren Tonfall einen Hauch von Sorge verriet.

„Ja, ich bin …", begann ich, nur um dann auf der Suche nach den richtigen Worten abzubrechen. *Okay* schien irgendwie nicht wirklich zu passen. „… wach", beendete ich lahm.

„Sind Sie Zorah Bright?", fragte die Frau.

„Ja", antwortete ich.

„Erinnern Sie sich, was passiert ist?", fragte der Polizist neben ihr. „Sie haben den Notruf gewählt."

Ich blinzelte und begann, die Puzzleteile in meinen verwirrten Gedanken wieder zusammenzusetzen. Dann setzte ich mich abrupt auf, wobei jeder Muskel in meinem Körper gegen die Bewegung protestierte. Mein Kopf schwirrte, und die Polizistin streckte eine Hand aus, um meine Schulter zu stützen.

Der Mann … in meinem Schuppen … er war nicht tot gewesen. Er hatte die Tür aufgebrochen und …

Meine Hand flog an die Seite meines Halses. Die Haut fühlte sich glatt und unversehrt an. Ich rieb darüber und versuchte, mich zu erinnern.

„Ganz ruhig, Ms. Bright", sagte der Polizist. „Wir haben an der Haustür geklopft, aber es kam keine Antwort. Also haben wir einen Blick durch die Fenster geworfen und gesehen, dass Sie vor der Terrassentür zusammengebrochen sind. Sie war nicht verschlossen."

Von der Straße aus näherten sich Sirenen.

„Das wird der Krankenwagen sein", sagte die Frau. „Hol die Sanitäter rein."

„Nein!", sagte ich schnell, während sich meine Gedanken im Kreis drehten. Ich konnte mir keine Fahrt im Krankenwagen leisten, geschweige denn einen Besuch in der Notaufnahme. Und wenn ich versuchte, jemandem zu erzählen, was passiert war, konnte ich von Glück reden, wenn ich nicht in einer Zwangsjacke landete. Wurden heutzutage noch Zwangsjacken verwendet?

Ich schüttelte meinen Kopf, um wieder klarer zu denken, aber stattdessen fühlte es sich an, als wäre mein Gehirn geschmolzen und würde in meinem Schädel herumschwappen.

„Nein", sagte ich etwas ruhiger. „Ich brauche die Sanitäter nicht."

Es bestand tatsächlich die Möglichkeit, dass ich die Rettungssanitäter brauchte, aber ich konnte diesen Weg jetzt nicht einschlagen.

„Sie sind zusammengebrochen", sagte die Polizistin sanft.

Ich dachte schnell nach. „Nein, ich ... glaube, ich bin nur ohnmächtig geworden. Das passiert manchmal. Niedriger Blutdruck." Ich schluckte, räusperte mich – meine Kehle war trocken. „Ich muss mich nur, äh, einen Moment ruhig hinsetzen."

Ihr Partner half mir auf die Beine und führte mich zu einem der Barhocker vor den Teil der Küchentheke, den ich als Tisch benutzte. „Wissen Sie noch, was passiert ist?", fragte er.

Ich blickte zwischen den beiden hin und her und stellte fest, dass die Frau einen Stift und einen Notizblock hervorgeholt hatte, um einen Bericht zu schreiben. Wieder tanzte in meinem Kopf die Vorstellung, in eine psychiatrische Klinik eingewiesen zu werden. Vor meiner Haustür stand sogar ein Krankenwagen, der mich nach Crazytown bringen würde.

Es klopfte mehrmals an der Eingangstür.

„Ich werde ihnen sagen, was los ist", murmelte der Polizist und ging auf die Eingangstür zu.

Ich wandte mich an die Frau und räusperte mich. „Richtig. Also ... wie ich der Telefonistin sagte, ging ich zum Schuppen, um meinen Rasenmäher zu holen, und als ich näher kam, sah ich, dass das Vorhängeschloss aufgebrochen war."

„Wurde der Bügel durchtrennt?", fragte die Frau und schwieg, um sich Notizen zu machen. „Etwa mit einem Bolzenschneider?"

Ich schüttelte den Kopf. „Nein. Er war nur … aufgerissen worden, schätze ich."

Sie hob eine Augenbraue und machte sich eine weitere Notiz, sagte aber nichts dazu.

„Die Tür stand einen Spalt offen, aber nur ein paar Zentimeter", fuhr ich fort. „Ich öffnete sie und da sah ich den Mann mit der Schusswunde an der Brust."

„Können Sie ihn beschreiben?"

Weitere Erinnerungen wurden wach. „Äh … er war weiß … in den Dreißigern? Er hatte dunkles Haar, trug eine schwarze Jeans, ein weißes Hemd und eine schwarze Lederjacke. Seine Augen waren blau …"

Sie sah wieder auf. „Seine Augen waren offen?"

Ich zögerte … „Nein, sie waren geschlossen. Vielleicht habe ich sie später gesehen. Oder … vielleicht dachte ich nur, sie wären blau."

Sie unterdrückte einen Seufzer. „Fahren Sie fort."

„Er wurde offensichtlich in die Brust geschossen. Es war eine Menge Blut zu sehen. Ich fühlte seinen Puls und hielt meine Hand über seinen Mund und seine Nase, um die Atmung zu prüfen. Ich konnte nichts spüren, also schloss ich die Schuppentür und brachte das zerbrochene Schloss wieder am Riegel an, um sie geschlossen zu halten. Dann rannte ich ins Haus und rief die Polizei."

Sie nickte, während sie weiter schrieb. „Und was geschah dann?"

Ich wusste, dass dies der schwierige Teil sein würde. „Ich wartete im Haus auf die Polizei – ich glaube, es waren etwa sieben Minuten vergangen. Ich hörte ein Hämmern im Garten. Als ich durch die Terrassentür hinausschaute, sah ich, wie die Tür des Schuppens in den Angeln wippte. Sie sprang auf und … nun ja … ich muss wohl in Ohnmacht gefallen sein."

Als ich den letzten Teil meiner Geschichte erzählte, fiel mir eine Bewegung im Garten auf, die mich aufschreckte. Der zweite Polizist stöberte im Schuppen herum, untersuchte die Tür und spähte wieder in das muffige Innere. Die Frau beendete ihre Arbeit und ließ das Notizbuch sinken. Die Ränder ihres Mundes zogen sich nach unten.

„Ich verstehe", sagte sie.

Ihr Kollege beendete seine Ermittlungen und kam wieder herein. Sein Blick schweifte kurz über mich, aber er sprach zu seiner Partnerin.

„Auf dem Boden des Schuppens sind Blutspuren", sagte er. „Scheint aber nicht genug, um daran zu sterben. Wer auch immer es war, kann nicht in allzu schlechter Verfassung gewesen sein. Die Verarbeitung des Schuppens ist schlampig, aber es kostet schon einiges an Kraft, den Türriegel und eines der Scharniere von innen herauszureißen."

Die Polizistin nickte. „Sie sagt, sie dachte, er sei tot, also schloss sie die Schuppentür wieder und kam ins Haus, um den Anruf zu tätigen. Sie hörte ein Hämmern, sah die Tür klappern und wurde ohnmächtig, als sie aufsprang."

Jetzt sahen die beiden Polizisten sauer aus.

„Bin ich in Schwierigkeiten?", fragte ich vorsichtig. „Es war kein Scherzanruf. Ich dachte wirklich, er sei tot."

Die Polizistin seufzte. „Die Sache ist die, Ms. Bright. Ihr vermeintliches Schussopfer könnte Grund haben, Sie wegen Freiheitsberaubung zu verklagen. Immerhin haben Sie ihn in einen Schuppen gesperrt."

„Was?" Mir drehte sich der Magen um. „Aber … er war auf meinem Grundstück! Habe ich kein Recht gegen … ich weiß nicht … unbefugtes Betreten oder Einbruch oder so etwas zu klagen? Und ich sagte doch, ich dachte, er sei tot! Ich habe versucht, einen Tatort zu schützen!"

Die Frau machte eine beschwichtigende Geste mit einer Hand. „Versuchen Sie, ruhig zu bleiben, Ms. Bright. Der Kerl ist nicht mehr hier." Sie sah ihren Partner fragend an.

Er zuckte mit den Schultern. „Es gibt keine offensichtlichen Anhaltspunkte darüber, in welche Richtung er abgehauen ist."

„Okay", sagte die Polizistin. „Das Opfer ist also verschwunden, und abgesehen davon, dass die örtlichen Krankenhäuser uns über alle Patienten mit Schusswunden informieren müssen, haben wir keine Möglichkeit, ihn zu finden oder gar zu identifizieren."

„Vorausgesetzt, es war überhaupt eine Schusswunde", murmelte der andere Polizist.

„Solange Sie keine offizielle Anzeige gegen ihn einreichen wollen, sind wir bereit, den Vorfall auf sich beruhen zu lassen. Sie haben versucht, das

Richtige zu tun, aber Sie haben einen Fehler gemacht. Wir können es einfach als eine unglückliche Fehleinschätzung auf beiden Seiten bezeichnen und den Fall abschließen." Die Polizistin schaute mich hoffnungsvoll an. Es war ziemlich offensichtlich, dass weder sie noch ihr Partner sich die Mühe machen wollten, sich mit diesem kleinen Schlamassel zu befassen.

„In Ordnung", sagte ich kleinlaut. Zu diesem Zeitpunkt wollte ich nur noch, dass sie verschwanden, damit ich meine Wunden in Ruhe lecken konnte. Meine Fingerspitzen wanderten noch einmal zu der nun unversehrten Seite meines Halses.

Nach ein paar weiteren oberflächlichen Fragen zu meinen Kontaktinformationen gingen sie wieder.

„Ach, übrigens", sagte der Polizist. „Das Schloss an Ihrer Terrassentür scheint kaputt zu sein. Sie sollten es reparieren lassen. Das ist ein Sicherheitsrisiko."

Ach wirklich? Ich konnte mir die sarkastische Bemerkung kaum verkneifen.

„Ich werde es auf meine To-do-Liste setzen, genau wie meine kaputte Schuppentür", murmelte ich.

Er runzelte wieder die Stirn – die Art von Stirnrunzeln, die besagt, dass er es nicht schätzt, mit sarkastischen Zwanzigjährigen zu tun zu haben, die verwundete Eindringlinge in Schuppen einsperren und dann in Ohnmacht fallen, während sie auf die Polizei warten. Wenn ich brutal ehrlich war, konnte ich ihm das nicht wirklich verübeln.

Ich hielt meinen Mund und schloss die Haustür hinter ihnen.

Nachdem ich mich vergewissert hatte, dass der Streifenwagen losfuhr und um die Ecke auf der Hauptstraße verschwand, seufzte ich erleichtert auf. Die Treppe zum Dachboden – welcher mir als Schlafzimmer diente – erschien mir wie ein gewaltiger Berg, den ich erklimmen musste. Ich starrte sie einen Moment lang an, spürte jeden zitternden Muskel und jedes schmerzende Gelenk in meinem Körper. Dann machte ich mich auf den Weg zum Badezimmer in den ersten Stock.

Dank der billigen Neonleuchte sah meine sonst etwas gebräunte Haut eher blass aus. Ich hatte dunkle Augenringe und sah aschfahl aus. Mein welliges Haar war an den Stellen, wo ich drauf gelegen hatte, platt gedrückt und der Rest stand in alle Richtungen ab. Gott, ich sah aus wie ein komplettes Wrack – ich war ein komplettes Wrack ohne eine sichtbare Bisswunde an meinem Hals. Ich beugte mich über das Waschbecken, um im Spiegel genauer hinzusehen.

Nichts.

Wurde ich wahnsinnig? Halluzinierte ich? Hätte ich mich vom Krankenwagen ins Krankenhaus bringen lassen sollen, um ein psychologisches Gutachten erstellen zu lassen? Ich rieb über die zarte Haut an meinem Hals und spürte dort immer noch seine Lippen.

Das habe ich mir nicht nur eingebildet, verdammt noch mal.

Aber … was nun? Vampire waren real. Mag sein. Was sollte ich jetzt damit anfangen?

Ich besann mich auf die praktischen Dinge, spritzte mir mit zitternden Händen Wasser ins Gesicht und band mein widerspenstiges Haar zu einem Pferdeschwanz zusammen. Das Ziehen an meiner Kopfhaut linderte kurzzeitig das Pochen meiner Kopfschmerzen, aber ich wusste, dass sie wahrscheinlich wieder schlimmer werden würden.

Ich schlenderte lustlos in die Küche und erinnerte mich daran, dass man nach einer Blutspende immer etwas essen und trinken sollte.

Blutspende. Fast brach ich in Gelächter aus, aber ich war mir nicht sicher, ob ich wieder aufhören könnte, wenn ich einmal damit angefangen hatte.

Wenn ich mich recht erinnere, waren Orangensaft und ein Keks das bevorzugte Menü beim Roten Kreuz. Ich hatte O-Saft – ohne Konservierungsstoffe und nicht aus Konzentrat – aber Kekse waren wegen des Glutens und des Zuckers ein No-Go. Stattdessen schnappte ich mir eine Banane.

Ich war schon als Kind gesundheitlich eine Katastrophe und seit der Pubertät noch mehr. Eines der wenigen Dinge, die wirklich etwas zu bewirken schienen, war die Einhaltung einer Autoimmun-Diät. Die Diät, die am besten zu funktionieren schien, war eine Art verschärfte Version von Paleo-Diät. Das – zusammen mit regelmäßigem Yoga – machte den Unterschied zwischen einem mehr oder weniger funktionierenden Mitglied der Gesellschaft und einem, das die Hälfte der Zeit zu krank war, um zu arbeiten, aus.

Während ich überlegte, wie ich weiter vorgehen sollte, trank ich meinen Saft und aß meine Banane.

Ich wusste, was ich tun wollte, und ich wusste auch, dass es eine schlechte Idee war. Ich wollte meinen Vater anrufen, obwohl ich wusste, dass das Gespräch wahrscheinlich in Tränen enden würde – metaphorischen Tränen. Seit ich meine Zwanziger erreicht hatte, weinte ich eher wenig. In vielerlei Hinsicht war mein Vater alles, was ich noch hatte, seit meine Mutter vor so langer Zeit gestorben war. Aber leider hatte ich meinen Vater genauso verloren wie sie – nur auf eine andere Weise.

Gerade jetzt wollte ich die Stimme meines Vaters hören – auch wenn die Realistin in mir wusste, dass es unwahrscheinlich war, dass sich unsere Beziehung jetzt, rund zwanzig Jahre nach dem Mord an meiner Mutter, spontan verbessern würde.

Zwanzig Jahre.

Gott.

Ich spürte einen Ruck, als mir bewusst wurde, dass in zwei Wochen schon der vierte Juli war – dem zwanzigsten Jahrestag, an dem ein Verrückter meiner Mutter mitten ins Herz schoss, während sie eine Rede im Senat hielt. Ich ertappte mich dabei, wie ich nach meinem Handy griff. Wenn ich schon so reagierte, wie viel schlimmer musste sich dann mein Vater fühlen, wenn er an den Verlust erinnert wurde? Ich war so jung gewesen, als es passierte und meine Erinnerungen an Sasha Hawkins-Bright waren verschwommen. Aber mein Vater war jahrelang mit ihr verheiratet gewesen.

Der Anruf wurde nach dem vierten Klingeln angenommen.

„Hallo?"

Ich holte tief Luft. „Dad? Ich bin's, Zorah."

Eine Pause.

„Hallo Zorah. Warum rufst du an?"

Er sagte nicht *Wie geht es dir?* Und auch nicht *Schön, von dir zu hören.*

„Ich ... äh ... ich habe mich gefragt, ob du hier in St. Louis jemanden kennst, von dem ich mir ein paar Werkzeuge leihen könnte?"

Ich war hier aufgewachsen – genau genommen in diesem Haus. In dem Moment, als ich achtzehn wurde, war mein Vater jedoch wie vom Erdboden verschluckt. Er war nach Chicago gezogen, und ich musste kein Genie sein, um zu verstehen, dass ich nicht eingeladen war, ihm in die Stadt zu folgen. Das Einzige, das er seither für mich getan hatte, war, dass er mir die Hypothek für unser Einfamilienhaus überließ. Das Haus war refinanziert worden, um die großen Mengen an Eigenkapital, die mein Vater und meine Mutter aufgebracht hatten, für die Restauration zu nutzen. Die niedrigen monatlichen Raten, die noch übrig blieben, waren der einzige Grund dafür, dass ich in einem anständigen Wohnhaus leben konnte und nicht irgendwo in einer zwielichtigen Wohnung.

„Was für Werkzeuge brauchst du?", drang eine leise Stimme aus Hunderten von Kilometern Entfernung an mein Ohr.

Ich lenkte meine Gedanken zurück auf das Gespräch. „Eine Bohrmaschine und eine Kreissäge. Oder eine Stichsäge, wenn es sein muss."

„Wozu brauchst du sie?"

Mein Kiefer zuckte, denn ich erkannte den Moment, in dem sich unser Gespräch verschlechterte.

„Jemand ist in den Schuppen eingebrochen", antwortete ich und versuchte, keine große Sache daraus zu machen. Eigentlich wollte ich ihm nur die Geschichte erzählen, damit er mir sagte, ich solle mir keine Sorgen machen und dass alles in Ordnung kommen würde. *Als ob.* „Der Riegel ist kaputt und die Tür hängt halb aus den Angeln. Oh, und das Schloss an der Terrassentür muss ich auch ersetzen."

„Alles, was man für das Schloss braucht, ist ein Schraubenzieher und ein starkes Handgelenk", murmelte er über die knisternde Handyverbindung.

„Ja? Nun, ein Schraubenzieher wird für den Schuppen nicht ausreichen", sagte ich. „Glaub mir. Ich muss einen Teil des Türrahmens ersetzen."

„Du solltest diese Werkzeuge bereits besitzen. Das gehört einfach dazu, wenn man ein verantwortungsbewusster Hausbesitzer ist."

Ich biss meine Zähne fester zusammen, aber versuchte, bewusst meinen Kiefer zu entspannen. „Das sollte ich, aber tue es nicht. Ich kann sie mir nicht leisten. Kennst du jemanden, von dem ich sie mir leihen könnte, oder nicht?"

„Du weißt genau, dass ich mit niemandem von ... damals in Kontakt stehe." Er hielt inne. *„Leih sie dir einfach irgendwo aus. Ich weiß nicht, warum ich dir das sagen muss."*

„Klar", antwortete ich knapp. „Okay. Ich werde sie einfach *irgendwo* ausleihen."

Ich dachte schon, er würde einen halbherzigen Abschiedsgruß zustande bringen und dann auflegen, aber natürlich musste er noch ein letztes Wort nachlegen – eine letzte Erinnerung an meine Unzulänglichkeiten aus seiner Sicht.

„Du musst dich mehr um deine Sicherheit kümmern. Ich meine … Leute, die einfach so auf dein Grundstück kommen? Schlösser knacken und sich Zugang verschaffen?" Er schnaubte und ich sah sein Stirnrunzeln und sein enttäuschtes Kopfschütteln bildlich vor mir. *„Du wirst eines Tages ein schlimmes Ende nehmen, Zorah. Genau wie deine Mutter."*

„Aha. Danke für all deine Hilfe, Dad", sagte ich mit einem Kloß in meiner Kehle und beendete den Anruf.

KAPITEL DREI

AM NÄCHSTEN MORGEN blieb ich so lange wie möglich im Bett, in der Hoffnung, dass die doppelte Dosis rezeptfreier Schmerzmittel, die ich eingenommen hatte, ausreichen würde, um mich durch den Tag zu bringen. Leider wurde mir ziemlich schnell klar, dass der Spielstand immer noch Fußboden 1:0 Zorah lautete, auch wenn die Tabletten die Schmerzen etwas gelindert hatten.

Ich hätte gestern einwilligen sollen, als sie mich in die Notaufnahme fahren wollten, um ein paar anständige Schmerzmittel zu bekommen. Ich sollte bei der Arbeit anrufen und ihnen erzählen, was passiert ist ... außer dem Vampir-Teil natürlich. Mein Vorgesetzter würde mich unter diesen Umständen wahrscheinlich freistellen.

Aber ich tat es nicht – es gab Rechnungen zu bezahlen, Elektrowerkzeuge zu mieten und Holz- und Baumaterialien zu kaufen.

Ich musste erwachsen werden, ermahnte ich mich. *Das ist das echte Leben.*

Ich stolperte die Treppe hinunter, die jeden Tag steiler zu werden schien, und nahm eine sehr lange und sehr heiße Dusche. Ich richtete den abnehmbaren Duschkopf aus billigem Plastik auf die angespannten Muskeln meines Nackens und meiner Schultern. Der pulsierende Wasserstrahl der

Massageeinstellung trug in Kombination mit all dem Ibuprofen, das ich geschluckt hatte, dazu bei, dass ich mich wieder wie ein Mensch fühlte.

Was ich nach meiner Schicht als Kellnerin brauchte, war ein heißer Typ, der mir den Rücken mit Öl einrieb. Nun, meinen Rücken und einige andere Bereiche, die mehr Aufmerksamkeit brauchten, als sie in letzter Zeit bekamen. Ich spürte den vertrauten Sog des frustrierten sexuellen Bedürfnisses und beäugte den pulsierenden Duschkopf einen Moment lang.

Aber nein …

Verärgert über mich selbst steckte ich ihn zurück in die Halterung und beendete meine Routine – einseifen, rasieren, abspülen. Menschen mit chronischen Gesundheitsproblemen sollten nicht auch noch sexsüchtig sein. Aber ich war kein verdammter Freak, egal, was meine Ex-Freunde zu diesem Thema zu sagen hatten.

Mein Gott, Zorah, was zum Teufel ist los mit dir?
Du saugst mich aus, Lady. Das ist nicht normal.
Niemand will eine gottverdammte Nymphomanin daten, Zorah.

Entweder hatte mich die Popkultur belogen oder ich war ein Magnet für die einzigen Männer auf dem Planeten, die keine geilen Frauen mochten. Ja, vielleicht befand ich mich im Moment in einer ziemlich langen Durststrecke, aber das bedeutete nicht, dass ich dazu verdammt war, meinen Sieben-in-Eins-Massageduschkopf zu *heiraten*. Vor allem nicht an einem Tag, an dem ich schon spät dran war – für meine Schicht.

Ich arbeitete die Kakao- und Sheabutter-Spülung in mein Haar ein und verteilte dann die Feuchtigkeitscreme auf meinem Körper. Wenigstens hatte ich gestern einen höflichen Vampir erwischt, denn er ließ mich nicht wie einen Sack Zement fallen, als er damit fertig war, meinen Hals als Schnabeltasse zu benutzen. Ich hatte keinen einzigen blauen Fleck, es sei denn, man zählt die dunklen Ringe der Erschöpfung unter meinen Augen dazu.

Haare, Make-up, Kleidung. Ich stand vor dem Badezimmerspiegel und begutachtete mich eingehend. Passabel, entschied ich, auch wenn das Trinkgeld heute Abend vielleicht ein bisschen knapp ausfallen würde. Normalerweise schien ich ein Talent dafür zu haben, zumindest die männlichen Kunden zu einem guten Trinkgeld zu motivieren. *AJs City Broiler* war ein eher gehobenes Restaurant. Die Bezahlung war beschissen, aber mit dem Trinkgeld konnte ich mich über Wasser halten, während ich mich gleichzeitig meinem Lieblingsprojekt widmete – der ehrenamtlichen Arbeit für die *Missouri Mental Health Alliance*.

Wenigstens konnte ich mich mit meinem Job über Wasser halten, solange nicht alles auf einmal kaputtging. Ich entschloss mich dazu, meinen Rasenmäher und den Rasentrimmer im Esszimmer zu verstauen, um zu verhindern, dass sie jemand in meiner Abwesenheit entwendete, da die Schuppentür nicht schloss. Ich sah mich um, und mein Blick fiel auf einen Holzstuhl mit gerader Rückenlehne und ich klemmte ihn seitlich in die Schiene der Terrassentür, sodass die Tür an den Holzbeinen festhing, falls jemand versuchen würde, sie zu öffnen. So blieb immer noch ein Spalt von ein paar Zentimetern, aber er war nicht groß genug, um sich hindurchzuzwängen.

Das Haus war gesichert – zumindest meiner Definition von „gesichert" nach – ich steckte meine Kellnerinnen-Uniform in meinen Rucksack und machte mich auf den Weg zur Bushaltestelle. Ich besaß zwar ein Auto, aber anscheinend waren 270,000 Kilometer die Grenze dessen, was das Getriebe meines 96-er Honda Civic aushalten konnte, ohne schreckliche Schleifgeräusche von sich zu geben und nach Rauch zu stinken, wenn ich in den zweiten Gang schaltete.

Wer hätte das gedacht?

Wie dem auch sei, der Civic war in der Werkstatt, während ich versuchte, zu entscheiden, ob es sinnvoller wäre, zweitausendfünfhundert Dollar für ein neues Getriebe oder zweitausendfünfhundert Dollar für ein anderes Auto auszugeben. Da ich weder für das eine noch für das andere zweitausendfünfhundert Dollar hatte, hatte ich es mit dieser Entscheidung nicht besonders eilig.

Für die Busfahrt musste ich zusätzlich vierzig Minuten einplanen, auf die ich heute wirklich hätte verzichten können, vor allem, weil es vierzig Minuten waren, in denen ich nichts anderes zu tun hatte, als nachzudenken. In den Stunden seit dem Übergriff, den ich im Geiste als „*Der Vorfall*" bezeichnet hatte, hatte ich vermieden, zu viel nachzudenken.

Ich hatte das Gefühl, dass meine bisherige Reaktion auf den Vorfall nicht gerade ein Musterbeispiel für geistige Gesundheit war. Aber es hatte mich in letzter Zeit auch niemand beschuldigt, ein Musterbeispiel für geistige Gesundheit zu sein oder irgendeiner anderen Art von Gesundheit, was das betrifft. Aber die Enthüllung der Existenz von Vampiren erschien mir ... irgendwie seltsam? Es war ja nicht so, dass ich mich über den Gedanken freute, dass meine Halsschlagader angezapft wurde.

Wirklich?, sagte eine leise, aufmüpfige Stimme in meinem Kopf. *Du schienst ziemlich begeistert davon zu sein.*

Halt die Klappe, sagte ich der Stimme.

Schließlich war es nicht so, dass ich mich über den Übergriff gefreut hätte. Es war ... die Bestätigung, denke ich, die ich brauchte. Mein ganzes Leben lang hatte ich dieses undefinierbare Gefühl, als ob etwas Großes und Gefährliches im Schatten des Verborgenen lauert. Etwas, von dem niemand von uns wissen sollte.

Ich suchte einen Grund für den sinnlosen Tod meiner Mutter und den Wahnvorstellungen eines Verrückten mit einer Pistole, der davon überzeugt war, dass Menschen von Dämonen besessen sind.

In meinen dunkleren Momenten ertappte ich mich dabei, wie ich mit Verschwörungstheorien kokettierte, um einen Sinn für die Tat zu erzwingen. Nichts allzu Empörendes – keine Echsenmenschen aus dem Weltall oder kleine graue Außerirdische, die Menschen für Analuntersuchungen entführen. Nein. Nur ... Dinge, die erklären könnten, warum die Welt so im Arsch zu sein schien und warum die Menschen, die sich am leidenschaftlichsten dafür einsetzten, die Dinge besser zu machen, so oft angegriffen, verletzt oder getötet wurden.

Ich hatte absolut keine Ahnung, wie die Existenz von übernatürlichen Wesen mit einem Hunger nach Blutgruppe O-Positiv damit zusammenhängt, dass die Menschheit im Allgemeinen die Welt zugrunde richtet. Ich wusste nur, dass das, was ich gestern gesehen hatte, zweifelsfrei bewies, dass die Welt mehr zu bieten hatte als das, was uns erzählt worden war.

Oder es bedeutete, dass mein Verstand aufgrund eines Kindheitstraumas endgültig den Geist aufgegeben hatte und ich paranoid geworden war. Es gab nur das eine oder das andere.

Was sollte ich als Nächstes tun? - fragte ich mich. Bisher war meine Reaktion auf diese große Offenbarung, dass ich viel schlief, duschte und zur Arbeit ging. Irgendwie bezweifelte ich, dass *Buffy* das gutheißen würde. Aber – mal ganz realistisch betrachtet – was sollte ich sonst im Moment tun? Die Rechnungen mussten bezahlt werden und ich hatte auch absolut keine Möglichkeit, meinen übergriffigen Hugh-Grant-Imitator aufzuspüren, es sei denn, Vampire gingen in die Notaufnahme, um ihre klaffenden Schusswunden nähen zu lassen.

In Anbetracht der Tatsache, dass der Mann keinen Herzschlag hatte, würde ich das mit *Nein* beantworten.

So näherte ich mich nun meiner Haltestelle, mit Kopfschmerzen, einem vagen Gefühl der Bestätigung und mit nichts in der Hand, was ich für meinen kurzen Ausflug in die paranormale Welt vorweisen konnte. Ich stieg aus dem Bus aus und stapfte zu AJs.

Es war ein ruhiger Nachmittag.

Meine Gedanken schweiften, als ich hinterm Getränkespender stand und auf den praktisch leeren Sitzbereich starrte. Ich hasste diese Schicht – vor allem dienstags. Normalerweise suchte ich mir Nacht- oder Mittagsschichten aus, weil da am meisten los war und ich am meisten Trinkgeld bekam, aber aus irgendeinem Grund bekam ich in letzter Zeit immer wieder solche beschissenen Schichten wie diese. Am späten Nachmittag war so gut wie niemand hier.

Es waren nur eine Handvoll Tische besetzt, meist Sitznischen im hinteren Teil des Restaurants. Die Einrichtung war nicht extravagant, aber angenehm genug anzusehen. Als Bar & Grill war AJs zweifellos auf der gehobenen Seite angesiedelt, aber es handelte sich nicht um ein spießiges Lokal der Haute Cuisine. An Wochenendabenden konnte es hier ein wenig lauter werden. Es war nie zu laut, aber die Leute amüsierten sich trotzdem.

Messingbeschläge schmückten die in einem fröhlichen Kopenhagener Blau gestrichenen Pfosten. Gold- und hellbraune Akzente wiesen den Weg zu der gut bestückten Bar auf der rechten Seite des Sitzbereichs. Hinter Hunderten von Flaschen, Gläsern und dem Barkeeper, der für ein paar Gäste auf den Barhockern Drinks zubereitete, schimmerten Spiegel.

„Zorah, ich habe zwei Gäste für dich platziert. Tisch sechsundzwanzig", sagte die Hostess, als ich einen meiner leeren Tische abräumte. Natürlich hatten wir Abräumer, aber während dieser Schicht wurden sie manchmal nach Hause geschickt. Und wenn sie weg waren, räumte ich meine eigenen Tische ab, so wie heute.

Nachdem ich das schmutzige Geschirr in einen Plastikeimer in der Küche geleert hatte, wusch ich mir die Hände, ging zurück und schaute auf Tisch sechsundzwanzig, um zu sehen, womit ich es zu tun hatte.

Ein Mann trug Anzug und Krawatte, während der andere, der mit dem Rücken zu mir saß, eher leger aussah. Anzugträger waren im Allgemeinen anständige Trinkgeldgeber. Ich nannte sie gerne Anzugträger. Ich war schon so lange dabei, sodass ich ein ganzes System entwickelt hatte, mit dem ich die Kunden nach der Höhe ihres Trinkgelds einordnen konnte. Nennt es Profiling, wenn ihr wollt, aber ohne dieses System würde ich wahrscheinlich finanziell nicht überleben.

Natürlich, Anzug hin oder her, Kunden warten zu lassen, war kein guter Weg, um Trinkgeld zu bekommen. Ich holte schnell das kleine Tablet aus meiner Schürzentasche, überprüfte mein Äußeres und machte mich auf den Weg hinüber.

Die beiden saßen sich gegenüber. Der Mann, der mir zugewandt war, war ein gut aussehender schwarzer Mann um die vierzig, gekleidet wie ein typischer Geschäftsmann – wahrscheinlich ein Versicherungsangestellter oder ein Börsenmakler oder etwas in der Art.

„Guten Tag, Gentlemen", begrüßte ich sie, während ich die Tischnummer aufschrieb und einige Notizen machte. „Darf ich Ihnen schon mal ein paar Drinks bringen?"

„Wir sind bereit zu bestellen, danke", antwortete der Anzugträger. „Ich nehme einen Whiskey Sour und die Lammkoteletts, Medium mit gedünstetem Gemüse und einer Folienkartoffel." Während ich die Bestellung aufschrieb, blieb mein Blick an seinen Augen hängen – die Bestellung schrieb sich fast wie von Geisterhand. Obwohl aus seiner Stimme nichts Ungewöhnliches hervorging, sahen seine Augen traurig drein.

„Sehr gut", sagte ich und beendete meine Notiz, bevor ich den zweiten Mann ansah. „Und für Sie?"

„Für mich nur ein Glas Clos du Bois Merlot", sagte er mit einem vertrauten englischen Akzent.

Ich erstarrte und meine Augen weiteten sich.

Mein untoter Hugh Grant sah auf, begegnete meinem Blick und hob eine Braue. Er sah viel weniger … *tot* … aus als gestern. Tatsächlich sah er sogar viel besser aus, als ich mich heute Nachmittag fühlte. Ich fragte mich, wie viel davon mit meiner ungeplanten Blutspende zu tun hatte.

„Gibt es ein Problem?", fragte er in einem kühlen, weltmännischen Ton.

Meine Augen verengten sich.

Ich haderte mit mir selbst und überlegte, ob ich bereit war, an meinem Arbeitsplatz, auf den ich angewiesen war, eine Szene zu machen. Eine Million Fragen und Anschuldigungen schossen mir durch den Kopf, während der falsche Hugh Grant einfach nur dasaß und mich ruhig ansah. Einige verschiedene Gefühle erfüllten meinen Geist.

Im Großen und Ganzen war ich ziemlich gut darin, herauszufinden, was die Leute wollten und wie man sie zufriedenstellen konnte. Das ist normal, wenn man jahrelang gelernt hat, wie man Kunden zufriedenstellt, aber dieser Typ wirkte ungerührt und unnahbar, als ich ihn studierte.

„Ich hätte nicht erwartet, dich heute hier zu sehen", sagte ich schließlich. „Du siehst auf jeden Fall … besser aus."

Seine dunklen Augen schärften sich voller Interesse.

„Ah", sagte er. „Du erinnerst dich also doch noch daran, ja?"

Mein Herzschlag beschleunigte sich um ein oder zwei Schläge und pochte ein wenig kräftiger in meiner Brust. Ich spürte, wie mein Gesicht dank seiner Reaktion zu erröten begann. Nicht zum ersten Mal war ich für meinen dunkleren Teint dankbar, weil es meine erröteten Wangen verbarg.

„So etwas vergisst man doch nicht", erwiderte ich.

Herrgott noch mal. Ich spielte ein Spielchen mit einem *Vampir*. Was zum Teufel dachte ich mir nur dabei?

Beide Männer schwiegen einen Moment lang, bis der Geschäftsmann zu seinem Freund hinübersah. „Ihr beide kennt euch, Rans?"

Ich prägte mir den Namen ein. Der Vampir, den ich Hugh Grant der Zweite genannt hatte, musterte mich einen Moment lang schweigend – er nahm meine Reaktion in meinem Gesicht wahr. Dann verschwand seine ernste Miene und wurde durch ein Lächeln ersetzt, das zu einem Teil leichtsinnig und zum anderen Teil gefährlich wirkte.

„Noch nicht", sagte er, und sein Akzent umschmeichelte die Worte.

Ich wandte meinen Blick nicht von ihm ab und musste zugeben, dass der Vergleich mit Hugh Grant wirklich nur zu seiner Stimme passte. Meine Erinnerung von gestern war richtig gewesen. Er hatte dunkle, schöne Gesichtszüge – symmetrisch und scharf geschnitten. Die Wirkung wurde durch sein sehr dichtes, schwarzes Haar abgemildert, das in unordentlichen Wellen fiel, die Rockstars wahrscheinlich stundenlang perfektionierten.

Er schien mir nicht der Typ zu sein, der stundenlang vor dem Spiegel verbrachte, um sein Haar zu richten. Er wirkte auf mich wie der Typ, der sich in die Brust schießen ließ und dann den freien Tag einer unschuldigen Kellnerin ruinierte, um ihr Blut zu trinken. Aber vielleicht bin ich auch nur ein wenig voreingenommen.

Er neigte den Kopf zur Seite und betrachtete mich immer noch mit Interesse.

„Wir treffen uns nach deiner Schicht", sagte er mit lässiger Zuversicht.

Ich sah ihn stirnrunzelnd an, mein Herz klopfte immer noch heftig in meiner Brust. „Warum sollte ich dem wohl zustimmen?"

Es war nicht so, dass ich Angst vor ihm hatte, aber das bedeutete auch nicht, dass ich dem Kerl vertraute. Trotzdem hatte sich gestern etwas in mir verändert. Eine epische, eisige Veränderung in meiner Seele.

Diese eisblauen Augen durchschauten mich sofort. „Du wirst zustimmen, weil du vor Neugierde stirbst", sagte er. „Und, weil du dich nicht an mich erinnern solltest."

Arroganter Mistkerl. Er hatte hundertprozentig recht. Was ich vorhatte, war verrückt. Ich konnte seinetwegen nicht die Polizei anrufen. Ich konnte nicht einmal irgendeinen armen Kollegen als Verstärkung mitschleppen, es sei denn, ich wollte, dass derjenige hört, wie ich von Vampiren und Schusswunden fasele. Aber ich wollte ihn trotzdem treffen.

„Okay. Einverstanden", sagte ich nach kurzem Zögern. „Ich habe um achtzehn Uhr Feierabend … aber ich habe ein paar Bedingungen."

KAPITEL VIER

„BEDINGUNGEN?", wiederholte der Vampir erstaunt und beobachtete mich mit gut versteckter Belustigung. „Nun gut. Nenn sie mir."

„Ich treffe dich nur an einem öffentlichen Ort", sagte ich und überlegte kurz.

„Natürlich", antwortete er leichthin. „Es gibt eine Bar auf der anderen Straßenseite. Nach achtzehn Uhr sollte sie gut besucht sein."

Ich nickte. „In Ordnung. Aber bitte um halb sieben."

„In Ordnung. Gibt es weitere Bedingungen?"

Ich war im Geiste die Liste der Leute durchgegangen, die ich einigermaßen gut kannte – sie war nicht lang. „Ich werde mich mit einer Freundin in Verbindung setzen. Wenn ich mich nicht alle zehn Minuten bei ihr melde, wird sie die Polizei anrufen und eine Beschreibung von dir und den Namen der Bar durchgeben."

Ich war mir nicht ganz sicher, ob die Polizei so etwas überhaupt ernst nehmen würde, aber ich zwang mich, meinen durchbohrenden Blick aufrechtzuerhalten, das Kinn nach oben geneigt, das falsche Vertrauen aus jeder Pore triefend.

Er kaufte es mir wahrscheinlich genauso wenig ab wie ich mir selbst.

„Sehr vernünftig", erwiderte er, ohne offen zu zeigen, dass er sich über mich lustig machte. „Wir haben also eine Abmachung. Du besorgst meinem Freund seine Lammkoteletts und ich treffe dich um halb sieben auf der anderen Straßenseite und bin bereit, zwischen den Telefonaten in exakten Zehn-Minuten-Schritten eine Unterhaltung zu führen."

Na gut, wahrscheinlich *machte* er sich über mich lustig. Ich musste einfach mehr Größe beweisen.

„Natürlich", sagte ich in meinem besten Kellnerinnen-Ton. „Ich gebe die Bestellung sofort in der Küche auf. Kann ich euch etwas Brot bringen, während ihr wartet?"

„Das kommt darauf an", sagte er. „Gibt es Knoblauchbutter?"

Sein Begleiter schnaubte leise. „Wir kommen auch ohne Brot aus, danke", sagte der Mann im Anzug und warf Rans einen Blick zu, den ich für eine Rüge hielt.

Rans Augen verengten sich zu Schlitzen. „Ja, richtig! Aber der Merlot kann nicht früh genug kommen. Ich genieße so gerne einen schönen, vollmundigen Roten."

Ich warf ihm einen unbeeindruckten Blick zu und drehte mich auf dem Absatz um.

Trotz der frühen Stunde begann sich das Restaurant zu füllen. Ich brachte ihnen den Merlot und den Whiskey Sour und später die Lammkoteletts. Ich verhielt mich am Tisch sechsundzwanzig professionell, aber diese spekulativen blauen Augen brachten mich ernsthaft aus dem Konzept. War der andere Kerl auch ein Vampir? Baten viele

Vampire darum, dass ihre Lammkoteletts Medium gegart werden? Aßen sie überhaupt Lammkoteletts und gedünstetes Gemüse?

Die beiden ließen sich Zeit, hielten sich aber nicht weiter auf, als der Mann im Anzug mit seinem Essen fertig war. Ich überreichte ihnen die Rechnung und nahm die Kreditkarte des Geschäftsmannes an mich, wobei ich mir den Namen – Guthrie Leonides – merkte, als ich sie prüfte, und er unterschrieb die Quittung, als ich zurückkam. Ich beobachtete die beiden aus dem Augenwinkel, als sie sich anschickten, zu gehen.

Rans zog einen grünen Schein aus seiner Tasche und legte ihn auf den Tisch, dann gingen die beiden zur Tür, ohne sich umzudrehen. Ich warf einen Blick auf die Uhr in der Küche, um zu sehen, wie viel Zeit ich noch bis zu meinem Treffen um halb sieben hatte.

Es war drei Uhr fünfundvierzig. Noch fast drei Stunden.

„Ich schaffe das", flüsterte ich, als ich zu ihrem Tisch ging, um die Quittung und das Trinkgeld zu holen.

Neben dem leeren Weinglas lag ein Einhundert-Dollar-Schein.

Meine Augen wurden groß, als ich das Trinkgeld zerknüllt auf dem Tisch liegen sah. Der Mann, der gestern in mein Haus eingebrochen war, um mein Blut zu trinken, hatte mir gerade einhundert Dollar Trinkgeld nach einem bereits bezahlten Fünfzig-Dollar-Essen hinterlassen. Ich blinzelte auf den zerknitterten Schein hinunter. Er mochte ein übernatürlicher Wüstling sein, der ohne meine Erlaubnis an meinem Hals genuckelt hatte, dachte ich, aber wenigstens war er kein Geizhals obendrein. Ich nahm die Rechnung und steckte sie zusammen mit der unterschriebenen Quittung sorgfältig weg.

„Ich schaffe das", wiederholte ich und wandte meine Aufmerksamkeit dem Abräumen des Tisches zu. Ich hatte noch etwa zweieinhalb Stunden Zeit, um mich davon zu überzeugen, dass ich es nicht war, die nach Strich und Faden gelogen hatte.

***

Es war achtzehn Uhr. Ich machte Feierabend, zog mich auf der Toilette um und packte meine Uniform in meinen Rucksack, damit ich sie vor meiner morgigen Schicht waschen konnte. Die letzten paar Stunden hatten nicht ausgereicht, um mich davon zu überzeugen, dass das, was ich vorhatte, nicht die dümmste Idee war, die ich je hatte. Das würde mich aber nicht davon abhalten, es zu tun.

Manchmal muss man einfach gefährlich leben. Ich meine, wie hätte ich sonst herausfinden sollen, was zum Teufel hier los war? Ich ärgerte mich über meine Unfähigkeit, diesen Kerl aufzuspüren und dann war er buchstäblich *in mein Restaurant spaziert und hatte sich an einen meiner Tische gesetzt*. Es schien unmöglich, dass das in einer Stadt mit dreihunderttausend Einwohnern ein Zufall sein konnte, und es wäre verrückt, wenn ich die sich bietende Gelegenheit nicht nutzte.

Ich warf meinen Rucksack auf den Rand des Waschbeckens, während ich mein Handy nach einer vertrauensvollen Person durchsuchte. Obwohl ich nicht viele enge Freunde hatte, hatte ich wenigstens ein paar Leute, an die ich mich in einer Notlage wenden konnte – wie zum Beispiel Vonnie. Sie war eine der wenigen Personen, mit denen ich viel Zeit verbrachte. Ich mochte sie und vertraute ihr. Außerdem war sie Freiwillige bei MMHA – so hatte ich sie kennengelernt.

Ehrlich gesagt, hatten wir darüber hinaus nicht viel gemeinsam. Vonnie war eine alleinerziehende Mutter, und ich war … Single. Aber wir kamen gut miteinander aus. Genug für mich, um ihr so etwas anzuvertrauen.

„Hey, Zorah", meldete sich Vonnie nach dem dritten Klingeln und ihr Tonfall war etwas überrascht. „Was gibts?"

„Du musst mir einen Gefallen tun", sagte ich und versuchte, mit einer Hand mein Haar einigermaßen unter Kontrolle zu bringen.

„Natürlich", sagte sie freundlich.

„Also, ich habe diesen Typen getroffen …" Meine Stimme verstummte, als ich versuchte herauszufinden, was ich eigentlich sagen sollte. Vielleicht hätte ich diesen Anruf etwas besser planen sollen – nicht, dass Vonnie wirklich wissen müsste, wie ich Rans kennengelernt hatte. „Jedenfalls will er sich mit mir in ein paar Minuten in einer Bar an den Landungsbrücken treffen. Aber natürlich kenne ich ihn noch nicht so gut, also … kannst du heute Abend meine Sicherheit mit ein paar Anrufen sicherstellen?"

„Gerne", sagte Vonnie. Sie klang übermäßig fröhlich, wahrscheinlich war sie begeistert von der Idee, dass ich ein Date hatte.

Wenn es nur so einfach wäre, dachte ich. Verdammt, ich konnte mich kaum an das letzte Mal erinnern, als ich ein Date oder einen One-Night-Stand hatte.

Okay … das war eine Lüge. Ich hatte nur gehofft, es zu vergessen.

Es war vor zwei Monaten, mit Dan. Die Dinge liefen eigentlich gut zwischen uns und wir trafen uns etwa seit einem Monat. Wie immer, wenn ich eine ernsthafte Beziehung anstrebte, hatte ich nicht mit dem Mann geschlafen, bis ich der Meinung war, dass sich zwischen uns etwas Ernstes entwickeln könnte. Wir hatten einige Gemeinsamkeiten, und ich war zuversichtlich, dass wir eine gemeinsame Zukunft hatten.

Natürlich brauchte es nur zwei Sexkapaden, bis sich die Dinge zum Schlechten wendeten. Er holte mich plötzlich nicht mehr von der Arbeit ab, schrieb mir keine Nachrichten mehr, rief nicht mehr an und antwortete nicht auf *meine* Nachrichten oder Anrufe. Schließlich bekam ich eine einzige Nachricht, in der er mir mitteilte, dass er das Gefühl hatte, wir passten nicht zueinander und dass ich ihn bitte nicht mehr kontaktieren sollte. Das Traurige daran war, dass es eine der zivilisierteren Trennungen war, die ich in den letzten zehn Jahren erlebt hatte.

An diesem Punkt begann ich mich zu fragen, ob ich einfach nur schlecht im horizontalen Tango war oder ob etwas mit mir mental nicht stimmte oder was auch immer. Ich fühlte mich immer besser, wenn ich einen Sexpartner hatte. Ich war glücklicher und fühlte mich sogar körperlich gesünder. Meistens fand ich auch leicht einen Mann, mit dem ich mich verabreden konnte, wenn mir der Sinn danach stand. Ich schien Männer anzuziehen, auch wenn ich es nicht darauf anlegte. Aber sobald ich mit ihnen geschlafen hatte?

Bam.

Abserviert.

Das Universum versuchte offensichtlich, mir etwas mitzuteilen. Aber solange die Botschaft nicht „LOL, du bist Scheiße" lautete, verstand ich sie nicht. Eines Tages wäre es allerdings schön, jemanden zu finden, der nicht sofort nach dem Sex mit mir die Flucht ergreift.

„Zorah?", unterbrach Vonnie meine abschweifenden Gedanken.

„Ja, entschuldige. Was hast du gesagt?", fragte ich.

„Ich habe gefragt, wer der Kerl ist?" Vonnies Lächeln war durch das verdammte Handy zu hören.

Konzentriere dich, Lady. „Oh. Nur ein Typ, den ich auf der Arbeit getroffen habe."

„Fantastisch. Wenn alles gut geht, erwarte ich einen vollständigen Bericht, in Ordnung? Hab Mitleid mit einer alleinerziehenden Mutter. Ich brenne auf pikanten Klatsch."

„Abgemacht", sagte ich. „Ich hoffe, dass ich deine Rettungsdienste heute Abend nicht benötige. Ich gehe ins *Studio 88* an den Landungsbrücken. Ich werde mich alle zehn Minuten melden und dir Bescheid geben, wenn ich die Bar verlasse."

„Wow, du machst keine Witze, oder?", sagte Vonnie und lachte. „Ich bin sicher, es wird gut. Okay – dir läuft die Zeit davon. Schnapp ihn dir, Tiger. Wenn du einen Anruf verpasst, schreibe ich dir und gebe dir eine Minute Zeit zu antworten, bevor ich in Panik gerate und die Polizei rufe. Wir sprechen uns später."

Ich holte tief Luft und beruhigte mich. „Danke, Vonnie. Du bist die Beste."

Wir beendeten den Anruf. Ich steckte das Handy griffbereit in meine Tasche und begann, in meinen Gedanken eine Liste mit all den Dingen aufzustellen, die ich diesen Kerl fragen wollte und wiederholte sie immer wieder, um nichts zu vergessen. Schließlich konnte dies die erste, letzte und einzige Chance sein, dass ich ein Gespräch mit einem Vampir hatte.

Anne Rice wäre grün vor Neid.

Um fünfundzwanzig nach sechs schickte ich Vonnie eine Nachricht, in der ich ihr mitteilte, dass ich mich jetzt mit meinem Date treffen würde. Es wäre seltsam gewesen, ihr zu sagen, dass ich mich mit dem Mann treffen würde, der gestern in mein Haus eingebrochen war – selbst für mich. Sie wünschte mir alles Gute. Ich atmete tief durch, warf mir meine Tasche über die Schulter und lief auf die andere Straßenseite.

Jeder einzelne Nerv in mir war angespannt und meine Hände zitterten.

Ich starrte auf die Glastüren, die ins Studio 88 führten. Waren die verdammten Schmetterlinge in meinem Bauch nur die Folge der Nervosität darüber, was für Antworten ich auf meine Fragen bekommen würde ... oder lief ich in eine Falle, aus der ich nie wieder herauskommen würde?

Vielleicht ging meine Fantasie wieder mit mir durch. Wenn dieser Kerl mich hätte töten oder entführen wollen, hätte er es gestern bei mir zu Hause tun können, ohne dass jemand davon erfuhr. Aber das hatte er nicht. Er hatte mir sogar versichert, dass er mir nicht wehtun würde – obwohl ich mir vorgenommen hatte, mit ihm darüber zu reden, wie beschissen ich mich danach fühlte.

Obwohl er eine furchteinflößende Kreatur der Nacht sein sollte, war er für diese Rolle nicht besonders gut geeignet. Und warum zum Teufel hat er mir ein so großes Trinkgeld hinterlassen? Wer macht denn so was?

Ich stieß einen nervösen Atemzug aus. Vampire, anscheinend, gab ich mir selbst als Antwort. Das nächste Mal würde ich ihm unbedingt ein zweites Glas Clos du Bois anbieten.

Hör damit auf, ermahnte ich mich selbst. Ich schaffte das. Das hatte ich heute schon hundertmal gesagt, und das bedeutete, dass es wahr sein musste. Oder?

Ich atmete langsam ein und nahm die Mischung der Gerüche in mir auf, die in der Nähe der Landungsbrücken herumschwirrten. Der Mississippi lag hinter mir, eine kopfsteingepflasterte Straße unter meinen Füßen, und ein Vampir erwartete mich, vorausgesetzt, er war wie versprochen aufgetaucht.

Ein Schritt nach dem anderen feuerte ich mich an. Ich schüttelte meine Nervosität ab, griff nach der Glaseingangstür der Bar und zog sie auf. Kaum hatte ich die Schwelle überschritten, sah ich ihn. Er saß allein an einem kleinen Tisch in der hinteren Ecke. Genau wie vorhin nippte er an einem Glas Rotwein.

Die Lounge war nur schwach beleuchtet, was ihr eine gemütliche Atmosphäre verlieh. Auf mehreren Tischen brannten Kerzen, und aus Lautsprechern, die in die gewölbte Decke eingelassen waren, ertönte leise Jazz-Musik.

Er drehte seinen Kopf und sah mich direkt an, als hätte er meine ruhelos kreisenden Gedanken irgendwie gehört. Ich stand aufrecht unter diesem kühlen blauen Blick – oder zumindest so aufrecht, wie ich es konnte. Ich hielt meine Schultern gerade und mein Kinn hoch, um nichts anderes als Selbstvertrauen zu zeigen.

Auch wenn ich mich nicht sehr selbstbewusst fühlte, wollte ich es ihn auf keinen Fall sehen lassen. Mit finsterer Miene und hocherhobenem Kopf schritt ich durch die Bar auf den dunklen, gut aussehenden Fremden zu.

Rans stand auf, als ich mich näherte, nickte mir zur Begrüßung stumm zu und zog einen Stuhl für mich heraus. Das brachte mich etwas aus der Fassung, aber ich war fest entschlossen, einen kühlen Kopf zu bewahren. Ich ließ mich von ihm platzieren, aber ich war es nicht gewohnt, diese Art von müheloser Ritterlichkeit zu erleben.

„Du bist gekommen", sagte Rans. „Das freut mich."

Ich stellte meinen Rucksack auf dem Boden zu meinen Füßen ab. „Du solltest wissen, dass meine Freundin wie vereinbart in Bereitschaft ist. Sie wird die Polizei rufen, wenn ich mich nicht alle zehn Minuten melde."

Rans stieß ein leises, vielleicht amüsiertes Schnaufen aus.

„Betrachte mich als gewarnt", sagte er und legte den Kopf schief, während er mich musterte. „Kann ich dir einen Drink bestellen?"

„Gerne. Etwas Süßes mit einem gewissen Kick." Ich hatte das Gefühl, dass ich das brauchen würde.

Er nickte. „Süß und mit einem Kick. So soll es sein."

Ich hielt meinen Blick auf ihn gerichtet, als er zur Bar ging und mir einen Drink bestellte. Er kam mit einem Glas mit etwas Grünem auf Eis zurück und setzte sich mir gegenüber.

Ich nippte an dem Drink – er hatte mir einen Cocktail bestellt – in der Hoffnung, dass es mich etwas mutiger machen würde. Der Midori Sour – ein Likör – war in der Tat sehr süß. Und er hatte definitiv einen Kick. Ich hatte seit Wochen nichts mehr getrunken und seit dem Frühstück nicht mehr viel gegessen, sodass der Alkohol direkt durch meinen Mund ohne Filter in mein Gehirn schoss.

Also atmete ich tief durch, zog die Schultern zurück und stellte das halb leere Getränk auf dem Tisch ab.

„Du bist also ein Vampir." Obwohl es als Frage gedacht war, kam es eher wie eine Feststellung rüber.

„Und du bist ein Rätsel", erwiderte Rans, ohne sich die Mühe zu machen, die Behauptung zu dementieren. „Schön, dich richtig kennenzulernen."

„Du hast gestern mein Blut getrunken", sagte ich mit ruhiger Stimme, als ob seine Vorliebe für Hämoglobin keine große Sache wäre.

„Ja." Seine Antwort war so einfach wie meine Frage.

„Aber ich habe keine Wunde am Hals", sagte ich, vollkommen gefasst, wie ich fand.

„Nein, das hast du nicht", sagte er. „Mein Blut und mein Speichel haben starke, heilende Eigenschaften. Die Wunde an deinem Hals war nach wenigen Augenblicken geheilt."

Ich schluckte schwer. „Werde ich mich jetzt in einen Vampir verwandeln?"

Er lachte – ein einzelnes Bellen mit einem merklich dunklen Ton. „Nein, Darling. Nicht wirklich."

„Und jetzt verfolgst du mich", sagte ich.

Er zuckte mit den Schultern. „Ein bisschen, ja. Ich habe bereits erwähnt, dass du ein Rätsel bist."

„Was soll das überhaupt bedeuten?", fragte ich verblüfft. „Was an mir ist auch nur annähernd rätselhaft? Ich bin eine einfache Kellnerin, die in einem Bar & Grill arbeitet."

„Dein Blut", sagte er und musterte mich aufmerksam mit seinen eisblauen Augen. „Es ist ungewöhnlich ... wie sagt man? Stimulierend."

Ich zitterte ein wenig und konnte meine Nervosität nicht verbergen. Dann wechselte ich sofort das Thema.

„Wer hat gestern auf dich geschossen?", fragte ich.

Rans sah fast amüsiert aus. „Ein Mann mit einer Schrotflinte."

Mein Stirnrunzeln schien keine Wirkung auf ihn zu haben. „Warum hat er auf dich geschossen?"

„Jemand hat es ihm aufgetragen, nehme ich an."

„Jemand versucht also, dich zu töten?", drängte ich.

„Mich töten?" Er schnaubte. „Mit einer Schrotflinte? Nein, das war eher eine Liebeserklärung, wirklich." Sein Gesichtsausdruck wurde nüchterner. „Oder eine Botschaft – könnte man wohl eher sagen."

Ich blinzelte ihn an. „Was für eine Art von Botschaft ist ein klaffendes Loch in der Brust?"

Er schüttelte ungeduldig den Kopf. „Das ist nicht wichtig. Wichtiger ist, was du am helllichten Tag hier draußen machst, während diese Art von Blut durch deine Adern fließt."

Ich hielt inne und versuchte, diese Aussage zu deuten … ohne Erfolg. „Ich habe absolut keine Ahnung, wovon du sprichst", sagte ich ihm wahrheitsgemäß.

„Wirklich? Überhaupt keine?" Sein Blick wurde wieder schärfer, und es fühlte sich an, als könnte er direkt durch meinen Schädel in meine Seele sehen. Ich mochte dieses Gefühl nicht. Als er wieder sprach, war sein Tonfall nachdenklich. „Das meinst du wirklich ernst, nicht wahr?"

Ich warf meine Hände und damit meine Frustration in die Luft. „Nein, ich trickse dich aus … es kommt jeden Tag ein Vampir bei mir vorbei, reißt meine Schuppentür aus den Angeln und saugt an meinem Hals wie aus einem Capri-Sun, als wäre es ein normaler Teil meines Lebens. Also möchtest du mir vielleicht … ich weiß nicht … etwas erklären?"

Er schien über meine Worte nachzudenken, während er mich genau musterte. Einen Moment lang sah er aus, als wolle er mich bei lebendigem Leib verspeisen – und das nicht unbedingt auf die schlechteste Art. Mir lief ein Schauer über den Rücken, aber bevor ich mich entscheiden konnte, ob ich weglaufen oder ihn zur Rede stellen sollte, glättete sich seine Miene zu so etwas wie einem bedauernden Gesichtsausdruck.

„Besser nicht", sagte er freundlich. „Du solltest vergessen, was gestern passiert ist. Wenn du klug bist, wirst du dich bemühen, genau das zu tun. Geh nach Hause und hör auf, Fragen zu stellen, die die falsche Aufmerksamkeit erregen könnten."

Ich wurde stutzig. „Ach, ja? Fragen wie *Wer bezahlt die Reparaturen an meinem Schuppen* vielleicht?"

Nun lachte er heiter – ein leises, angenehmes Geräusch, das meine überaktive Libido anregte, obwohl ich mich nach Kräften bemühte, meinen Panzer der Empörung aufrechtzuerhalten. Mit einem schiefen Lächeln streckte er die Hand aus und strich mir mit dem Rücken seiner Fingerknöchel über die Wange – eine flüchtige Liebkosung, die meine Haut warm werden ließ und dort kribbelte, wo er sie berührt hatte.

„Was dachtest du, wofür das große Trinkgeld war, Zorah Bright?", fragte er.

Und dann war er weg. Ich saß einen Moment lang wie erstarrt da und meine Hand fuhr wie von selbst über die Stelle auf meiner Wange, wo er mich berührt hatte. Als ich wieder zu mir kam und mich nach ihm umsah, während Vonnies besorgte Nachricht das Handy in meiner Tasche surren ließ, war er bereits in die Dunkelheit der Stadt verschwunden.

KAPITEL FÜNF

ER KANNTE MEINEN NAMEN. Ich lag schon früh am Morgen wach im Bett und versuchte, nicht durchzudrehen, als ich in die Dunkelheit starrte und über die Ereignisse der letzten Tage nachdachte. Okay, ja, ich war eine Kellnerin. Ich hatte ein Namensschild getragen, als er und sein Freund ins AJs gekommen waren. Ein Namensschild mit meinem Vornamen – nicht mein Nachname.

Ich hatte schlecht geschlafen. Was für eine Überraschung, nicht wahr? Es waren zwei Tage vergangen, seit ich von einem Vampir ausgesaugt worden war, und ich fühlte mich immer noch schwach und träge. Wie viel hatte er von mir genommen? Sollte ich mir Sorgen machen?

Ich lag noch eine Stunde im Bett – *danke Schlafstörung* – und versuchte, Platz in meinem Monatsbudget für einen Besuch bei meinem Arzt freizuschaufeln, aber ich hatte keine Chance. Ich war nicht versichert, da ich nicht mehr in den Krankenversicherungspapieren meines Vaters stand. Ich verdiente zu viel Geld, um Unterstützung bei den Prämien zu bekommen, aber nicht genug, um den billigsten Tarif zu zahlen. Zumindest nicht, wenn ich etwas essen und die Nebenkosten bezahlen wollte.

Es spielte zudem keine Rolle. Ich konnte dem Arzt nicht sagen, dass ich an Blutverlust litt, da ich keine Wunde hatte, die das erklären konnte. Er würde nur wieder auf mein chronisches Erschöpfungssyndrom zu sprechen kommen. Aber ich war trotzdem besorgt. Es war mir gelungen, ein Gleichgewicht zwischen dem, was ich körperlich an einem Tag leisten konnte, und dem, was für meine Arbeit notwendig war, zu finden. Es war beunruhigend ...

Natürlich musste ich dafür mehr Schmerzmittel nehmen, als mir lieb war, aber ich hatte es geschafft. Im Moment fühlte ich mich allerdings, als wäre ich von einem Bus überfahren worden ... und ich musste heute Morgen in aller Herrgottsfrühe ins MMHA und danach zu meiner Schicht von elf bis drei bei AJs.

Ich bezweifelte aufrichtig, dass der vernachlässigte Rasen heute noch meine Aufmerksamkeit genießen würde.

Da an Schlaf zu diesem Zeitpunkt nicht mehr zu denken war, schlüpfte ich aus dem Bett, trank ein großes Glas Wasser und machte meine sanften Yogaübungen, während ich auf den Sonnenaufgang wartete. Meine Gelenke schmerzten und jeder Muskel brannte, obwohl ich nichts Anstrengendes getan hatte – ich hatte nur im Bett gelegen. Wie immer half das Yoga ein wenig und eine heiße Dusche half noch ein wenig mehr.

Ich erlag der Verlockung des massierenden Duschkopfes an diesem Morgen, aber sehnte mich nach der körperlichen und geistigen Erleichterung, die durch Endorphine ausgelöst wurde und fühlte mich wie eine Nymphomanin. Nachdem ich ein ausgiebiges Frühstück gemacht hatte und noch ein paar Ibuprofen geschluckt hatte, ging es mir körperlich und auch seelisch besser.

Um Punkt acht Uhr dreißig lief ich bei strömenden Regen in die Büros der *Missouri Mental Health Alliance* und war bereit, eine Sache zu unterstützen, die mir am Herzen lag. Bevor ein drastischer Einbruch meiner Gesundheit meine College-Karriere zum Scheitern gebracht hatte, hatte ich den größten Teil meiner zweijährigen Buchhaltungsausbildung geschafft. Ich unterstützte die MMHA, indem ich ihre Bücher führte.

Die nicht abgeschlossene Ausbildung war ursprünglich als Sprungbrett gedacht gewesen, um wie mein Vater, ein staatlich geprüfter Buchhalter zu werden. Rückblickend war es ein ziemlich trauriger Versuch einer jungen Frau, einen emotional distanzierten Vater dazu zu bringen, sie zu lieben. Ich hatte kein besonderes Interesse an Buchhaltung, und zu diesem Zeitpunkt meines Lebens wäre es ohnehin schwierig gewesen, meine Karriere weiter voranzutreiben. Aber ich konnte wenigstens der MMHA einen wertvollen Dienst erweisen.

Das war mir *nicht* egal.

Es gab keine Erklärung für den Mord an meiner Mutter, denn der sehr gestörte Mann, der in einem Moment des Wahnsinns etwas sehr Schlimmes getan hatte, hatte sich anschließend im Gefängnis mit seinem Bettlaken erhängt. Ich hatte das Gefühl, etwas zu bewirken, indem ich eine Organisation unterstützte, die sich für eine bessere psychische Gesundheit und Vorsorgeuntersuchungen einsetzte – auch wenn es nur ein kleiner Beitrag für die Gemeinschaft war. Also half ich unentgeltlich.

Aber als ich heute das MMHA-Büro betrat, bemerkte ich sofort das absolute Chaos, das ausgebrochen war.

Daisy, meine Chefin, lief im Büro auf und ab und hielt einen Dokumentenstapel in die Höhe. „Was zum Teufel sollen wir denn jetzt tun?", schnauzte sie.

Als ich die Eingangstür öffnete, fegte der Wind durch das Foyer und die Papiere von einem anderen Stapel des Schreibtisches flogen durch den Raum.

„Was ist denn los?", fragte ich und beobachtete Daisy, die fluchend und fast hektisch in den Papieren herumwühlte, die auf dem Schreibtisch lagen. Vonnie schaute mich mit großen Augen an, während sie versuchte, die Papiere aufzusammeln, die jetzt auf dem Boden verstreut lagen.

„Ich habe heute Morgen eine E-Mail bekommen." Daisy legte die Papiere beiseite und stellte sich gerade hin, die Hände in die Hüften gestemmt, während sie mich anschaute.

Daisy war eine der wenigen bezahlten Angestellten bei MMHA. Sie war Mitte dreißig, groß und schlank. Sie hatte dunklere Haut als ich und große braune Augen. Daisy sah immer hübsch aus – sie hatte immer tiefrot geschminkte Lippen und trug die unterschiedlichsten Perücken.

Heute trug sie eine Kurzhaarperücke. Stilvoll, aber hip. Ihre Lippen waren geschürzt und sie war eindeutig verärgert. Genauso wusste ich, dass ich eindeutig das Ziel ihres Zorns war.

Ich legte die Papiere, die ich aufgehoben hatte, auf den Schreibtisch, an dem ich normalerweise saß, und stellte mich ihr gegenüber, weil ich dachte, es sei das Beste, den Stier bei den Hörnern zu packen. „Atme tief durch Daisy. Sag mir, was los ist und wie ich dir helfen kann."

Sie schüttelte den Kopf und versuchte sichtlich, sich zu beherrschen. „Das verdammte Amt für Wirtschaftsprüfungen hat mir gerade eine E-Mail geschickt. Sie wollen ein Meeting ansetzen, um einige Unregelmäßigkeiten zu besprechen, die sie in unseren 501C(3) gefunden haben." Ihre tiefbraunen Augen bohrten sich in mich. „Die Papiere, die *du* eingereicht hast, Zorah."

Ich fragte mich, ob die Menschen jemals dieses mulmige, übelkeitserregende Gefühl aus ihrer Kindheit abschütteln, wenn ihre Lehrer sie vor der Klasse ausschimpfen und ihnen sagen, dass sie etwas falsch gemacht haben. Oder war das vielleicht nur bei mir so?

Ich nahm mir einen Moment Zeit, um tief durchzuatmen und jede defensive oder emotionale Reaktion zu unterdrücken, die in mir aufkam, und zwang mich, ihre Worte objektiv zu betrachten. Könnte ich einen Fehler gemacht haben? Ich war keine Wirtschaftsprüferin, sondern nur eine Frau mit einem fast zweijährigen College-Abschluss. Abgesehen davon war ich normalerweise ziemlich gründlich. Ich machte keine Fehler, wenn es um Geld ging – ein weiterer Grund, warum ich mit dem Einkommen einer Kellnerin im Süden von St. Louis überleben konnte.

Eine meiner wenigen Superkräfte war, gut mit Finanzen umgehen zu können.

„Ich bin sicher, dass es nur ein Missverständnis ist", sagte ich und räumte den Stapel Papiere weg. „Ich kümmere mich darum."

„Das erwarte ich auch von dir, Zorah", sagte Daisy ernst. „Das Arschloch von Wirtschaftsprüfer wird morgen früh um neun Uhr hier sein. Das ist eine große Sache."

Ich nickte und spürte, wie sich der Stress wie ein unangenehmes Gewicht auf meine Schultern drückte. „Ich arbeite morgen nicht bei AJs. Ich kann hier sein. Daisy, ich werde das in Ordnung bringen. Vertrau mir."

Die Anspannung in Daisys Schultern löste sich etwas und sie nickte.

„Gut", sagte sie und nahm einen weiteren Stapel Papiere in die Hand. „Hier. Diese Rechnungen sind gestern gekommen. Sie sind so schnell wie möglich zu begleichen."

Ihr Gesichtsausdruck war weniger furchterregend, als sie mir auf den Arm klopfte, bevor sie wieder in ihrem Büro verschwand. Ich stieß meinen Atem erleichtert aus. Meistens bellte Daisy mehr, als dass sie biss. Sie war vielleicht eine der wenigen bezahlten Angestellten hier, hatte aber eine Tochter im Teenageralter, die in den letzten Jahren zweimal einen Selbstmordversuch unternommen hatte. Diese Stelle war nicht nur ein Job für sie – das war sie für keinen von uns.

Wir alle waren in dieses Projekt investiert. Wir alle hatten etwas zu gewinnen, wenn es erfolgreich war, und wir alle hatten etwas zu verlieren, wenn es scheiterte. Um ehrlich zu sein, war diese ehrenamtliche Arbeit eines der wenigen Dinge, die mir wirklich etwas bedeuteten.

Die Gesundheitsfürsorge – einschließlich der psychischen Gesundheitsförderung – war eines der wichtigsten politischen Ziele meiner Mutter gewesen, als sie für ihr Amt kandidierte.

Nach allem, was man hörte, war Sasha Bright eine außergewöhnlich charismatische Frau gewesen. Ich erinnere mich nicht mehr an viel, aber ich weiß noch, dass sie wunderschön gewesen war. Liebevoll. Dad sagte, sie sei beliebt und erfolgreich gewesen und sei in der Kommunal- und Landespolitik gelandet, bevor sie für einen leeren Sitz im US-Senat kandidierte.

Ich schaute wirklich zu ihr auf – was sie war und wofür sie stand. Vielleicht war ich noch zu jung, um alles zu begreifen, was sie tat, aber ich wusste, dass sie die Welt zu einem besseren Ort machte, nicht nur für mich und Dad, sondern auch für andere. Das war es auch, was mich dazu brachte, für die gemeinnützige Organisation zu arbeiten. Ich wollte etwas erschaffen, das wichtiger war als ich selbst.

Auch nach zwanzig Jahren denke ich zu dieser Jahreszeit oft an meine Mutter – so kurz nach ihrem Todestag.

Je älter ich wurde, desto leidenschaftlicher schwor ich mir zwei Dinge. Erstens, ich würde herausfinden, was wirklich mit ihr passiert war, und zweitens, ich würde etwas Bedeutendes tun. Ich wollte mich für andere einsetzen, die vielleicht nicht für sich selbst eintreten konnten. Das war das Mindeste, was ich tun konnte.

„Brauchst du Hilfe?" Vonnie Morgan – die Frau, die meinen Sicherheitsanruf gestern Abend angenommen hatte und eine der wenigen Personen war, die ich tatsächlich als Freundin bezeichnen würde – kam auf mich zu und hielt mir die Papiere hin, die sie vom Boden aufgesammelt hatte.

„Gott, ja", sagte ich ihr. „Kannst du mir helfen, diese Rechnungen zu bearbeiten?" Ich deutete auf den Stapel, den Daisy mir gereicht hatte.

„Klar doch. Ich sage es nur ungern, aber du siehst beschissen aus, Süße", sagte sie mit zusammengekniffenen Augen. „Harte Nacht?"

„Du hast ja keine Ahnung", sagte ich mit Gefühl.

Vonnie war alleinerziehende Mutter eines Teenagers. Er war ungefähr dreizehn, da war ich mir ziemlich sicher. Sie war auch eine erstaunlich starke Frau und ich hatte ein wenig Ehrfurcht vor ihr. Verdammt, sie hatte ihr Kind bekommen, als sie selbst noch ein Kind war. *Sechzehn.* Der Vater des Kindes war verschwunden und hatte keinen Finger gerührt, um sie zu unterstützen. Vonnie schaffte es irgendwie, über die Runden zu kommen und sich auch noch ehrenamtlich zu engagieren.

Manchmal hatte ich das Gefühl, dass ich es schwer im Leben hatte, aber um ehrlich zu sein, hatte ich keine Ahnung, wie sie es schaffte, mit einem bescheidenen Gehalt im Einzelhandel zwei Menschen zu ernähren. Vonnie war eine starke

Frau. Gelegentlich bekam sie Hilfe von ihren Eltern, die ihren Sohn tagsüber betreuten, damit sie arbeiten gehen konnte. Außerhalb der MMHA hatte sie zwei Jobs und besuchte seit Kurzem die Abendschule, um Rechtsanwaltsgehilfin zu werden.

In meinen Augen war sie eine Heldin.

„Also …?" Vonnie starrte mich an, zog das Wort in die Länge und klimperte mit ihren langen Wimpern, während sie darauf wartete, dass ich sie mit einigen schmutzigen Details meiner Eskapaden der letzten Nacht versorgte.

Wenn ich nur schmutzige Details hätte … oder irgendetwas, was ich mit ihr teilen könnte. Irgendwie bezweifelte ich, dass sie etwas über meine schöne Zeit unter der Dusche erfahren wollte.

„Komm schon", beschwor sie und streifte sich das lange rote Haar von den Schultern. „Spuck's aus."

Sie nahm einen Stapel Papiere von einem Stuhl neben meinem Schreibtisch, setzte sich, legte den Stapel vor mir auf die Tischplatte und starrte mich an, ohne zu blinzeln. Ich starrte ausdruckslos zurück, da mir noch immer die Worte fehlten. Es ist nicht so, dass ich viel über dieses, offen gesagt, bizarre Treffen sagen könnte.

Ich hatte zu lange geschwiegen.

„Ach, komm schon." Sie verengte ihre Augen zu Schlitzen. „Gestern Abend ist etwas passiert." Sie zeigte auf mich, fuchtelte mit ihrem Finger wild in der Luft herum und deutete mit ihren Augen an, dass ich mich nicht zurückhalten durfte. „Du hast mir nur einmal eine Nachricht geschickt. War es furchtbar? Hatte er üblen Mundgeruch? Erzähl mir doch mal ein bisschen was!"

Ich rollte mit den Augen. „Nein, er hatte keinen üblen Mundgeruch."

„Okay, aber er war heiß, oder?" Vonnie zwinkerte mir zu.

Ich seufzte und wurde unwillkürlich daran erinnert, wie heiß er war. Aber, schönes Gesicht hin oder her, er war immer noch ein Vampir.

Ein verdammter *Vampir*.

„Ja, er war heiß." Und ein Vampir. „Mysteriös." Äh … *wirklich* geheimnisvoll. „Durchtrainierter Körper." Das mit dem *Blut trinken*, ist schade …

„Wie hat er ausgesehen?", fragte Vonnie und stützte ihr Kinn auf ihre Hände. „Details, Mädel. Ich brauche mehr Details."

Ich seufzte. „Ungefähr einen Meter achtzig, dunkles, längeres Haar, englischer Akzent. Ein Gesicht, das einer römischen Statue in nichts nachsteht."

Sie blinzelte mich an. „Und euer Date war nur zehn Minuten lang, weil …?"

„Er bedeutet Ärger", sagte ich leise.

Vonnie betrachtete mich einen Moment lang mit ernster Miene. „Die Guten sind immer die, die Ärger bedeuten, Zorah."

Ich schüttelte den Kopf. „Nein. Er bedeutet die Art von Ärger, von dem ich mich … ich weiß nicht, ob ich eine Beziehung mit intaktem Herzen überstehen würde." *Zumindest nicht lebendig*, beendete ich in Gedanken.

Aber verdammt, ich war eine Närrin – ein Teil von mir wollte es trotzdem versuchen. Nur … nicht

aus dem Grund, den Vonnie wahrscheinlich an-
nahm.

66

KAPITEL SECHS

„DU ZIEHST MICH ECHT RUNTER, Zorah", beschwerte sich Vonnie.

Ich schnaubte und riss mich aus meinen grimmigen Gedanken. „Tut mir leid, Vonnie", sagte ich. „Ich kann dir eine Geschichte über einen Quickie auf der Studio-88-Toilette erzählen, wenn du willst, aber die Wahrheit ist, dass ich seine Nummer nicht habe, und er meine nicht, und ich nicht einmal weiß, wie sein Nachname lautet. Ich bin mir ziemlich sicher, dass ich ihn nie wiedersehe und dass sich daraus nichts entwickeln wird."

„Er weiß wenigstens, wo du arbeitest", sagte Vonnie optimistisch. „Das ist doch was, oder?"

Ja, es war etwas. Ich wünschte wirklich, ich wüsste, *was*.

„Vielleicht", sagte ich.

Und jetzt verfolgst du mich, hatte ich ihm vorgeworfen, und er hatte *ein bisschen, ja* geantwortet. Er hatte mich ein Rätsel genannt, wegen meines Blutes, und schien dann jegliches Interesse zu verlieren, als er merkte, dass ich die Wahrheit sagte, als ich nicht wusste, wovon zum Teufel er sprach. Wie viel konnte ein Vampir über mich wissen, nachdem er mein Blut getrunken hatte?

Nach dem Date hatte ich noch mehr Fragen, aber keine guten Antworten und keine Möglichkeit, den Mann ausfindig zu machen, der sie mir beantworten konnte. Ich runzelte die Stirn. Moment, eine Sache hatte ich doch. Ich hatte den Namen Guthrie Leonides. Ich nahm mir vor, diesen Namen zu googeln, sobald ich heute Nachmittag von der Arbeit kam. Aber jetzt war mir gerade die nächste Katastrophe in den Schoß geworfen worden, in Form der bizarren Anschuldigungen dieses staatlichen Wirtschaftsprüfers, und ich hatte weniger als zwei Stunden, um zu versuchen, das zu klären, bevor ich zu AJs gehen musste.

„Ich muss versuchen, herauszufinden, was es mit diesem Schreiben auf sich hat", sagte ich zu Vonnie, die verständnisvoll nickte und mich in Ruhe ließ.

Ich beugte mich über den Schreibtisch und wühlte mich durch die Papiere, um sie einigermaßen zu ordnen. Einige würden für das morgige Meeting von Nutzen sein, andere nicht. Für die, die ich für hilfreich hielt, zog ich Manila-Ordner heraus und heftete sie ab.

Nachdem ich weit über eine Stunde damit verbracht hatte, die Unterlagen zu überprüfen und neu zu berechnen, konnte ich immer noch keine Fehler entdecken. Ich las mir die E-Mail durch, die Daisy an mich weitergeleitet hatte, und ging jede Unstimmigkeit in den Unterlagen durch, die der Prüfer genannt hatte, aber ich konnte keinen einzigen Fehler entdecken. Darüber hinaus konnte ich nicht viel tun, also packte ich die Akten in eine Kiste und brachte sie zu Daisy.

„Hier sind alle Belege. Ich kann ehrlich gesagt nichts finden, was ich falsch gemacht haben soll", sagte ich und reichte ihr die Unterlagen. „Ich habe keine Ahnung, was der Wirtschaftsprüfer da sieht, aber ich komme morgen gerne vorbei und spreche mit ihm persönlich darüber."

Daisy seufzte und nickte. „Okay. Hör zu, es tut mir leid, dass ich dich angeschnauzt habe. Es ist nur so, dass wir es uns nicht leisten können, dass uns das Finanzamt auf die Pelle rückt. Das sind Dinge, die gemeinnützigen Organisationen das Genick brechen können."

Ich lächelte, um ihr zu versichern, dass ich überhaupt nicht verärgert war. „Ich weiß. Das ist schon in Ordnung. Ich bin zuversichtlich, dass der Fehler nicht bei uns liegt. Es ist wahrscheinlich etwas ganz Einfaches."

„Das hoffe ich. Danke für deine Hilfe heute", sagte Daisy und klang müde. „Sehen wir uns morgen?"

Ich nickte, aber fürchtete mich vor dem nächsten Morgen, an dem ich vor Fremden ein fröhliches Gesicht aufsetzen müsste. „Ja. Ich werde früh da sein."

Ich verließ ihr Büro, schnappte mir meine Sachen und ging die paar Blocks weiter zu AJs. Es hatte zu regnen aufgehört, aber der Wind blies heute ganz schön stark. Wahrscheinlich würde es später am Nachmittag stürmen. St. Louis war zu dieser Jahreszeit bekannt für Gewitter und Tornados, und heute hing eine gewisse Schwüle in der Luft, die sich nicht vom Wind vertreiben ließ. Solche klimatischen Bedingungen bedeuteten normalerweise Ärger.

Einen Block vom AJs entfernt lief mein Vampir-Radar auf Hochtouren. So unwahrscheinlich es auch war, ich hoffte, Rans zu treffen, der um das Restaurant herumschlich. Natürlich war er nicht da. Das wäre viel zu einfach gewesen und mein Glück schien in diesen Tagen nicht so groß zu sein.

Nachdem ich meine Uniform angezogen hatte, verließ ich die Damentoilette und wurde von Jake in eine Ecke gedrängt, einem neuen Barkeeper, der erst seit ein paar Wochen im Restaurant arbeitet. Ich spannte meinen Kiefer an. Mein Gott, die Eingangstür des Lokals war noch nicht einmal offiziell geöffnet, und dann das? Dieser Tag entwickelte sich zu einem echten Scheißtag.

„Also Zorah." Jake stand viel zu nah und drängte mich förmlich neben der Getränkestation in die Enge. „Wann darf ich dich endlich ausführen?"

Optisch gesehen war Jake ein gut aussehender Mann – dunkelblondes Haar, blaue Augen. Der Traum eines jeden Mädchens vom Jungen von nebenan …, wenn der Junge von nebenan nicht ein aufdringliches, anspruchsvolles Arschloch gewesen wäre. Seit dem Tag, an dem er die Einarbeitung beendet und bei uns angefangen hatte, war er ziemlich unnachgiebig, was seine Absichten mir gegenüber betrafen.

„Ich bin nicht interessiert, Jake." Ich zog mich tiefer in die Ecke zurück und versuchte, Platz zwischen uns zu schaffen, aber er drängte sich immer näher. Er stand so nah, dass es fast so aussah, als würde er versuchen, mich zu küssen.

„Ach sei doch nicht so, Hübsche. Was ist mit diesem Wochenende?" Er wackelte mit den Augenbrauen.

Ernsthaft ... hatte er das gerade wirklich gefragt?

„Ich arbeite, tut mir leid." Ich klang mehr als desinteressiert, aber das schien ihn nicht zu stören.

Er schüttelte den Kopf. „Nein ... du stehst Samstag nicht auf dem Plan", sagte er. „Ich habe es überprüft."

„Das ist nicht meine einzige Arbeitsstelle, Jake." Ich verengte meine Augen zu Schlitzen.

„Du kannst nicht jeden Tag arbeiten." Er legte den Kopf schief, als er versuchte, meinen Bluff platzen zu lassen.

„So ziemlich jeden Tag", sagte ich. „Ich habe Rechnungen zu begleichen."

Jake machte einen halben Schritt zurück und schüttelte den Kopf. Er lächelte immer noch, und ich war einerseits erleichtert, dass die Dinge nicht hässlich werden würden – zumindest dieses Mal nicht – und andererseits wütend über meine Erleichterung, obwohl ich nicht diejenige war, die im Unrecht war.

Selbst jetzt schien er nicht locker lassen zu wollen. „Okay, vielleicht an einem Abend nach der Arbeit? Ich könnte dich auf einen Drink einladen und dich dann zu Hause absetzen, da du kein Auto hast."

Mein Kiefer begann zu schmerzen, während ich mich bemühte, einen neutralen Gesichtsausdruck zu bewahren. „Ich habe ein Auto. Es ist nur gerade in der Werkstatt." *Ich wartete darauf, dass auf wundersame Weise zweitausendfünfhundert Dollar auf meinem Konto auftauchten.*

Ich hätte genauso gut mit einer Wand sprechen können. „Cool, ich weiß doch, dass du es auch willst, also ... bald. Okay?"

„Ich bin nicht interessiert, Jake. Ich muss jetzt arbeiten. Kannst du ... ich weiß nicht, mich vielleicht aus dieser Ecke herauslassen?" Ich weitete meine Augen und wartete darauf, dass er den Wink mit dem Zaunpfahl verstand.

„Oh ja, sicher." Er grinste breit und zeigte seine geraden, weißen Zähne. „Tut mir leid, Baby."

Er rückte ein paar Zentimeter nach links und ließ mir gerade so viel Platz, dass ich, wenn ich versuchte, mich vorbeizudrängen, gegen ihn stoßen würde.

„Alter!" Ich starrte ihm in die Augen. „Du gehst mir gerade ganz schön auf die Nerven und ich bin nicht in der Stimmung dafür."

Sein Gesichtsausdruck verhärtete sich, und ich machte mich auf das gefasst, was als Nächstes kommen würde. Die Wut von vorhin brodelte immer noch in meinem Bauch und musste ein Ventil finden, aber das würde in einem Schlamassel enden. Ich würde wahrscheinlich entweder arbeitslos oder sexuell belästigt werden oder beides.

In diesem Moment kam Len, einer der Chefköche, auf dem Weg in die Küche vorbei und blieb abrupt stehen, um die Szene zu betrachten.

„Sei kein Trottel, Jake. Was zum Teufel machst du da? Lass die arme Frau in Ruhe."

Als Jake sich nicht sofort bewegte, kniff Len seine Augen zusammen und kam näher. Er war größer als Jake, wenn auch nicht so breit an Brust und Schultern. Außerdem hatte er einen Hauch von Bad Boy an sich, der durch einen lilafarbenen Irokesenschnitt, Arme voller Tattoos und ein Übermaß an Piercings im Gesicht – Nase, Augenbrauen und Lippen – noch verstärkt wurde. Normalerweise versteckte er sich in der Küche, aber er ließ offensichtlich nicht zu, dass eine Frau unter seiner Aufsicht schikaniert wurde.

Er machte auch die *besten* Steaks.

Es war nicht so, dass ich mit Typen wie Jake nicht umgehen konnte, aber im Moment war ich, ich will nicht lügen, erleichtert, dass Len hier war. Vor allem, als ein Anflug von echter Wut über Jakes Gesicht ging und zwischen Len und mir hin und her sprang.

„Ja, okay." Jake schürzte die Lippen und ließ seinen Blick über meinen Körper gleiten. Er ging ein paar Schritte zurück und deutete dann mit einer Geste an, dass ich mich bewegen sollte. „Dein Pech, Mädel."

Ich wandte meinen Blick von ihm ab, ging an ihm vorbei und bedankte mich bei Len, während ich zu meinem Bereich ging und darauf wartete, dass die Kunden an einem Tisch Platz nahmen.

Len schenkte mir ein breites Lächeln und verschwand in der Küche, während Jake sich hinter die Bar stellte. Ich verfluchte das Adrenalin, das mein Herz zum Rasen brachte, und versuchte, mein Pokerface für die Kunden aufzusetzen. Ich wusste nicht, was es über mich aussagte, dass ich in den letzten fünf Minuten mehr Angst hatte als bei der Enthüllung, dass es Vampire gab.

Die Hostess platzierte die Gäste, die gerade durch die Tür gekommen waren, also ging ich zu ihnen und erledigte meine Arbeit. Als der Mittagsansturm vorbei war, hatte ich zwar eine gute Summe Trinkgeld erhalten, aber mein ganzer Körper schmerzte. Aus irgendeinem Grund gab es heute einige Geschäftsessen, und das Halten von den Tabletts mit den schweren Tellern darauf, hatte seinen Tribut gefordert. *Blöde Gelenke und Muskeln. Warum konnten sie nicht einfach so funktionieren, wie sie sollten?*

An manchen Tagen fühlte ich mich wirklich wie die älteste Sechsundzwanzigjährige der Welt.

Nach meiner ersten Pause kehrte ich zu meinen Aufgaben zurück. Einer meiner nächsten Kunden war ein Mann, der allein saß und einen braunen Geschäftsanzug trug, der überhaupt nicht zu seiner natürlichen Hautfarbe passte.

Ich zückte meinen Bestellblock und trat an seinen Tisch.

„Guten Tag", sagte ich. „Ich werde Sie heute bedienen. Was kann ich Ihnen bringen?"

Er hatte etwas ... Seltsames an sich. Er sah fast ... überirdisch aus? War das das richtige Wort? Ich hatte das Gefühl, als gehöre er nicht hierher. Irgendwie sah er glänzend und golden aus und zu perfekt, um echt zu sein. Er hatte langes, blondes Haar, das zu einem Pferdeschwanz zurückgebunden war, und seine Augen ... sie hatten einen seltsamen Grünton an sich. Sie überraschten mich, und ich merkte, dass ich ihn anstarrte. Dieser Farbton konnte unmöglich natürlich sein. Er musste Kontaktlinsen oder so etwas tragen.

„Ich nehme für den Anfang eine Portion Escargot mit Knoblauchbutter."

Ich blinzelte, riss mich aus meinen Gedanken, senkte meinen Blick und schrieb die Bestellung auf – *schleimige Schnecken und stinkende Butter*. In unserer Küche kamen nicht allzu viele Bestellungen mit Escargot herein. Eigentlich hatte ich mich immer gefragt, warum die Besitzer sie überhaupt auf die Karte setzten, wenn niemand sie bestellte. „Reicht das für den Anfang?", fragte ich. „Einen Drink vielleicht?"

„Hm … ich nehme einen Cognac. Und ein Glas Wasser mit Zitrone." Seltsame Reihenfolge, dachte ich.

Obwohl seine Gesichtszüge umwerfend waren, stieß er mich instinktiv aus irgendeinem Grund ab – ich konnte es nicht erklären. Ich hatte das Gefühl, als würde etwas in mir aufsteigen und schreien *lauf weg*. Ich schüttelte den Gedanken ab, das war dumm. Nach der hässlichen Szene vorhin mit Jake war ich einfach durcheinander. Daran musste es liegen.

Es war seltsam. Gestern war ein Vampir hier und ich konnte meine Faszination kaum unterdrücken. Heute kribbelte mir beim Anblick dieses Kerls – genauso gut aussehend und ungewöhnlich, wenn auch auf eine andere Art – so sehr meine Haut, dass ich mir Furchen in die Arme kratzen wollte, damit das Gefühl aufhört.

Ich starrte ihn wieder an. Der Kerl räusperte sich und sah mich so seltsam an, als ob ich angeklagt und verurteilt würde, ohne dass es vorher zu einer Verhandlung gekommen war und als ob ich keinen Widerspruch einlegen könnte.

Lauf kleines Mädchen, sagte dieser Blick. *Lauf so weit und so schnell du kannst. Wir jagen dich und kommen dich holen und wir lassen uns nicht abschütteln.*

KAPITEL SIEBEN

„WIE IST IHR NAME?", fragte der Mann mit den grünen Augen.

Ich konnte mich nicht erinnern, dass ich mich jemals in meinem Leben so sehr vor der Nähe eines anderen Menschen geekelt habe wie in diesem Moment. In meinem Magen kam ein flaues Gefühl auf und meine Muskeln fühlten sich an, als würden sie mir unter der Intensität seines Blicks von den Knochen brennen.

„*Ihr Name*", wiederholte er, seine Stimme war eisern.

Ich hob meinen Finger und zeigte stumm auf mein Namensschild.

Schau doch hin, Dumpfbacke, dachte ich.

Ich beobachtete ihn misstrauisch und versuchte, meine Reaktion in den Griff zu bekommen. Der Mann hatte etwas von Natur aus Abscheuliches an sich. Es war das seltsamste Gefühl, als ob etwas in meiner DNA seine Gegenwart ablehnte.

Der Mann hob eine Augenbraue über meine wenig respektvolle Geste. „Hat Ihnen schon mal jemand gesagt, dass *Zorra* im Spanischen sowohl ein weiblicher Fuchs als auch ein Betthäschen bedeutet?"

Es war nicht das erste Mal, dass ich das hörte – eine Bemerkung, die ironischerweise überhaupt nicht witzig war, wenn man bedachte, dass ich als „Betthäschen" völlig versagt hatte. Da ich in der Highschool Spanischunterricht hatte und zwei Wochen mit einem Latino zusammen war, hatte ich das schon vor Jahren gehört. Und dieser Typ hatte offensichtlich nicht in Betracht gezogen, dass ich das vielleicht – nur vielleicht – ein oder zweimal in meinem Leben schon gehört hatte?

„Ich werde Ihre Bestellung aufgeben", sagte ich knapp und ging so schnell ich konnte davon.

Ich fühlte mich wie ein Magnet, der von einem anderen Magneten abgestoßen wurde. Es war so schlimm, dass ich sogar versuchte, einen anderen Kellner zu bitten, den Tisch zu übernehmen. Der Kerl mit dem Pferdeschwanz starrte mich die ganze Zeit über schamlos an und wandte seinen Blick nicht von mir ab, solange ich vom Sitzbereich aus zu sehen war. Egal, wo ich mich befand, ich spürte, wie meine Haut brannte, wie sie über meine Muskeln und Knochen kroch und versuchte, zu entkommen.

Es war körperlich fast schmerzhaft.

Ich hatte es geschafft, eine der anderen Kellnerinnen dazu zu bringen, ihm sein Getränk zu bringen. Als sein Essen fertig war, hatte sie gerade Pause, also stellte ich die Teller widerwillig auf ein Tablett und brachte sie zu seinem Tisch. Als ich ihm die Bestellung vorsetzte, tat ich mein Bestes, um Augenkontakt zu vermeiden.

„Danke", sagte er und versuchte, freundlich zu klingen, obwohl seine Stimme wie Glasscherben in meinen Ohren klang. „Also, sagen Sie, Zorah. Wohnen Sie hier in der Nähe?"

Ich wollte ihm wirklich keine Antwort geben, aber was solls. Ganz im Ernst. Man musste kein Genie sein, um das herauszufinden. „Nun, ich arbeite hier, also … ja?"

„Erzählen Sie mir von sich." Er legte die Hände in seinen Schoß und lächelte. Er versuchte eindeutig, sich mit mir zu unterhalten und es war ihm egal, dass er kläglich scheiterte.

Mein Fiesling-Radar war in voller Alarmbereitschaft. Lieber Gott, konnte dieser Tag nicht schon vorbei sein?

„Es tut mir leid, Sir", sagte ich mit zusammengebissenen Zähnen. „Ich muss mich um meine anderen Tische kümmern."

Ich wollte weggehen, aber seine Hand schloss sich wie ein Stahlband um meinen Arm. Ich schnappte nach Luft und riss mich mit einer Drehbewegung los, die ich vor langer Zeit in einem Selbstverteidigungskurs gelernt hatte. Mit klopfendem Herzen wirbelte ich herum und trat einen Schritt außerhalb seiner Reichweite.

Seine grünen Augen schossen wie Röntgenstrahlen durch die Schichten meiner Haut. „Ich würde Sie gerne besser kennenlernen."

Die Vorstellung, eine Szene zu machen und gefeuert zu werden, kämpfte mit der Aussicht, entführt und in Pferdeschwanz-Kerls Keller angekettet zu sein.

„Ich fühle mich geschmeichelt", stammelte ich, „aber ich muss arbeiten."

Ich zwang mich zu einem Lächeln, das sich eher wie eine Grimasse anfühlte, und floh. Eine Zeit lang konnte ich andere Kellner dazu bringen, gelegentlich nach ihm zu sehen, aber schließlich zog er den Manager heran und sagte ihm, ich würde ihn vernachlässigen, also wurde ich zurechtgewiesen und musste schließlich wieder an seinen Tisch.

„Darf ich das abräumen?", fragte ich vorsichtig und deutete auf seine leeren Teller.

Er schob sie mir über den Tisch zu. „Wie alt sind Sie, Zorah?"

„Ich bin in meinen Zwanzigern", murmelte ich und hoffte, ihn stumm zu vermitteln, dass ich nicht mehr mit ihm sprechen wollte. Das tat es nicht.

„Was ist mit Ihren Eltern? Sind sie am Leben?"

Ich erstarrte bei dieser Frage. Warum sollte er das fragen? So wie er mich ansah, war es, als ob er die Antwort auf jede seiner Fragen bereits kannte, als könnte er direkt in meinen Kopf sehen und meine Abneigung für ihn spüren. Es kam mir vor, als wüsste er bereits einige Dinge über mich, die ich nicht einmal über mich selbst wusste.

Wer zum Teufel war dieser Typ? Warum war ich plötzlich die Anlaufstelle für Seltsamkeiten?

Ich versuchte, die Situation zu entschärfen und ihn gleichzeitig zum Schweigen zu bringen. „Hören Sie, es ist mir unangenehm, einem Mann, den ich nicht kenne, persönliche Informationen zu geben. Ich bin sicher, dass Sie das verstehen können."

„Bringen Sie mir eine Portion Tiramisu, Zorah. Und noch einen Drink." Er stellte sein Glas an den Rand des Tisches.

Ich nickte und schnappte mir das schmutzige Geschirr und sein Glas. „Gut, kommt sofort."

Als ich zurück in die Küche ging, konnte ich spüren, wie er mich anstarrte.

Er verfolgt mich ...

Stunden vergingen, aber der gruselige Pferdeschwanztyp blieb.

Er *blieb*, verdammt noch mal. Er bestellte Getränke, um das Management zu beschwichtigen und um nicht rausgeworfen zu werden. Die ganze verdammte Zeit über verfolgten mich seine Blicke überall hin – von Tisch zu Tisch oder auf dem Weg zur Küche. Es spielte keine Rolle, was ich tat – er beobachtete mich immer weiter.

Als es endlich drei Uhr war, endete meine Schicht. Ich war so aufgebracht, dass ich zitterte und zu viel Angst hatte, um allein zur Bushaltestelle zu gehen. In solchen Momenten wünschte ich mir wirklich, mein Auto wäre nicht in der Werkstatt. Aber um ehrlich zu sein, war ich wahrscheinlich nicht einmal in der Verfassung, Auto zu fahren.

Ich versteckte mich in der Küche und kaute auf meinem Daumennagel herum, weil dieser Kerl immer noch in meinem Bereich saß. Jeglicher Stolz, den ich je hatte, war längst verflogen, während ich darauf wartete, dass Len Feierabend machte.

„Hey Len", begann ich etwas zögerlich. „Du hast doch jetzt frei, oder?"

Len zog sich das Haarnetz vom Kopf, und sein lilafarbener Haarschopf kam zum Vorschein, als wäre er nicht stundenlang unter einem Netz verborgen gewesen. Soweit ich ihn kannte, war Len unter all dem Bad-Boy-Gehabe ein liebenswerter Kerl. Er war immer nett zu mir gewesen, und nach der Szene mit Jake heute Morgen, fühlte ich mich viel wohler mit ihm.

„Ja, ich bin hier fertig. Was gibts, Zorah?" Er wusch sich am Waschbecken die Hände, band die Schürze ab und warf sie in den Wäschekorb ein paar Meter weiter.

Ich war plötzlich sehr froh, dass er hier war.

Ich holte tief Luft und sagte, „Würdest du mich nach Hause fahren? Da ist dieser unheimliche Kerl, der schon seit Stunden in meinem Bereich sitzt und mir persönliche Fragen stellt. *Stundenlang.* Ganz im Ernst. Er ist immer noch da, und ich habe Angst, allein zu gehen."

Len runzelte die Stirn, der Ring in seiner Augenbraue reflektierte das Licht der grellen Lampe über uns. „Das würde ich gerne tun, aber ich bin nicht mit dem Auto hier. Ich wohne etwa vier Straßen weiter."

„Oh." Ich ließ die Schultern hängen, als ich zu Boden blickte.

„Wie bist du hierhergekommen?", fragte Len.

„Ich habe den Bus genommen." Gott, ich fing langsam wirklich an, diesen verdammten Bus zu hassen.

„Was ist mit deinem Auto? Hattest du nicht einen kleinen, roten Civic?"

„Das Getriebe ist kaputt. Sie sagten, es kostet mindestens ein paar Tausend, um es zu reparieren." Ich zuckte mit den Schultern. „Da bin ich noch am Überlegen."

Er nickte verständnisvoll. „Kann ich gut verstehen. Ich habe nicht einmal ein Auto. Zum Glück ist alles, was ich brauche, zu Fuß zu erreichen." Er sah mich eine Minute lang an und nahm meine Angst deutlich zur Kenntnis. „Mach dir keine Sorgen, Süße. Ich bringe dich sicher nach Hause. Die Bushaltestelle ist nur ein paar Blocks entfernt. Was ist mit der Metro?"

Ich schüttelte den Kopf. „Ich habe eine Fahrkarte, aber es gibt keine Haltestelle in der Nähe meines Hauses, also muss ich stattdessen den Bus nehmen."

„Hör zu, ich begleite dich zur Bushaltestelle und bleibe bei dir, bis der Bus kommt", sagte Len. „An welchem Tisch sitzt dieser unheimliche Kerl?"

„Einundzwanzig."

Len hob einen Finger und warnte mich stillschweigend, an Ort und Stelle zu bleiben, während er an den Rand des Sitzbereichs ging und die Situation überprüfte. „Der Blonde mit dem Pferdeschwanz?", fragte er.

Ich nickte. „Er ist also immer noch da? Mein Gott, ich bin jetzt schon seit zwanzig Minuten nicht mehr draußen gewesen. Ich drehe hier wirklich noch durch." Aufgebracht fuhr ich mir mit den Fingern durch die Haare. „Was zum Teufel will er von mir?"

„Ich weiß nicht, Süße, aber ich habe ihn jetzt auf dem Radar. Ich gebe dir Rückendeckung."

„Danke, Len."

„Das mach ich doch gerne", sagte er. „Schnapp dir dein Zeug und lass uns nach Hause gehen."

Ich verschwendete keine Zeit und holte meinen Rucksack aus dem Spind. Len begleitete mich durch den Mitarbeitereingang, weiter durch die Gasse und die Straße hinunter zur nächsten Bushaltestelle, die kaum einen halben Block entfernt war. Nach dem kurzen Fußweg zur Haltestelle saßen wir etwa fünfzehn Minuten lang auf der Bank unter dem schmutzigen Unterstand und warteten auf den nächsten Bus.

Es fiel mir schwer, meine aufgewühlten Nerven im Zaum zu halten, da ich ständig darauf wartete, dass der unheimliche Typ auftauchte. Len war eine unverwüstliche Größe an meiner Seite.

„Danke, Len." Ich stand auf, als der Bus anhielt, kramte in meiner Tasche, um meine Buskarte zu holen, und redete mir ein, dass ich, sobald ich an Bord war, in Sicherheit war. Aber aus irgendeinem Grund glaubte ich es nicht. „Ich … sehe dich morgen?"

Len schüttelte den Kopf. „Nein, ich komme mit dir mit. Du bist kurz davor, durchzudrehen."

Ein Hauch von Wärme blühte in meiner Brust auf. „Das musst du wirklich nicht tun."

Er schüttelte den Kopf. „Doch, das tue ich. Ich möchte sicherstellen, dass du gut nach Hause kommst. Ich habe es versprochen, erinnerst du dich?"

Ein Teil der Anspannung fiel von mir ab. „Danke, Len. Das bedeutet mir sehr viel." Ich lächelte. Das tat es wirklich.

Er erwiderte mit einem schiefen Lächeln und geleitete mich die Treppe hinauf. „Das ist kein Ding. Bringen wir dich einfach nach Hause." Er zog Bargeld aus seiner Tasche und bezahlte die Fahrt, als wir einstiegen, und setzte sich neben mich.

„Wo wohnst du eigentlich?", fragte er.

„South City. In der Nähe von Hampton. Und du?“

„Ich teile mir ein Loft mit meinem Freund in der Stadt. Er ist Koch im Le Grand Concours.“

Ich zog die Augenbrauen hoch. Le Grand Concours war der Jackpot, wenn man da einen Job bekam. „Wirklich cool.“ *Ganz zu schweigen von dem Beweis, dass die meisten der Guten für die andere Mannschaft spielten.*

„Gib mir dein Handy“, sagte Len und gestikulierte mit seiner Hand.

„Okay.“ Ich zog mein Handy aus der Tasche, entsperrte es und reichte es weiter.

„Ich gebe dir meine Handynummer, okay?“ Er ging zu den Kontakten und gab seine Nummer ein. „Wenn du jemals etwas brauchst, lass es mich wissen. Und hey, ich wohne nur ein paar Blocks vom AJs entfernt. Ich kann dich also jederzeit zur Bushaltestelle begleiten.“

Mein Lächeln wurde breiter. „Danke, Len.“

Der Bus kam an meiner Haltestelle an, die nur ein paar Blocks von meinem Haus entfernt war. Die Straße, in der ich wohnte, war ruhig, sodass der Weg nach Hause nicht allzu beängstigend sein würde.

„Ich meine es ernst“, wiederholte Len. „Wenn du etwas brauchst, ruf mich an.“

Ich nickte, als ich aufstand, um aus dem Bus zu steigen. „Das werde ich. Danke, dass du einen beschissenen Tag weniger beschissen gemacht hast, Len. Wir sehen uns morgen.“ Ich stieg aus und winkte ihm zu, als der Bus von meiner Haltestelle wegfuhr.

Der Weg nach Hause – 2 Blocks weiter – verlief glücklicherweise ereignislos und ich schaffte es ohne weitere Zwischenfälle. Als ich auf meine Veranda trat, klingelte mein Handy. Es war Len, der sich nach mir erkundigte. Ich lächelte, als ich zurückschrieb, dass ich gerade durch die Haustür ging und sie hinter mir abschloss. Dann sagte ich ihm, er solle seinem Freund von mir ausrichten, dass er ein Glückspilz sei.

Das Schloss rastete hinter mir ein. *Zu Hause.*

Ich setzte mich auf meine Couch und konnte zum ersten Mal an diesem Tag durchatmen.

Was für ein schrecklicher Tag. Nach all dem brauchte ich dringend einen Drink. Und ein Bad. Ich konnte immer noch spüren, wie die abschreckende Aura dieses Kerls wie eine Spinne über meine Haut kroch. Nachdem ich mein Bedürfnis nach Entspannung gegen den Schaden abgewogen hatte, den ein oder zwei Gläser Cider meiner ohnehin schon angeschlagenen Gesundheit zufügen würden, sagte ich mir, „Scheiß darauf" und schenkte mir ein Glas ein. Ich nahm ein paar Schlucke und ging ins Bad, um mir eine Badewanne bis obenhin einzulassen. Als die Wanne voll war, zog ich mich aus und ging auf Zehenspitzen hinein, den Cider an meiner Seite, während im Hintergrund leise Musik lief.

Ich schloss meine Augen und versuchte, mich zu entspannen. Der Schaum im Wasser trug dazu bei, die unsichtbare Schmutzschicht abzuwaschen, die meine Interaktionen mit diesem schrecklichen Mann hinterlassen hatten und um meine schmerzenden, müden Muskeln zu beruhigen.

Doch der morgige Tag würde schneller kommen, als mir lieb war, aber so sehr ich mich auch bemühte, ich konnte mich nicht völlig entspannen. Als das Wasser abzukühlen begann, stieg ich aus und verbrachte einige Zeit damit, auf meinem Handy nach Guthrie Leonides zu suchen. Er schien in Geschäftskreisen eine ziemlich große Nummer zu sein – größer, als ich aufgrund seines unkomplizierten, entspannten Auftretens vermutet hätte. Ich machte mir ein paar Notizen und suchte dann nach dem Namen Rans – keine Ergebnisse.

Nachdem dieser Weg ausgeschöpft war, verbrachte ich den Rest des Abends damit, meine Argumente für das Treffen mit dem Wirtschaftsprüfer am nächsten Morgen zu ordnen. Ich wagte zu hoffen, dass es nicht annähernd so eine große Sache sein würde, wie Daisy zu denken schien. Ich war das in der E-Mail aufgeführte Material gründlich durchgegangen und war zuversichtlich, dass ich im Recht war.

Nach dem Abendessen versuchte ich, meine angespannten Nerven, mit einem völlig harmlosen Liebesroman, zu beruhigen, und warf noch ein Schmerzmittel ein. Dann machte ich mich auf den Weg ins Bett. Wie vorauszusehen war, verbanden sich meine Schmerzen mit den beunruhigenden Bildern des Tages, sodass ich mich lange hin und her wälzte, bevor ich schließlich in einen unruhigen Schlaf fiel.

Mein immer wiederkehrender Traum folgte kurz darauf.

Draußen war es heiß und die Sonne schien hell am Himmelsfirmament. Sie ließ die bunten Fahnen und Wimpel strahlen, die um die Bühne herum hingen. Rot. Weiß. Blau. Die Menge war guter Dinge und jubelte. Zuerst konnte ich nur Beine sehen, wie Baumstämme in dem Wald, in den Mommy und Daddy mich manchmal zum Zelten mitnahmen.

Dann hob Daddy mich auf seine Schultern und ich hatte die beste Aussicht aller Zeiten, als ich auf seinen Schultern saß. Seine starken Hände hielten mich fest, während wir beide Mommy auf der Bühne reden sahen. Mommy würde Senatorin werden. Ich wusste nicht genau, was das war, aber es war ein sehr wichtiger Job. Sie würde vielen Menschen helfen und berühmt werden – wie ein Filmstar.

Das ergab Sinn, denn sie war so hübsch wie ein Filmstar. Daddy und ich waren so stolz auf sie.

Sie sprach gerade und hob eine Hand, als die Leute um uns herum wieder zu jubeln begannen. Aber hinter uns schrie jemand. Es war kein fröhlicher Laut, wie bei den anderen. Ich versuchte, mich umzudrehen und nachzusehen, denn ich mochte nicht, wie mich dieser Schrei ansprach. Dann schrien auch andere Leute, und Daddy wirbelte herum. Dann packte er mich … zog mich von seinen Schultern herunter … schlang seinen Körper um mich.

Ich sah Mommy noch einen Moment lang, bevor ich von Daddys Körper umgeben war, der von den Leuten, die an uns vorbeirannten, angerempelt wurde. Mommy runzelte die Stirn und ihre Augen waren groß, als sich unsere Blicke trafen. Ich sah, wie sich ihr Mund öffnete, bevor ich sie aus den Augen verlor.

Ein lautes Geräusch, wie ein Feuerwerk, ging los, schmerzte in meinen Ohren, und immer mehr Menschen schrien, rannten weg und weinten. Ich fing auch an, zu weinen. Mommy sagte, wir würden uns das Feuerwerk später ansehen, aber warum hatten alle so viel Angst davor? Warum wurde das Feuerwerk gerade jetzt gezündet, als es noch hell war und Mommy versuchte, eine Rede zu halten?

„Oh, Gott", sagte Daddy. „Oh Gott ... nein, nein, nein."

Er hob mich hoch, drückte mich gegen seine Hüfte, und dann rannte er auch schon los. Er drängte sich gegen die Menge, die versuchte, in die andere Richtung zu laufen.

„Sasha! *Sasha!*", schrie er Mommys Namen, und ich schluchzte noch lauter, weil ich nicht wusste, was los war.

„Mommy!", rief ich, und der Lärm wurde von den lauten Geräuschen um mich herum übertönt.

Daddy kletterte auf die Bühne und zog mich mit sich. Sein Griff tat weh, weil er mich zu fest umklammerte. Mommy lag auf dem Rücken auf dem Boden, wie damals, als sie im letzten Winter auf dem Eis ausgerutscht und hingefallen war. Aber dieses Mal lachte sie nicht und sagte, „Au, au, au, blödes Eis!"

Sie sagte überhaupt nichts mehr. Sie starrte nur in den Himmel, lag inmitten einer großen roten

Pfütze, die sich um sie herum ausbreitete. Rote Flecken waren auf ihrer Bluse und auf ihrem Rock zu sehen.

Überall.

In ihrer Brust war ein großes, hässliches Loch. Daddy ließ mich auf die Bühne sinken. Jemand anderes hob mich in die Arme und hielt mir die Augen zu.

Aber es war zu spät. Ich hatte es schon gesehen.

Meine Mommy war tot.

KAPITEL ACHT

ICH DACHTE ZUERST, dass das Klingeln des Weckers das Heulen der Sirenen in meinem Traum war. Als ich beim Erwachen die Realität von meinem Albtraum unterscheiden konnte, zuckte ich zusammen und richtete mich ruckartig im Bett auf. Ich atmete schwer und mein Herz raste so schnell, dass meine Brust schmerzte.

Ich starrte in das graue Licht der Morgendämmerung, das mein Schlafzimmer kaum erhellte, und langsam erkannte ich die Panikattacke als das, was es war. Es war schon eine Weile her, aber ich kannte dieses Gefühl nur zu gut. Ich wusste, dass ich nicht stark genug war, um mich allein durch Willenskraft daraus zu befreien. Ich musste es einfach überstehen und hoffen, dass ich in diesem Moment nicht wirklich einen Herzinfarkt oder einen Schlaganfall bekommen würde.

Es gab keinen anderen Ausweg.

Ich saß zitternd im Bett, umklammerte meine Knie und kämpfte mit dem Gefühl, nicht genug Luft zu bekommen, als sich die Bilder der großen Schusswunde in der Brust meiner Mutter mit der klaffenden großen Wunde in Rans Brust überlagerten. *Rans war am Leben*, versuchte ich mich zu erinnern. *Na ja, vielleicht nicht gerade am Leben, aber es ging ihm gut*. Ich hatte ihn danach noch gesehen und mit ihm gesprochen. Ich spürte, wie seine Finger über meine Wange strichen.

Deine Mom wird nicht wieder lebendig, sagte die schreckliche kleine Stimme, die in meinen Gedanken mit mir sprach.

„Es ist lange her", flüsterte ich in den Raum und kam endlich wieder zu Atem, als ich begriff, wo ich war. „Zwanzig Jahre."

Gott, ich hatte wieder eine Panikattacke. In den letzten Jahren hatte ich sie ziemlich gut unter Kontrolle. Ich hatte es geschafft – ich hatte meine körperlichen und geistigen Herausforderungen gut genug gemeistert, damit ich jeden einzelnen Tag einigermaßen überstehen konnte. Ich wollte nicht in diesen Zustand zurückkehren – gebrochen und nutzlos. Kaputt.

Alles hatte damit begonnen, als ein Vampir vor zwei Tagen mit einer großen Schusswunde in meinem Schuppen lag. Geschah das alles jetzt, weil Rans mein Blut getrunken hatte?

Ich wünschte mir nichts sehnlicher, als die Flasche Cider in meinem Kühlschrank zu trinken und mir meine Decke über den Kopf zu ziehen, bis wieder alles gut war, aber das war in vielerlei Hinsicht das Schlimmste, was ich tun könnte. Ich sagte mir, dass das wie aufgeben wäre, und ich war keine Frau, die aufgab.

Mein Nachttischwecker zeigte sechs Uhr dreißig an und ich musste den Prüfer um neun Uhr bei MMHA treffen. Eigentlich sollte ich früher da sein, damit ich alle Akten fertig machen konnte. Ich konnte mich nicht zu Hause auf meinem Bett zusammenkauern, wie die verängstigte Sechsjährige, die noch immer tief in meinem Inneren wohnte.

Essen. Ibuprofen. Yoga. Duschen. Anziehen. Zur Arbeit gehen.

Es war nicht anders als die anderen Tage, die ich in den letzten Jahren durchlebt hatte. Durchhalten, nicht aufgeben, irgendwann wird es besser werden, ermutigte ich mich und erhob mich langsam vom Bett. Ich spürte, wie meine Gelenke knackten, und fühlte, wie sich mein Magen zusammenzog. Der Himmel war grau und Regen prasselte gegen das Fenster.

Fünfzehn Minuten vor neun Uhr lief ich auf die Glastüren zu, die ins MMHA führten und mein Körper protestierte schmerzvoll. Der Himmel öffnete gerade seine Pforten, als ich mich unter der Markise duckte und erleichtert aufseufzte. Ich mochte in den meisten Belangen eine wandelnde Katastrophe sein, aber zumindest war mein Timing an diesem Tag tadellos.

In dem Moment, in dem ich über die Schwelle des Gebäudes trat, beschleunigte sich mein Herzschlag, als mir klar wurde, dass mich ein Albtraum erwarten würde, der demjenigen, aus dem ich vor ein paar Stunden aufgewacht war, in nichts nachstand.

Ich dachte, der gestrige Tag war schlimm? *Überraschung, Zorah!* Der heutige Tag würde doppelt so schlimm werden. Durch meine Adern schoss pures Adrenalin, als ich den gruseligen

Pferdeschwanztypen im Büro stehen sah, der sich mit Daisy und ein paar anderen Vorstandsmitgliedern unterhielt. Es waren Leute hier, die ich nicht mehr gesehen hatte, seit sie meine Bewerbung als ehrenamtliche Mitarbeiterin angenommen hatten. Männer, die ich noch nie gesehen hatte, trugen Anzüge und zeigten ernste Gesichter. Es waren Leute aus dem Management, die unter normalen Umständen nicht vor Ort sein sollten.

Warum waren sie jetzt hier? Dies sollte ein Meeting mit einem Prüfer des Finanzamtes sein, um eine Verwechslung oder ein Missverständnis zu klären, und kein Treffen des gesamten Vorstandes.

Als mich Daisy sah, verengten sich ihre Augen und in ihr Gesichtsausdruck zeigte blanke Wut.

Die Atmosphäre im Büro hatte etwas Ungewöhnliches an sich. Daisy schien nicht sie selbst zu sein. Normalerweise zeigte sie keine langfristigen Gefühle. Sie hatte kurze, explosive Wutausbrüche, die schnell verpufften und denen unweigerlich eine Entschuldigung folgte.

Heute Morgen kam sie auf mich zu, ohne ein Lächeln im Gesicht zu tragen. Sie sah völlig anders aus als die Person, die ich gestern verlassen hatte. Es war, als wären wir Fremde – als ob ich sie überhaupt nicht kennen würde.

„Konferenzraum", sagte sie kalt. „Mr. Werther vom Finanzministerium möchte dich sprechen."

„Was macht der Vorstand hier?", fragte ich. Meine Stimme zitterte.

„Du hast es gründlich vermasselt, Zorah." Ihre kalte Miene war nicht aufgetaut. „Das wird ein Nachspiel haben."

Mein Atem beschleunigte sich und eine weitere Panikattacke kündigte sich an. „Nein, ich habe gestern alles noch einmal …"

Daisy unterbrach mich. „Ich will es nicht hören. Erzähl es dem Vorstand."

Ich stand mit offenem Mund da und starrte Daisy, die Vorstandsmitglieder, die im Konferenzraum waren und den Typen aus dem Restaurant, fassungslos an. Seine Augen trafen meine und es breitete sich langsam ein Lächeln auf seinem zu perfekten Gesicht aus.

Meine Haut fing wieder an zu kribbeln – noch schlimmer als gestern. Ich fühlte mich nicht nur total beschissen, sondern hatte auch das Gefühl, mich übergeben zu müssen. Falls ich mich übergeben musste, nahm ich mir vor, dass ich meinen Mageninhalt in die Richtung des Pferdeschwanztypen lenken würde.

Alle außer mir waren schon im Konferenzraum. Mir wurde schwindlig und auf meiner Stirn bildeten sich Schweißperlen. Es fühlte sich an, als ob es im Büro etwa hundert Grad warm wäre. Ich atmete tief ein und langsam wieder aus, ging dann zu dem kleinen Kühlschrank in der Ecke und holte eine Flasche Wasser heraus. Ich ahnte, dass ich es brauchen würde, um dieses Treffen zu überstehen.

Gedanklich ging ich die Unterlagen noch einmal durch, während ich meine Schultern zurückzog, um hineinzugehen. Alles war richtig eingehändigt worden. Ich hatte es gestern doppelt und dreifach überprüft. Es war alles in Ordnung. Ich konnte keine Fehler erkennen, und schon gar keine, die dieser Kerl mir vorwerfen konnte, gemacht zu haben. Zudem war ich nicht die letzte Person, die sich die Unterlagen der gemeinnützigen Organisation ansah, bevor sie eingereicht wurden.

Die MMHA hatte einen Überwachungsausschuss. Ich war nur eine unbedeutende ehrenamtliche Helferin. Ich war nicht allein für die Buchführung verantwortlich und es sollte immer jemand meine Arbeit überprüfen. Selbst wenn ich etwas übersehen hätte, hätte es jemand, der über mir stand, bemerken und beheben oder zumindest darauf hinweisen müssen. Wenn das nicht der Fall war, war das dann wirklich meine Schuld?

Ich versuchte, meine aufkeimende Panik abzuschütteln, und trug die Wasserflasche und meinen Rucksack in den Konferenzraum. Der Raum war nicht gerade riesig, aber jetzt, mit zwölf Leuten war der Raum überfüllt und ich kam mir vor, wie in einer Sardinenbüchse. Klaustrophobie gesellte sich zu dem lautstarken Chor der Panik, die in mir aufstieg. Als ich meinen Rucksack neben dem letzten verbliebenen Stuhl abgestellt hatte, wurde es still im Raum. Alle starrten den Pferdeschwanztypen an, auch Daisy. Es war, als warteten sie auf die Erlaubnis zu sprechen oder auf die Erlaubnis, *zu atmen*. Verdammt noch mal!

Der Kerl mit dem Pferdeschwanz lehnte sich in seinem Stuhl zurück und betrachtete mich kühl. „Ich bin Caspian Werther vom Finanzamt des Staates Missouri. Erklären Sie mir, wie Sie auf die Zahlen für das Formular 990-T gekommen sind."

Ich kniff die Augen zusammen, da ich dieses Formular nicht kannte. „Kann ich die Akten sehen?"

„Sie haben die Akten bereits. Erklären Sie uns bitte, warum mehr als zweiundsiebzigtausend Dollar aus den Einnahmen dieser Organisation fehlen und warum Ihr Name auf den Belegen der Bank erscheint."

Ich starrte ihn an. Er hätte genauso gut eine Fremdsprache sprechen können. „Was? Ich weiß nicht …"

Er unterbrach mich. „Ist Ihnen klar, dass sich das Formular 26B auf gewinnorientierte Organisationen bezieht und dass Sie mit der Einreichung dieses Formulars gegen das Gesetz von Missouri verstoßen?" Werthers Augen verengten sich. Er neigte sein Kinn nach unten und starrte mich an, genau wie er es gestern getan hatte.

Er schaut direkt durch mich hindurch.

„Ich habe dieses Formular nie ausgefüllt", sagte ich. „Warum sollte ich? Ich muss die Unterlagen sehen." Ich schaute zu Daisy und wartete darauf, dass sie mir die Schachtel mit den Unterlagen gab, die ich ihr gestern gegeben hatte. Die Akten, aus denen hervorging, dass ich die richtigen Formulare ausgefüllt hatte und nichts Unrechtes getan hatte.

Daisy schaute Werther an, der fast unmerklich den Kopf schüttelte und verneinte.

Sie wandte ihren Blick wieder zu mir, verschränkte die Arme vor der Brust und schüttelte den Kopf, wie er es getan hatte. „Das kann ich nicht tun.“

Das Gefühl des Unglaubens wuchs. „Wie soll ich mich verteidigen, wenn ich nicht einmal die Akten einsehen kann?“

„Wir haben Sie nicht hierher geholt, damit Sie sich verteidigen“, sagte Werther. „Sie sollen einfach zugeben, dass Sie Geld von dieser gemeinnützigen Organisation veruntreut haben. Die Beweise sind eindeutig.“

„Was?“ Meine Augen wurden groß. Woher *kam* das? Ich versuchte, mich wieder zu sammeln. „Ich habe nie auch nur einen Cent von MMHAs Geld veruntreut. *Niemals.*“ Mein Herz klopfte so heftig, dass meine Brust wieder schmerzte. Ich fühlte mich, als ob ich mich wirklich übergeben musste. „Ich habe hier noch nie mit Geld zu tun gehabt. Ich rechne nur Zahlen aus und fülle Formulare aus!“

„Das ist Betrug!“, sagte Werther. „Man hat Ihnen vertraut.“

Daisy stand auf und deutete mit zitterndem Finger auf mich. „Wie konntest du Geld von uns nehmen?“ Sie klang entsetzt, als würde sie alles glauben, was Werther sagte, ohne zu hinterfragen. „Du bist eine Betrügerin. Wir haben dir vertraut!“

Nachdem Daisy angefangen hatte, sagten es auch einige der anderen Vorstandsmitglieder.

Alle schrien, dass ich einen Betrug begangen hätte, dass ich Geld veruntreut hätte und dass sie mir vertraut hätten.

Wie ein Mantra wiederholten sie jedes Wort, das er sagte.

Ich spürte, wie mir der Bezug zur Realität entglitt. Befand ich mich in einem anderen Universum? *Was zum Teufel* war hier eigentlich los?

Jede neue Lüge, die aus Werthers Mund kam, wurde von Daisy und den anderen Vorstandsmitgliedern sofort aufgegriffen. Es war, als hätte er eine Art geistigen Einfluss auf sie, als könnten sie nicht mehr selbstständig denken.

Es war, als hätte Werther sie irgendwie dazu gezwungen, alles zu glauben, was er sagte.

Ich hatte an diesem Ort jahrelang ehrenamtlich gearbeitet. *Viele Jahre.* Aber diese Leute – Leute, die ich kannte und die mich kannten – taten alle so, als wäre ich eine völlig fremde Person, die mit vorgehaltener Waffe in ihr Büro spaziert war und Geld gestohlen hatte.

Einige der Vorstandsmitglieder fingen an, völlig verrückte Dinge zu erzählen. Sie behaupteten, ich würde in einem schicken Haus wohnen und Geld von MMHA schmarotzen, obwohl ich in Wirklichkeit in einem beschissenen Bungalow mit zwei Schlafzimmern aus den 40er-Jahren lebte. Ich konnte mir das Haus nur leisten, weil mein Vater die Hypothek für mich refinanziert hatte. Sie behaupteten, ich würde ein teures Auto fahren, obwohl jeder im Büro wusste, dass ich einen kaputten Civic hatte und den verdammten Bus hatte nehmen müssen, um heute überhaupt hier zu erscheinen.

Als ich vor ihnen stand, den Menschen, die ich respektierte und denen ich vertraute, kämpfte ich mit den Tränen, und nur das wachsende Gefühl der Realitätsferne machte es mir möglich, sie in mir zu behalten.

„Halt!" Ich sagte es laut, doch das Wort kam krächzend hervor und wurde von dem wachsenden Lärm der Empörung im Raum verschluckt. Diese ganze Sache war völlig verrückt. Ich weigerte mich, noch länger hierzubleiben – beschuldigt, schreckliche Dinge getan zu haben, während Caspian Werther mich anstarrte, in einer Art, als wäre ich ein wissenschaftliches Experiment.

Ich warf meinen Rucksack über die Schulter und starrte ihn an.

„Ich weiß nicht, wer Sie sind oder wie Sie das angestellt haben, aber damit kommen Sie nicht durch", sagte ich mit zitternder Stimme.

Werther lächelte. „Ist es nicht die Wahrheit? Wir werden uns bald wiedersehen, Zorah Bright. Bis dahin."

Daisy versperrte mir den Weg zur Tür, ihr Gesichtsausdruck war genauso kalt wie vorhin. „Du bist gefeuert. Ich will dein Gesicht hier nie wieder sehen. Hast du mich verstanden?"

Das brach meine Willenskraft.

Ein furchtbares Würgen und Kratzen schnürte mir die Kehle zu. Ich öffnete die Tür und eilte wortlos hinaus, wobei ich an Vonnie vorbeilief.

„Zorah?" Vonnie rief meinen Namen, aber ich konnte nicht sprechen. „Was ist passiert? Wo willst du hin?"

Ich hatte keine Möglichkeit, ihr zu antworten. Ich musste von hier verschwinden, bevor ich den Verstand verlor und bevor dieser Werther mich verfolgte. Obwohl ich glauben wollte, dass dies das

Ende war, wusste ich nach seinen letzten Worten an mich, dass der Albtraum noch lange nicht vorbei war. Als ich das Gebäude verließ, goss es draußen wie in Strömen. Aber das war mir egal. Ich rannte einfach, so weit und so schnell ich konnte. Es war lange her, seit ich so gerannt war, aber ich wusste nicht, was ich sonst tun sollte. Ich hatte genug. Zu diesem Zeitpunkt waren mein Körper und mein Geist schmerzerfüllt.

Ich wollte einfach nur nach Hause.

Ich bekam keine Luft mehr und war etwa einen Häuserblock von der Bushaltestelle entfernt. Es regnete immer noch und ich taumelte zur Bushaltestelle und setzte mich nass und allein hin, um auf den Bus zu warten. In diesem Moment brach ich in Tränen aus.

Alles, worauf ich in den letzten Jahren im MMHA hingearbeitet hatte, war zerstört. Ein Teil von mir hatte gehofft, dass das Ehrenamt ein Sprungbrett zu etwas Größerem sein würde, aber selbst, wenn das nicht passieren würde, war es auch in Ordnung. Alles, was ich wollte, war, etwas Gutes zu tun und etwas zu bewirken.

Selbst das hatte in einer Katastrophe geendet.

Fünfzehn Minuten später hatte ich mich einigermaßen unter Kontrolle und endlich kam der Bus. Leider war es die falsche Buslinie, sodass ich viel länger nach Hause brauchte, als ich erwartet hatte. Zum Glück war mein Handyakku vollgeladen. Ich nahm meine Kopfhörer aus meinem Rucksack und versuchte, die Gedanken in meinem Kopf mit der lautesten und wütendsten Musik zu übertönen, die ich finden konnte.

Es funktionierte nicht, aber wenigstens verging die Zeit etwas schneller. Zu Hause würde ich mich ins Bett verkriechen und vor der Welt verstecken. Vielleicht würde ich mich morgen sogar bei AJs krankmelden. Aber im Moment war mir alles egal. Alles, was ich wollte, war zu schlafen. Nachdem ich einige Zeit mit der falschen Linie gefahren war, erwischte ich endlich den richtigen Bus und kam an meiner Haltestelle an.

Ich war durchnässt, aber der Regen passte zu meinem Gemütszustand. Dank des bedeckten Himmels war es viel dunkler, als es zur Mittagszeit hätte sein sollen – auch das passte zu der Situation.

Ich stieg ein paar Blocks von meinem Haus entfernt aus dem Bus aus. Als ich in meine Straße einbog, sah ich einige blinkende rote und blaue Lichter in meiner Nachbarschaft. Mein Herz begann wieder zu rasen und ich fragte mich, was zum Teufel jetzt los war. Hatte es ein Feuer gegeben? Hatte einer meiner Nachbarn einen Krankenwagen gerufen? Als ich die Ecke erreichte, wurde mir alles klar.

Es war nicht die Feuerwehr oder ein Krankenwagen … es war die Polizei – und zwar sehr viele Polizisten. Und sie waren nicht nur *in der Nähe* meines Hauses, sie hatten es umzingelt.

Ich geriet in Panik. An jedem anderen Tag hätte ich angenommen, dass es sich nur um ein dummes Missverständnis handelte. Ich hätte mich den Polizeiautos genähert und gefragt, was los ist. Aber heute? Nein. Das war kein Zufall.

Es war keine Paranoia. Sie hatten es wirklich auf mich abgesehen. Und wer auch immer dieser Werther-Typ war, er war auf Blut aus. Auf *meins*.

Ich erinnerte mich an meinen Traum – den Traum über meine Mom. Über ihren Tod. Ich vermutete die ganze Zeit über, dass es kein Unfall war. Jetzt war ich mir sicherer denn je. Irgendetwas stimmte nicht auf der Welt. Es lief etwas furchtbar, furchtbar falsch.

Ich konnte es an den Schmerzen in meinen Knochen und am hektischen Schlagen meines Herzens spüren. Werther wollte mich und ich musste weit und schnell weglaufen. Ich dachte an das schleichende Gefühl der Angst, das er in mir auslöste, und wusste, dass ich mich nicht von ihm fangen lassen konnte. Etwas tief in mir schrie, dass es den Tod oder Schlimmeres bedeuten würde, wenn er mich in die Finger bekam.

Ich atmete tief durch, zog mir die Kapuze meines Regenmantels über den Kopf und ging weiter. Ich lief vorbei an der Ecke, vorbei an meiner Straße und vorbei an den Polizeiautos, die auf mich warteten – ich ging einen Schritt nach dem anderen, als wäre mir die Welt egal. Der Regen wurde stärker – passte zu dem Gefühl, das mein Leben an einem einzigen Morgen weggespült wurde. Ich war durchnässt – wie eine zu ertrinken drohende Ratte, die sich in Sicherheit brachte –, aber ich war noch auf freiem Fuß.

Wenigstens war ich nicht in Werthers Händen.

Etwa eine Meile von meinem Haus entfernt befand sich ein Lebensmittelgeschäft, ein kleiner Feinkostladen. Ich warf einen Blick über die Schulter und sah niemanden, der mir folgte. Ich hatte jedoch das Gefühl, dass sie mich bald suchen würden. Sie waren hinter mir her.

Als ich mich meinem vorläufigen Ziel näherte, drehten sich meine Gedanken. Ich hatte genug Polizeiserien gesehen, um zu wissen, wie man heutzutage eine Person verfolgen konnte. Gab es eine Möglichkeit, sich zu verstecken, obwohl Werther mich wirklich finden wollte? Vor allem, wenn er die Bullen irgendwie hinter sich stehen hatte?

Schließlich erreichte ich den Eingang zu dem kleinen Feinkostladen. Atemlos vor Erschöpfung und Panik suchte ich das Innere nach verdächtigen Personen ab. Ich wusste natürlich nicht, wer unter diesen Umständen *verdächtig* aussah, aber alles schien normal zu sein. Nichts löste mein Gefahren-Radar aus. Es war kein besonders geschäftiger Tag und nur zwei andere Leute waren darin.

Ich verkroch mich in eine Sitznische und vergrub meinen Kopf in meinen Armen. Erneut versuchte ich, die Tränen zurückzuhalten, aber ich schaffte es nicht. Ich war müde. Durchnässt. Alleine. Ich wusste nicht, was ich tun sollte oder wen ich anrufen und wem ich vertrauen konnte.

Als ich wieder zu Atem kam, hob ich den Kopf. Die junge Frau hinter der Theke beäugte mich misstrauisch, aber zum Glück schien sie nicht mit mir reden zu wollen. Ich wischte mir mit einer Serviette das Gesicht ab und versuchte, Bilanz zu ziehen. Ich durchwühlte meinen Rucksack und fand einen Zwanzig-Dollar-Schein, meinen Metro-Pass und eine Kreditkarte, wo ich schon fast das Maximum erreicht hatte.

In Gedanken ging ich meine Kontakte durch, überlegte, ob ich jemanden hatte, den ich anrufen konnte. Vonnie war ein No-Go wegen ihrer MMHA-Verbindung. Ich dachte, sie sei in Ordnung, als ich auf meiner Flucht an ihr vorbeigelaufen war, aber wenn Daisy in eine Marionette verwandelt werden konnte, konnte es auch Vonnie.

Mir stockte der Atem, als eine Idee auftauchte. *Len.* Ich könnte Len anrufen. Er hatte mir gestern seine Nummer gegeben und aus irgendeinem Grund schien er sich um mich zu sorgen. Als ein weiterer nervöser Blick auf meine Umgebung nichts Verdächtiges zeigte, holte ich mein Handy heraus und scrollte zu seiner Nummer, drückte dann auf „Anrufen" und wartete.

Es klingelte ein paar Mal, bevor Len endlich abnahm. „*Wer ist da?*", fragte er, und mir wurde klar, dass er meine Nummer nicht hatte.

Ich schluckte schwer. „Len? Ich bin's, Zorah. Ich … ich stecke in Schwierigkeiten."

Einen Augenblick lang sagte er nichts. Dann… „*Oh, mein Gott. Was zum Teufel ist hier los?*" Seine Stimme war ein raues Flüstern. „*Zorah, die Bullen sind hier im Restaurant und fragen nach dir.*"

Ich musste ein fast verzweifeltes Stöhnen unterdrücken. „Ich habe nichts getan, Len", sagte ich und versuchte verzweifelt, ihn dazu zu bringen, mir zu glauben. „Sie sind auch bei mir zu Hause. Ich weiß nicht, was zum Teufel hier los ist!"

Eine weitere Pause. Ich hielt den Atem an. Als Len wieder sprach, zitterte seine Stimme leicht. „*Okay, Zorah. Was auch immer du tust, komm nicht hierher. Sie kommen gerade in die Küche. Ich kann jetzt nicht mehr reden. Ich werde versuchen, dich in ein paar Minuten zurückzurufen. Pass auf dich auf."*

Len legte auf. Ich tippte auf den roten Knopf und spürte die Endgültigkeit, als die Verbindung unterbrochen wurde. Ich saß in der Nische, starrte aus dem Fenster und beobachtete den Regen, der auf die Erde prasselte.

Ich konnte nirgendwo hin. Ich konnte niemandem trauen. Ich war allein.

KAPITEL NEUN

BENOMMENHEIT ÜBERKAM MICH, aber ich kämpfte nicht dagegen an. Die junge Frau hinter der Theke schaute mich immer noch schräg an. Es war kein Wunder, denn ich war einfach hereingekommen, hatte mich an den frisch eingedeckten Tisch gesetzt, hatte angefangen zu heulen und hatte nichts bestellt. Auch die anderen Gäste fingen an, mir Aufmerksamkeit zu schenken, nur war es unter diesen Umständen durchaus gefährlich, Aufmerksamkeit auf mich zu ziehen.

Ich hatte es geschafft, die Tränen zu stoppen und versuchte, meine Optionen logisch zu durchdenken, als Len zurückrief. In meiner Eile, den Anruf entgegenzunehmen, war mir fast das Handy heruntergefallen.

„Len?", fragte ich außer Atem.

„Zorah, was zum Teufel ist heute passiert?", fragte Len mit ruhiger Stimme. *„Beeile dich – die Bullen sind draußen und reden gerade mit dem Manager."*

Ich holte tief Luft und versuchte, meine Gedanken zu ordnen. „Okay. Erinnerst du dich an diesen Stalker von gestern Abend? Nun, lange Rede, kurzer Sinn – er behauptet, ein staatlicher Wirtschaftsprüfer zu sein. Ich arbeite ehrenamtlich in der Stadt bei einer gemeinnützigen Organisation und helfe bei der Buchführung. Der Typ mit dem

Pferdeschwanz ist heute Morgen aufgetaucht und hat behauptet, ich hätte Geld von der Organisation veruntreut und Steuerbetrug begangen. Meine Chefin hat mich auf der Stelle gefeuert, und als ich nach Hause kam, war mein Haus von Polizisten umstellt. Ich schwöre, Len ... ich *schwöre* dir, ich habe nichts getan. Du kennst mich ... würde ich mit dem Bus fahren und mich über ein kaputtes Getriebe aufregen, wenn ich von jemandem Zehntausende Dollar genommen hätte? Das ergibt doch alles keinen Sinn!"

Da war eine kurze Pause. *„Ich glaube dir, Zorah."* Ich schnappte nach Luft und war überrascht, wie sehr es mich berührte, jemanden so etwas sagen zu hören. *„Hör zu, wenn du nichts getan hast, solltest du dich vielleicht einfach stellen. Ich meine, ich bin kein großer Fan der Bullen oder des Rechtssystems, aber diese Dinge klären sich normalerweise von selbst, wenn man unschuldig ist"*, fuhr er fort.

Ich schüttelte den Kopf, auch wenn er es nicht sehen konnte. „Nein, da steckt mehr dahinter. Die Dinge, die er mich gestern im Restaurant gefragt hat, waren alle sehr persönlich. Es hatte nichts mit meiner gemeinnützigen Arbeit oder meinem Job als Kellnerin zu tun. Und ganz ehrlich, Len, der Typ macht mir eine Heidenangst. Es ist nicht nur die normale „Männer sind Scheiße"-Sache, sondern ... er ist gefährlich, wirklich verdammt gefährlich. Ich weiß, es klingt blöd. Aber immer, wenn ich in seiner Nähe bin, möchte ich aus meiner Haut kriechen und weglaufen."

Wieder eine Pause. *„Ich habe gesehen, wie nervös du in seiner Gegenwart warst – und das war schlimmer* *als Jake vor deiner Schicht. Selbst beim Verhalten dieses Arschlochs warst du nicht so aufgelöst. Ich ... möchte nur, dass du dir deine Optionen offenhältst, wenn es um die Polizei geht, okay? Abgesehen davon, bist du im Moment in Sicherheit?"*

„Ja", sagte ich, ohne nachzudenken. „Ich glaube schon. Ich bin im ..."

Er unterbrach mich. *„Nein, halt. Sag mir nicht, wo du bist. Es ist sicherer ... für den Fall, dass die Polizei ... du weißt schon."*

Oh Gott – er hatte recht. Und ich war es nicht gewohnt, so denken zu müssen – wie ein Flüchtling. „Ja, okay."

„Gut. Hey, ich muss los. Sie kommen wieder in die Küche zurück. Pass auf dich auf, Lass."

Ein Tuten erfüllte das andere Ende der Leitung. Er hatte aufgelegt.

Ich war wieder allein und schüttelte den Kopf. Wem wollte ich etwas vormachen? Ich war allein, ob Len nun mit mir telefonierte oder nicht. Was erwartete ich wirklich, dass er jetzt für mich tun würde?

Die Polizei war bei AJs und hatte nach mir gesucht. Sie waren in meinem Haus. Wer zum Teufel wusste schon, wo sie sonst noch auf mich warteten, aber sie meinten es offensichtlich sehr ernst, mich zu finden. Ich versuchte nachzudenken. Ich hatte mir noch nie Fingerabdrücke abnehmen lassen und war in keiner mir bekannten Datenbank eingetragen, also konnten sie nicht wirklich wissen, wie ich aussah, es sei denn, sie riefen meinen Führerschein auf, richtig?

Trotzdem war ich mir nicht sicher, ob ich den Bullen entkommen könnte. Wenn sie mich finden wollten, würden sie es – irgendwann. Aber vielleicht konnte ich mich lange genug verstecken, um zumindest einen Anwalt aufzutreiben. Wenn ich jetzt von der Bildfläche verschwinden würde, würde es denn irgendwer bemerken?

Ich wusste nicht, ob ich Vonnie trauen konnte oder ob Werther sie irgendwie beeinflusst hatte. Mein Manager im Restaurant würde annehmen, dass mich die Polizei erwischt hatte. Len würde wissen, dass etwas nicht stimmte, aber es war nicht richtig, von ihm zu erwarten, dass er sich noch mehr für mich einsetzte, als er es bereits getan hatte. Ich fing an, ihn zu mögen, aber in Wirklichkeit kannten wir uns kaum. Das war ein ernüchternder Gedanke.

Ich saß noch eine Weile bewegungslos da und dachte darüber nach, was ich bei mir hatte. Zwanzig Dollar und eine Kreditkarte. Vielleicht konnte ich irgendwo ein billiges Motel finden, aber die Polizei würde mich wahrscheinlich aufspüren, wenn ich mit meiner Kreditkarte bezahlte. Ich wusste wirklich nicht viel darüber, was für Möglichkeiten sie hatten, abgesehen davon, dass man mich mit der heutigen Technologie finden würde, wenn man wollte.

Je mehr ich darüber nachdachte, wie ich aus dieser Situation herauskommen könnte, desto wütender wurde ich. Ich war völlig allein ... keine engen Freunde ... keine Familie, die etwas taugte. Wie zum Teufel konnte es dazu kommen? Ich wollte kein Opfer einer beschissenen Illuminaten-

Verschwörung werden. Das hier war Amerika. Es war nicht üblich, dass Menschen von der Polizei wegen erfundener Anschuldigungen eingesperrt wurden, um dann Gott weiß was in den Händen von gruseligen Regierungsbeamten erleben zu müssen. Ich weigerte mich, das hinzunehmen.

Die Kellnerin wurde langsam unruhig und ich hielt es für eine gute Idee, zu gehen, bevor sie darüber nachdachte, ihren Manager zu rufen oder mich zu bitten, zu gehen. Ein paar Blocks weiter gab es einen Supermarkt, in dem viel mehr los sein würde. Ich vermutete, dass die Menschenmenge im Moment mein Freund war – Anonymität war das, was ich brauchte.

Ich atmete tief durch, stand auf, packte meine Sachen zusammen und verließ den Feinkostladen. Als ich mich in der Gegend umsah, hatte ich nicht den Eindruck, dass jemand nach mir suchte. Trotzdem wollte ich kein Risiko eingehen. Ich setzte meine Kapuze auf und lief den Bürgersteig entlang.

Es war eine belebte Straße, also würde mich niemand sofort erkennen – hoffte ich zumindest. Vorsichtshalber ging ich mit gesenktem Kopf, nur für den Fall. Nach ein paar Blocks erreichte ich den Supermarkt und ging hinein. Die Apotheke befand sich neben den Toiletten und draußen im Gang standen Bänke. Wenn ich mich hierhin setzte, würde ich wie jeder andere Kunde aussehen, der auf die Bearbeitung seines Rezepts wartete. Die Hintergrundmusik und das Gemurmel der Leute, die sich unterhielten, würden ein leises Telefongespräch übertönen, solange niemand auf derselben Bank wie ich saß.

Ich stellte meine Tasche neben mir ab, die viel mehr Platz beanspruchte, als ich wirklich brauchte, um zu verhindern, dass sich jemand neben mich setzte. Noch immer von Entschlossenheit erfüllt, alles zu tun, um hier herauszukommen, fischte ich mein Handy heraus, atmete tief durch und rief meinen Vater an.

Ich konnte mit ziemlicher Sicherheit vorhersagen, wie dieses Gespräch verlaufen würde. Aber er war der einzige, den ich noch um Hilfe bitten konnte. Realistisch betrachtet war er zu diesem Zeitpunkt der einzige, den ich überhaupt noch an meiner Seite hatte.

Nachdem es ein paar Mal geklingelt hatte, nahm er ab.

„Dad?" Ich hielt mein Handy mit zitternden Händen fest umklammert.

„*Zorah? Bist du das? Ich bin auf der Arbeit. Was willst du?*" Auf den Punkt. Kurz und bündig. Genau das, was ich erwartet hatte.

„Ja, tut mir leid. Hör zu, ich brauche wirklich deine Hilfe, Dad. Es ist etwas passiert."

Das andere Ende der Leitung blieb einen Moment lang still. Heute schien ich oft diese Wirkung auf Menschen zu haben. „*Geht es dir gut? Was ist los?*", fragte er schließlich.

Heiliger Strohsack. Hörte ich Besorgnis in seiner Stimme?

„Nein. Mir geht es nicht gut, Dad. Ich brauche Hilfe." Ich konnte nicht lügen, so sehr ich es auch wollte und so tun, als wäre ich stark und hätte alles im Griff – das hatte ich im Moment *wirklich* nicht in mir. „Es ist etwas Schlimmes passiert, und ich weiß nicht, was ich tun soll. Gestern Abend im AJs kam dieser unheimliche Kerl rein und hat mich während meiner ganzen Schicht über belästigt. Er hat mich gefragt, ob ich in der Stadt wohne und wie alt ich bin. Er hat sogar gefragt, ob du und Mom noch am Leben seid."

Beim letzten Satz zitterte meine Stimme. Ich holte tief Luft und stützte meine Ellenbogen auf meinen Beinen ab.

„Dann ging ich heute zum MMHA und dieser Typ war schon vor Ort und behauptete, ein Wirtschaftsprüfer zu sein. Er behauptete, ich hätte Geld veruntreut und Betrug begangen, was ich nicht getan habe, das schwöre ich dir. Ich hatte alle Belege parat, um zu beweisen, dass ich nichts Falsches getan hatte, aber er hörte mich nicht mal an und ich durfte meine Unschuld nicht beweisen. Meine Vorgesetzte hat mich auf der Stelle gefeuert und dieser Typ hat mich auf dem Weg nach draußen bedroht. Als ich nach Hause kam, war das Haus von Polizisten umstellt, und ein Arbeitskollege vom AJs sagte mir am Handy, dass die Polizei auch dort war und nach mir suchte. Es tut mir so leid, dass ich dich damit belästige Dad ... aber ich weiß nicht, was ich tun soll. Ich wusste nicht, wen ich sonst anrufen sollte. Ich habe Angst. Verdammt große Angst. Was soll ich tun?"

Schließlich ging mir die Luft aus und meine Worte verstummten. Ich wusste, was als Nächstes kam, und versuchte, mich darauf vorzubereiten. *Du hast schon immer Ärger gemacht. Ich habe dir gesagt, dass so etwas irgendwann passieren würde.*

Als er antwortete, musste ich die Worte in meinem Kopf wiederholen, um sicher zu sein, dass ich ihn richtig verstanden hatte.

„Finde die nächste Western-Union-Niederlassung in deiner Nähe, egal wo du gerade bist. Ich werde dir anonym Geld überweisen, damit du ein Busticket nach Chicago kaufen kannst."

Moment bitte, was?

Fassungslos versuchte ich, eine Antwort zu formulieren. Mein Vater organisierte einen Fluchtplan ... für mich? So funktionierte unsere Beziehung normalerweise nicht. Ich hatte gehofft – nun ja, ehrlich gesagt war ich mir nicht sicher, was ich mir erhofft hatte – dass ich einen Rat bekam, wie man einen Anwalt findet oder vielleicht einen Einblick, wie das Finanzamt solche Dinge behandelt.

Ich hatte keine echte Hilfe oder *Unterstützung* erwartet.

Verdammt, ich war kurz davor, wieder in Tränen auszubrechen. „Danke", hauchte ich, während ich am ganzen Körper zitterte.

Er war jedoch noch nicht fertig. *„Was auch immer du tust, sag niemandem, wer du bist, benutze keine Kreditkarten und keine Ausweise. Du brauchst keinen Ausweis, um das Geld abzuholen. Du kannst einen zehnstelligen Code und ein Passwort anstelle von Ausweispapieren benutzen. Ich laufe die Straße runter und richte es bei mir ein, dann schicke ich dir den Code per SMS."*

Ich stand immer noch unter Schock. „Okay", sagte ich mit schwacher Stimme.

„Danach solltest du direkt zum Busbahnhof in der Innenstadt gehen. Kauf dir eine Fahrkarte von St. Louis nach Chicago mit Bargeld. Ich hole dich am Bahnhof ab, wenn du hier ankommst."

Das war so untypisch für meinen Vater, sodass ich ein wenig überfordert war. Warum wollte er mir helfen? War er nur ein distanziertes, passiv-aggressives Arschloch, wenn alles normal lief? Und wenn es hart auf hart kam, wurde er plötzlich zum Super-Dad, der mir zur Hilfe eilte? Ich hatte echte Schwierigkeiten, das Konzept zu verstehen.

„Dad ...", begann ich, unsicher, wie ich den Satz beenden sollte.

„Ich werde dich in ein paar Minuten von der Western-Union-Filiale aus anrufen." Und dann legte er einfach auf.

Ich starrte auf mein Handy. War das wirklich gerade passiert? Hatte mein Vater wirklich vor, mich zu schützen? *Mein Dad?* Der Mann, der sich vor fast zwei Jahrzehnten emotional aus unserer verkümmerten Zwei-Personen-Familie zurückgezogen hatte?

Ich saß da und starrte aus den Fenstern des belebten Supermarktes, in der Stadt, in der ich mein ganzes Leben verbracht hatte. Eine Stadt, die ich verlassen musste und in die ich vielleicht nie wieder zurückkehren konnte. Ich kämpfte noch immer mit dem Schock über die ganze Situation, aber schnappte mir meine Tasche. Direkt am Kundendienstschalter des Ladens befand sich ein Western-Union-Schalter. Ich war im Laufe der Jahre schon hundertmal daran vorbeigegangen, aber ich hatte noch nie einen Grund gehabt, ihn zu benutzen. Ich fragte mich, ob der Laden auch ein billiges Prepaid-Handy hatte, das ich kaufen konnte. Es schien mir, als sollte ich meins so schnell wie möglich loswerden, nur um sicherzugehen.

Als ich von der Apotheke zum Kundendienstschalter ging, dachte ich erneut über das Verhalten meines Vaters nach. Zwanzig Jahre lang hatte er die Rolle eines Mannes gespielt, der alles verloren hatte, was ihm wichtig war und einfach ... aufgegeben hatte. Aber vielleicht hatte er am Ende doch noch etwas zu verlieren.

Mich.

KAPITEL ZEHN

ES WAR EINE QUAL, ZU WARTEN. Ich malte mir Hunderte Möglichkeiten aus, was alles schiefgehen könnte, während ich in der Schlange am Schalter von Western Union stand. Ganz oben auf der Liste stand, dass Dad zur Vernunft kommen und seine Meinung ändern würde, sich weigern würde, ans Handy zu gehen – mich einfach hängen ließ. Da ich nur zwei Leute vor mir hatte, nahm ich mein Handy und rief ihn an.

Er nahm nach dem zweiten Klingeln ab. „Zorah? Ich bin jetzt in der Wohnung. Gib mir eine Minute, um die Übertragung vorzubereiten."

„Okay", hauchte ich erleichtert. Er würde mich nicht im Stich lassen. Ich wartete, mit schlotternden Beinen, während ich dem undeutlichen Geschwätz der Leute lauschte. Die letzte Person vor mir beendete ihre Transaktion und ich trat an den Schalter heran.

„Hier sind der Code und das Passwort. Ich lese sie einfach vor, anstatt eine Nachricht zu schicken. So muss ich nicht auflegen." Mein Vater rasselte die Zahlen und Buchstaben herunter, während ich sie auf einem Zettel notierte. „Ich schicke dir zweihundertfünfzig Dollar. Benutze einen Teil davon, um dir ein Prepaid-Handy zu kaufen, und wirf dann deins weg. Nimm auf jeden Fall die SIM-Karte heraus und zerschneide sie in Stücke."

Mein Vater schien erstaunlich gut darin zu sein, unterzutauchen. Ich fragte mich kurz, ob er einfach nur viel fernsah oder ob es Dinge gab, die ich nicht über ihn wusste.

„Daran habe ich auch schon gedacht", versicherte ich ihm. „Es gibt hier Prepaid-Handys. Ich werde eins besorgen, nur um sicherzugehen. Danke, Dad. Ich meine das wirklich ernst. Ich weiß nicht, was ich sonst getan hätte …"

„Ist schon in Ordnung." Seine Stimme war zittrig, wahrscheinlich genauso zittrig wie meine. „Sei vorsichtig, Zorah. Keine Anrufe mehr mit diesem Handy. Wirf es weg und zerstöre die SIM-Karte, wie ich es dir gesagt habe." Die Leitung war eine Sekunde lang still, bevor er ausatmete. „Und Zorah …?"

„Ja, Dad?"

„Ich liebe dich."

Er atmete tief durch und dann war er weg.

Mein Vater hatte seit Jahren nicht mehr gesagt, dass er mich liebt. Ich konnte mich nicht einmal daran erinnern, wann diese Worte das letzte Mal über seine Lippen gekommen waren.

Verdammt.

Ich füllte den Papierkram aus, während mir die Tränen in die Augen schossen und gab der Dame dann alles zurück. Danach musste ich warten, bis sie alles überprüft und die Überweisung bearbeitet hatte. Nach weiteren zehn Minuten hatte ich das überwiesene Geld in der Hand. Ich kaufte ein billiges Prepaid-Handy und eine Prepaid-Karte mit Gesprächs- und Textfunktion sowie eine Schere.

Das Übertragen der wichtigen Namen und Nummern auf das neue Handy dauerte nur ein paar Minuten. Es waren traurigerweise nur wenige Kontakte. Dann nahm ich die SIM-Karte aus meinem alten Handy und steckte sie in meine Gesäßtasche. Als ich zu den Toiletten ging, setzte ich mich in eine Kabine und schnitt die Karte in möglichst kleine Teile. Ein Teil der Schnipsel landete im Mülleimer neben dem Waschbecken. Die anderen würde ich auf dem Weg zum Busbahnhof in irgendeinen Mülleimer werfen.

Da ich nicht wusste, wie viel die Fahrkarte nach Chicago kosten würde, kaufte ich nur für ein paar Dollar etwas zu essen und ein Getränk. Als ich mit dem Essen fertig war, verließ ich den Supermarkt und bezahlte die Busfahrkarte zum St. Louis Gateway Transportation Center in bar, wo sich der Greyhound-Bahnhof und das Amtrak-Terminal befanden.

Die einzigen Plätze im Bus waren vorne, in der Nähe des Fahrers. Während der Fahrt zum Busbahnhof führte der Fahrer Selbstgespräche. Er murmelte etwas von möglichen Ursachen für eine Verspätung oder von Baustellen und einem Kongress in einem großen Hotel, was zu Verkehrsproblemen führen könnte. Er sprach weder mit mir noch mit den anderen Fahrgästen, aber ich konnte nicht umhin, ihm zuzuhören. Meine Nerven waren zum Zerreißen gespannt.

Der Fahrer hatte blondes Haar, auch wenn ein Großteil davon ergraut war. Er sah aus, wie ein umgänglicher Typ, der sich voll und ganz auf seine Arbeit konzentrierte. Trotz der Ablenkung durch seine Selbstgespräche kam er gut voran. Nach dem Tag, den ich hinter mir hatte, war es eine Erleichterung, nicht befürchten zu müssen, dass sich die Leute um mich herum plötzlich grundlos gegen mich wenden würden. Der Bus fühlte sich wie ein sicherer Ort an – ich ließ das Chaos hinter mir und konnte gleichzeitig nachdenken.

In meinen Gedanken verloren, behielt ich trotzdem meine Umgebung im Auge, für den Fall der Fälle. Der Rest meines Verstandes kreiste allerdings endlos in einer Schleife aus einer Kombination aus Furcht, Schock über die plötzliche Unterstützung und Sorge meines Vaters und dem Ausschauhalten nach verdächtigen Personen außerhalb des Busses. Ich war in höchster Alarmbereitschaft, wenn wir langsamer wurden oder für andere Fahrgäste anhielten.

Bevor ich wusste, wie mir geschah, waren wir auch schon da. Dies waren die letzten Teile, die ich von St. Louis sehen würde, vielleicht für eine sehr lange Zeit. Ich suchte die Gegend nach verdächtigen Personen ab, obwohl das wahrscheinlich reine Zeitverschwendung war. Ich hatte keine Ahnung, wonach ich suchen musste – ich würde sie nicht erkennen, wenn ich sie sehen würde.

Mein Herz begann zu rasen, als sich die Tür öffnete und ich mit einigen anderen Leuten ausstieg, wobei ich mir die Kapuze des Regenmantels wieder über den Kopf zog, um mein Gesicht zu verdecken. Ohne viel Zeit zu verlieren, ging ich auf den Eingang des Busbahnhofs zu. Ich war noch nie hier gewesen, also wusste ich nicht, was mich erwartete.

Was ich wusste, war, dass ich aus St. Louis verschwinden musste. Die automatischen Schiebetüren öffneten sich und ich ging hinein. Dieser Ort war furchtbar – grelle Deckenbeleuchtung, schmutzige Räume, verlorenes Gepäck und verlorene Seelen.

Ich passte gut in das Gesamtbild.

Ich fand den Ticketschalter, nachdem ich ein paar Minuten wie eine ahnungslose Idiotin herumgelaufen war. Zum Glück sprach mich niemand an oder schien mich zu beachten. In der Schlange standen die unterschiedlichsten Leute, von gut situiert aussehenden Familien mit kleinen Kindern bis hin zu Männern, mit denen ich auf keinen Fall allein sein wollte. Als ich an der Reihe war, stolperte ich durch die ungewohnte Prozedur – die Verärgerung des Mannes hinter der Scheibe war offensichtlich.

Mit seiner Hilfe fand ich schließlich heraus, welche Buslinie ich nehmen musste und schob das Geld für eine einfache Fahrt durch den kleinen Spalt am unteren Rand des Fensters. Mit dem Ticket in der Hand verließ ich den Schalter und ging in den stickigen Wartebereich, bis es Zeit war, einzusteigen.

Zwei Stunden. Ich musste nur noch zwei Stunden überstehen, dann wäre ich raus aus der Stadt, außerhalb des Staates und – hoffentlich – außer Werthers Reichweite.

Ich saß auf einem Stuhl, umgeben von traurigen und verzweifelten Menschen. Zu meiner

Linken saß eine dreiköpfige Familie – Mutter, Vater und ein Baby, das laut schrie. Das arme Kind war wahrscheinlich hungrig oder war von diesem Ort genauso angewidert wie ich. Wenn ja, konnte ich es ihm kaum verdenken. Zu meiner Rechten saß ein alter schwarzer Mann, der aussah, als wäre er direkt aus den wilden Zwanzigerjahren entsprungen – Hosenträger, Hut, Weste und hochgekrempelte Hosen. Für einen Mann in diesem Alter, mit Falten, die sein Gesicht wie Krater durchzogen, war er ziemlich elegant gekleidet, aber seine Augen wirkten verloren und er schien verängstigt.

Mehr als neunzig Minuten lang saß ich im Wartebereich und wippte unruhig mit meinen Beinen. Meine Nervosität wuchs und wuchs, auch wenn ich keinen Grund dafür ausmachen konnte. Ich wusste nicht, ob es an den Menschen um mich herum lag oder an der Erinnerung an die Polizisten, die mein Haus umstellt hatten, aber ich fühlte mich zunehmend unsicher. Mein Herz begann in meiner Brust zu klopfen, als ich an all die Dinge dachte, die zwischen hier und Chicago passieren könnten.

Ich verfluchte mich selbst, als die Warnsignale für eine ausgewachsene Panikattacke in meinem Kopf schrillten. Oh Gott, nein. Bitte, bitte, nicht hier, nicht jetzt. Aber es gab kein Halten mehr … das wusste ich aus meiner eigenen Erfahrung. Ich nahm all meine Kraft zusammen, warf mir meine Tasche über die Schulter und flüchtete in die Damentoilette am Ende des Flurs.

Obwohl ich dachte, dass der Wartebereich stickig und dreckig war, so wurde ich eines Besseren belehrt, denn die Toilette war noch weitaus schlimmer. Sie sah aus und roch, als wäre sie seit einem Monat nicht mehr gereinigt worden. Trotzdem war es mir lieber, hier durchzudrehen, als im offenen Wartebereich, wo jeder sehen konnte, wie es mir erging. Ich fühlte mich hier auch nicht sicher, aber das war das Beste, was ich im Moment tun konnte.

Tief durchatmend, kauerte ich in der Ecke neben dem Waschbecken und wischte mir die Tränen weg, die wieder aufstiegen. Was zum Teufel tat ich da? Ich hatte keine Zeit zum Weinen. Ich musste auf der Hut sein.

Ich lief in eine Kabine, schloss die Tür hinter mir und lehnte mich dagegen. Mein Herz hämmerte in meiner Brust, als ob es jeden Moment explodieren würde. Ich konnte nicht mehr atmen. Jedes Mal, wenn die Toilettentür aufschlug, verlor ich fast den Verstand. Trotzdem blieb ich in der Abgeschiedenheit der Kabine und versuchte, mich zu entspannen.

Ja, als ob das möglich wäre.

Die Zeit verging, und ich wusste, dass ich mich hier nicht länger verstecken konnte. Ich musste meinen Bus erwischen. Ich schaute auf mein neues Handy hinab – es war fast Zeit zum Einsteigen. Ich musste mich zusammenreißen, sagte ich mir, als ich die Toilette verließ und mich zu den anderen Fahrgästen in den stickigen Wartebereich gesellte. Das war meine beste und vielleicht meine einzige Chance, zu entkommen.

Ich hatte mein Haar zu einem hohen Pferdeschwanz gebunden, in der Hoffnung, dass mich so niemand erkennen würde, da ich nun nicht so aussah, wie auf dem Foto in meinem Ausweis. Trotz der Hitze und der Luftfeuchtigkeit in dem Gebäude zog ich mir zusätzlich meine Kapuze über den Kopf. Meine Kleidung war vom Regen durchnässt und gab mir ein klebriges und unangenehmes Gefühl auf der Haut.

Die Sonne ging bereits unter, als die Ansage zum Einsteigen über die Lautsprecheranlage ertönte. Ich lief zusammen mit den anderen verlorenen Seelen zu den Glasschiebetüren, die zu den wartenden Bussen führte.

Überall waren Polizisten, die sich draußen durch die Menge schlängelten. Auf jeder Seite der Glastüren war einer postiert.

Mein Herz setzte einen Schlag aus und fing dann wieder an, schnell und hart zu pochen, diesmal noch heftiger. Sie konnten unmöglich meinetwegen hier sein, oder? Ich meine, ich hatte nichts verbrochen. Verdammt, ich hatte überhaupt nichts getan. Es war sicher nicht üblich, Busbahnhöfe und Bahnhöfe in der Umgebung zu überwachen, wenn jemand nicht vorbestraft war und wegen kleinerer Veruntreuungen und Steuerbetrugs gesucht wurde.

Oder war das üblich?

Es spielte keine Rolle. Ich konnte entweder durch diese Türen gehen und versuchen, meinen Bus zu erreichen oder zurückgehen und wegrennen. Und wenn ich wegrannte, was dann? Ich hatte das Ticket mit Bargeld gekauft. Der Bus war das einzige Transportmittel nach Chicago, das ich mir leisten konnte. Und selbst wenn ich genug für ein

Flugticket hätte, wären dort die Sicherheitskontrollen viel strenger als an einem Busbahnhof.

Nein, ich hatte keine Wahl. Ich musste versuchen, so unauffällig wie möglich, den Bus zu erreichen. Sie wussten wahrscheinlich nicht, wie ich aussah und schienen auch keine Ausweise zu kontrollieren. Sie liefen einfach herum und sahen sich die Leute an. Wenn ich meinen Kopf nach unten hielt, würde es vielleicht gehen. Ich hoffte es.

Umgeben von den vielen Menschen war ich mir einigermaßen sicher, dass ich es ohne Zwischenfälle schaffen würde. Ich hatte es den ganzen Tag über geschafft, nicht aufzufallen, und hatte mich unter die Menge gemischt und mich so normal wie möglich verhalten. Als ich die offenen Türen erreichte, ging ich hindurch, ohne langsamer zu werden, wobei ich darauf achtete, niemandem in die Augen zu sehen.

Kapuze hoch. Augen runter.

Meine Füße trugen mich über den rissigen Betonbusbahnsteig. Mein Herz überschlug sich immer noch, aber die Hoffnung in meiner Brust wuchs, als mein Blick auf dem Schild mit der Liniennummer des Busses nach Chicago landete. Er stand circa fünfzehn Meter entfernt. Ich beschleunigte meinen Schritt, unfähig, mich zurückzuhalten.

Plötzlich umschloss eine starke Hand meinen Oberarm und zog mich grob zur Seite. Mein Atem stockte. Nein, nein, nein …

„Zorah Elaine Bright", sagte eine raue Stimme. „Kommen Sie bitte mit uns."

KAPITEL ELF

ZWEI POLIZISTEN GABEN MIR GELEIT. Sie waren groß, überragten mich und ihre ausdruckslosen Gesichter verrieten nichts, als sie mich aus dem Strom der Menschen zogen. Ich bemerkte einige Fahrgäste, die nervös wurden und uns Seitenblicke zuwarfen, bevor sie zu ihren Bussen eilten. Ihr Gesichtsausdruck schwankte zwischen Neugier und Erleichterung darüber, dass das, was auch immer hier vor sich ging, nichts mit ihnen zu tun hatte.

„Lassen Sie mich los!", fauchte ich, als mich die Polizisten gegen die schmutzige Wand des Gebäudes pressten. Ich wehrte mich vergeblich gegen den quälenden Griff an meinem Arm – mein Blick schweifte an ihnen vorbei zu den Bussen, die meine einzige Hoffnung auf eine Flucht aus diesem Albtraum waren.

„Ich bin nicht die Person, nach der Sie suchen", versuchte ich. „Das ist ein Irrtum. Ich habe noch nie von Zorah Bright gehört." Selbst ich konnte das mitleidige Zittern in meiner Stimme hören.

Die schwüle Sommerluft versuchte, mich zu ersticken. Ich verlor alle Hoffnung und alle Energie verließ mich. Ich hatte das Gefühl, dass ich wirklich kurz davor war, ohnmächtig zu werden. Meine Brust tat weh und ich bemerkte einen stechenden Schmerz hinter meinen Rippen.

„Drehen Sie sich um", sagte einer der Polizisten emotionslos und schon wurde ich wieder gepackt und mit dem Gesicht gegen die Wand gedrückt. Meine Arme wurden grob nach hinten gerissen und meine Handgelenke auf meinem Rücken gefesselt. Die Kabelbinder waren eng, schnitten in meine Haut und blockierten die Blutzirkulation. Als ich gefesselt war, drehten sie mich um und führten mich aus dem Busbahnhof.

„Bin ich verhaftet? Sie sollten mich über meine Rechte aufklären!", sagte ich ein wenig verzweifelt. Solange sie sich so verhielten, wie es von der Polizei erwartet wurde, konnte ich mir einreden, dass alles irgendwann in Ordnung sein würde, dass ich irgendwann die Chance bekommen würde, meine Unschuld zu beweisen. Es würde sich alles aufklären und nur eine schlechte Erinnerung zurückbleiben.

Der Polizist zu meiner Rechten blickte mit kalten, emotionslosen Augen auf mich herab.

„Sie haben keine Rechte", sagte er, die Worte klangen endgültig.

Und dann zerrten sie mich weiter von der Menge weg. Panik überkam mich und ich begann zu kämpfen. Ich schrie, dass mir jemand helfen solle. Aber die Leute, die uns unangenehme Blicke zuwarfen, sahen nur eine verrückte Kriminelle in Polizeigewahrsam. Niemand würde aufspringen und mich retten. Niemand erkannte, dass das nicht richtig war und niemand wusste, dass ich eine unschuldige Person war, die in irgendetwas hineingeraten war.

Und niemand kümmerte sich darum.

Nicht einmal die Polizisten. Für sie war klar, dass ich nur ein weiteres Lamm war, das zur Schlachtbank geführt wurde. Warum verhielten sie sich so? Sicherlich war ihnen klar, dass es Konsequenzen haben würde, wenn man sie dabei beobachtet, wie sie mich behandelten?

„Warum tun Sie das? Ich bin eine amerikanische Staatsbürgerin! *Ich habe Rechte!*", schrie ich, als sie mich weiter in die Schatten eines verlassenen Parkplatzes hinter dem Bahnhof zerrten. Es war schon fast dunkel und ich sah durch die dunklen Wolken nur noch einen hellen Streifen am westlichen Horizont.

Sie gaben mir keine Antwort und mir wurde flau im Magen. Sie brachten mich nicht durch die Vordertür zu einem wartenden Streifenwagen, sondern schleppten mich stattdessen durch die Hintertür, an einen dunklen, abgelegenen Ort. Das war schlecht ... sehr schlecht und keine meiner Bemühungen hatte irgendeine Wirkung. Meiner Schreie hatten keine Aufmerksamkeit erregt und ich konnte keine Anzeichen von Hilfsbereitschaft von Unbeteiligten in der Nähe sehen. Wir kamen in eine schlecht beleuchtete Gegend. Ich vermutete, dass das große Gebäude zu unserer Rechten das Civic Center sein musste und der Triangle Park zu meiner Linken lag. Vor uns lagen die Bahngleise – der weiße Schotter des Randstreifens war im schwindenden Licht ein blasser Fleck – und ein größtenteils leerer Parkplatz lag um uns herum.

Ich atmete unregelmäßig, als wir zum Stehen kamen und ich drei Männer in Anzügen vor einem schwarzen Mercedes warten sah. Die Haare in meinem Nacken kribbelten, noch bevor ich registrierte, dass es sich bei der mittleren Person um Caspian Werther handelte. Er betrachtete mich kühl. Die beiden Männer, die ihn begleiteten, hatten die gleiche unheimliche, übernatürliche Ausstrahlung. Alle drei starrten mich an, als würden sie eine interessante Bakterie auf einem Objektträger anstarren.

Werthers grüne Augen trafen auf die meinen und leuchteten in der Dunkelheit. Dann kam langsam ein Lächeln über seine Lippen, und ich schwöre, dass jeder Nerv in meinem Körper in volle Alarmbereitschaft versetzt wurde.

Die beiden Männer neben ihm trugen fast identische Anzüge. Beide hatten trotz der späten Stunde dunkle Sonnenbrillen auf und standen mit hinter dem Rücken verschränkten Händen in fast identischer Pose. Der Mann auf der rechten Seite brach die Formation, um seine Brille abzunehmen, und ich sah die gleichen grünen Augen mit dem gleichen toten Ausdruck, den Werther innehatte. Er war *unheimlich* beunruhigend, genau wie Caspian. Der Typ links von Caspian tat dasselbe, seine Bewegungen waren fast identisch, und jeder Nerv in meinem Körper schrie danach, wegzulaufen.

Ich versuchte es, zappelte mit den Füßen und kämpfte, so gut ich konnte, aber die Wahrheit war, dass mein Körper erschöpft war. Es war nicht mehr viel Energie in mir.

Ich war am Ende.

Meine Haut kribbelte – ich verspürte die gleiche instinktive Abneigung, die ich im Restaurant und im MMHA-Büro erfahren hatte – als ob meine

Haut versuchte, sich Zentimeter für Zentimeter von meinen Muskeln zu trennen. Ohne ein Wort zu sagen, schubsten mich die Polizisten und ich flog zu Boden. Ich stieß einen Schmerzensschrei aus, als sich Splitt und Schotter in meine Knie bohrten.

„Nein", flehte ich. „Bringen Sie mich auf die Polizeiwache! Lassen Sie mich nicht allein! *Bitte*!" Mein Flehen stieß auf taube Ohren. Die beiden Beamten ignorierten mich und gingen einfach weg, ohne sich umzudrehen.

Ich zwang mich, zu Werther aufzublicken, der immer noch mit diesem selbstgefälligen Grinsen wie ein *Scharfrichter* auf mich herabstarrte.

Einer der anderen Anzugträger trat um mich herum und packte mich an meinen gefesselten Armen. Er nutzte den Griff, um mich auf die Füße zu zerren und schickte eine Welle der Abneigung durch meinen Körper.

„Nimm deine Hände von mir!", knurrte ich. Meine Wut vermischte sich mit meinem Schrecken bei dem Gedanken, dass einer dieser Männer mich anfassen könnte. Meine Füße verhedderten sich und meine Erschöpfung und Schwäche drohten, mich zurück auf den Boden zu befördern. Nur der feste Griff um meine Arme hielten mich aufrecht.

„Ich bin beeindruckt von Eurer Effizienz, Herr", sagte derjenige, der mich festhielt. „Ihr habt diese Kreatur erst vor ein paar Tagen gefunden und schon ist sie gefangen."

„*Kreatur*?", zischte ich empört. „Ihr seid diejenigen, die sich wie Tiere verhalten!"

„Es hat sich etwas gewehrt, das gebe ich zu." Werthers Stimme war mehr als herablassend. Geringschätzig. „Aber ich bin schon sehr lange dabei, Gardist. Ein Halbblutköter ist kein Gegner für meine Gardisten."

„Das könnte ein ziemlicher Coup für uns sein", sagte der andere unheimliche Typ.

Werther machte ein nachdenkliches Geräusch. „Die andere Seite war unvorsichtig, aber wir auch. Diese Kreatur irrt seit mehr als zwei Jahrzehnten im Reich der Menschen umher, ohne dass es jemand gemerkt hat. Es hätte schon längst gefunden und vernichtet werden müssen."

Ich holte Luft, um etwas zu sagen – aber ich wusste nicht, was. Die ganze Sache war so unwirklich, dass ich mir selbst hätte einreden können, dass alles nur ein böser Traum war, wenn ich nicht den starken Schmerz und die Übelkeit in meinem Körper gefühlt hätte.

Derjenige, der mich festhielt, unterbrach jeden Protest, den ich hätte äußern können. „Lasst uns das Ding einsperren. Es ekelt mich schon bei der kleinsten Berührung an. Jetzt muss ich erst einmal baden."

„Das beruht auf Gegenseitigkeit, Arschloch", stieß ich hervor. „Wenn es dich so sehr stört, dann nimm deine verdammten Hände von mir!"

Werther trat näher und schlug mir fast beiläufig mit der Hand ins Gesicht. Mein Kopf ruckte zur Seite und in meiner Wange explodierte der Schmerz. Ich schmeckte Blut …

„Bring *es* in den Wagen", sagte er und holte ein Taschentuch aus seiner Tasche, um sich damit die Hand abzuwischen.

Ich wusste eines ganz genau. Wenn ich zuließ, dass sie mich in dieses Auto verfrachteten, war ich erledigt. Ich würde verschwinden und man würde nie wieder von mir hören. Als der Typ hinter mir mich in Richtung des schwarzen Mercedes schob, atmete ich tief ein und schickte ein stilles Gebet zu den Mächten der Welt. *Bitte, bitte gib mir genug Kraft, um zu entkommen, bevor diese Typen sonst was mit mir anstellen oder mich töten.*

Ich nahm all meine Kraft zusammen – jede Spur von Adrenalin, die noch in meinem Körper war – und unternahm einen letzten verzweifelten Versuch, mich zu befreien. Ich rutschte zur Seite und verpasste dem Kerl zu meiner Linken einen Tritt in die Hüfte, dann hob ich meinen Fuß und trat dem Kerl hinter mir so fest ich konnte gegen die Kniescheibe.

Mein Entführer knurrte, aber sein Griff lockerte sich nicht. Mein Herz brach. Ich war eindeutig zu schwach, um auch nur die geringste Bedrohung für sie darzustellen. Caspian Werther trat vor mich, packte mich am Kinn und drückte mich mit seinem festen Griff erneut auf die Knie.

„Wenn du wüsstest, was gut für dich ist, Frauenzimmer, würdest du aufhören, uns zu bekämpfen und dein Schicksal akzeptieren. Du gehörst nicht hierher." Seine Stimme jagte mir einen Schauer über den Rücken. „Dies ist unser Reich. Du bist hier nicht willkommen. Deine bloße Existenz ist eine kriminelle Abscheulichkeit."

Das letzte bisschen Hoffnung schwand aus mir. „Ich verstehe nicht, was hier passiert", sagte ich und hasste den niedergeschlagenen Ton in meiner Stimme. „Warum tust du das?"

Werther gab einen abweisenden Laut von sich. „Warum schlägt man nach einer Fliege?", fragte er.

Der Kerl hinter mir packte mich an der Kapuze meines Regenmantels und zog mich daran nach oben, dann eilten er und sein Freund wieder zum Auto – dem Schicksal entgegen, das ich mir kaum vorstellen konnte.

Das Dröhnen eines Motorrads durchbrach die Geräusche der Stadt und wurde von Sekunde zu Sekunde lauter. Es klang, als würde es sehr schnell fahren – viel zu schnell für einen Parkplatz. Es klang auch so, als käme es aus dieser Richtung. Ich erhob meinen Kopf und versuchte zu sehen, woher es kam. Das grelle Licht eines einzelnen Scheinwerfers blendete mich.

„Ist das …?", begann einer meiner Entführer zu sagen, wurde aber von Werther unterbrochen.

„Bewegt euch!", schnappte Werther.

Bevor er seinen eigenen Rat befolgen konnte, wurde das Aufheulen des Motors ohrenbetäubend und eine große, dunkle Gestalt raste an mir vorbei, so nah, dass der Fahrtwind mein Haar zerzauste. Das Motorrad stieß Werther seitlich an und schleuderte ihn einige Meter weit weg. Er schlug hart auf dem betonierten Parkplatz auf und überschlug sich.

Die Reifen quietschten auf dem Asphalt, als das Motorrad zum Stehen kam und ein dunkles Geschöpf abstieg. Mein Herz schlug mir bis zum Hals, als eine vertraute Gestalt mit windgepeitschtem, schwarzem Haar und dem Gesicht eines

Racheengels auf uns zukam. Er griff über seine Schulter, um ein Schwert – ein verdammtes *Schwert* – aus einer auf dem Rücken befestigten Scheide zu ziehen.

„*Rans?*", rief ich und fragte mich, ob ich gerade einen psychotischen Anfall erlitten hatte und jetzt halluzinierte.

Er schenkte mir nur einen kurzen Blick – seine Augen glühten, sie leuchteten von innen heraus, wie blaue Flammen. Bevor ich mehr tun konnte, als zu schnaufen, stürzte sich einer meiner Entführer mit einem Schlagstock in der Hand auf ihn, der genauso lang war wie mein Arm.

„Steig ins Auto, du Wurm", zischte derjenige, der mich noch immer festhielt.

Mir fiel nur eine Möglichkeit ein, zu entkommen, denn ich hatte bereits bewiesen, dass ich nicht die Kraft hatte, gegen ihn zu kämpfen. Ich sackte wie ein Sack Kartoffeln zu Boden, obwohl der Mann versuchte, mich an meinen gefesselten Armen aufrecht zu halten. Trotz der Schmerzen in meinen Schultern, zwang ich jeden Muskel, zu erschlaffen und machte mich selbst zu einer Totlast.

Soll das Arschloch doch versuchen, mich in das verdammte Auto zu schleppen!

Irgendwo hinter mir klirrte Metall und ich hörte das Aufprallen eines Körpers. Ich wollte mich verzweifelt umdrehen und nachsehen, aber ich wagte es nicht. Jemand stöhnte, und der Mann, der versuchte, mich die letzten Meter zum Auto zu zerren, fauchte wie eine wütende Katze.

„*Nimm die Hände von ihr*", ertönte ein vertrauter britischer Akzent aus unmittelbarer Nähe.

Dann drehte ich mich um und Rans stand nur einen Schritt von meinem Entführer entfernt, überragte mich wie ein Racheengel in schwarzem Leder, das Schwert in der Hand.

„Die Königin wird davon erfahren, du Parasit", knurrte der Mann, der mich festhielt.

„Ich habe keine Abmachung mit deinem Court. Und ich habe dich gewarnt", antwortete Rans ruhig. Das Schwert blitzte auf und mein Entführer schrie qualvoll, taumelte zurück und landete mit einem lauten Aufprall auf dem schwarzen Mercedes, während er den Stumpf seines rechten Arms umklammerte.

Etwas Nasses war neben mir auf den Bürgersteig geplatscht. Ich schaute nicht hin, denn der Gedanke daran, was gerade passiert war, reichte aus, dass sich mir der Magen umdrehte. Rans beugte sich vor, packte mich am Oberarm und half mir auf die Beine. Er drehte mich mit dem Gesicht von ihm weg und murmelte, „Halt still."

Mit dem leisen Knirschen einer Klinge auf hartem Plastik riss der Kabelbinder, der meine Handgelenke zusammenhielt, und fiel ab. Schmerz schoss durch meine Schultern, als ich meine Arme aus der unnatürlichen Position nach vorne beugte, um meine Muskeln zu lockern.

„Zeit zu verschwinden", sagte Rans grimmig, packte sein Schwert fester und drängte mich zum Motorrad.

Ich taumelte, stolperte über meine eigenen Füße und betete verzweifelt, dass dieser unerwartete letzte Adrenalinstoß lange genug anhalten würde, um die etwa hundert Meter zu überwinden, die uns vom Motorrad trennten. Sein fester Griff hielt mich aufrecht, und wir waren fast am Ziel, als ich aus dem Augenwinkel eine Bewegung wahrnahm.

„Werther!", keuchte ich, als sich die Gestalt schwerfällig von der Stelle erhob, an die sie nur wenige Augenblicke zuvor hingeschleudert worden war.

Rans war bereits dabei, mich herumzuwirbeln und hinter sich zu schieben, sodass er zwischen mir und meinem auf wundersame Weise genesenen Entführer stand. Ich spürte, wie Rans' Körper durch irgendeine Art von Aufprall erschüttert wurde, was ihm ein leises Grunzen entlockte. Bevor ich reagieren konnte, setzten wir uns wieder in Bewegung und er zerrte mich hinter sich auf das Motorrad und ließ den Motor aufheulen.

Ich schlang meine zittrigen Arme um seinen Körper und suchte nach einem Platz, wo ich meine Füße aufstellen konnte. Werther rannte … stürmte auf uns zu und ein bösartiges Knurren verzerrte seine perfekten Gesichtszüge. Panik ergriff mich, als ich in seine fiebrigen Augen starrte, während er seine Arme ausstreckte. Doch dann scherte das Motorrad aus, und ich klammerte mich an Rans, während er vom Schauplatz des Blutbads auf dem Parkplatz wegraste.

Meine Atemfrequenz war erhöht und ich gab rasselnde Geräusche von mir, während ich das Gefühl hatte, nicht genug Luft zu bekommen. Ich lehnte mich an die breite Schulter vor mir, und mein Blick blieb an dem blitzenden, silbernen Metall und dem fein gearbeiteten Holzgriff kleben, das obszön in Rans linker Schulter steckte.

Es war ein Dolch. Werther hatte einen Dolch nach uns geworfen, als wir zum Motorrad rannten und Rans hatte mich absichtlich abgeschirmt und den Treffer eingesteckt.

„Deine Schulter!", rief ich, und versuchte gegen den Wind anzukommen, der die Worte verschluckte, kaum dass ich sie ausgesprochen hatte.

„Das ist im Moment unsere geringste Sorge", rief Rans.

Ein Lichtblitz im kleinen runden Rückspiegel des Motorrads lenkte meine Aufmerksamkeit von dem schrecklichen Anblick des Dolches, der aus Rans Schulter ragte, ab, und ich drehte mich um, um über meine Schulter zu schauen. Ein schwarzer Mercedes folgte uns und fuhr über einen Bordstein, um uns in möglichst direkter Linie zu verfolgen, während die Scheinwerfer wie verrückt auf- und absprangen.

„Halt dich fest Liebes", warnte Rans. „Jetzt wird es ungemütlich."

KAPITEL ZWÖLF

MEIN HERZ RASTE, während ich Rans mit einem Todesgriff umklammerte. Er lenkte das Motorrad gekonnt durch die dunklen Straßen der Innenstadt von St. Louis und ließ nicht zu, dass der Mercedes an Boden gewann. Ich war hoffnungslos desorientiert, aber ich hatte den Verdacht, dass wir zurückfuhren und uns wieder dem Civic Center näherten. Rans bremste scharf und bog in eine Gasse ein, in der an einer Seite Autos parkten.

Der große Mercedes konnte uns auf keinen Fall folgen, auch wenn Werther bereit war, Autos zu rammen oder über sie hinweg zu fahren. Wir kamen auf eine andere Straße und Rans setzte seinen unbeirrten Weg durch die Stadt fort. Er raste durch Einbahnstraßen, überholte an Ampeln gerade gestoppte Autos und schlängelte immer wieder an Autos vorbei, die neben uns auf der Kreuzung standen, mit nur wenigen Zentimetern Abstand. Es wurde gehupt und geschimpft, aber es war unvorstellbar, dass Werther uns auf diese Weise in seinem großen Fahrzeug folgen konnte.

Rans verlangsamte das Tempo bei einer leichten Linkskurve und gab dann Vollgas, um auf eine Autobahnauffahrt zu gelangen. Ich rutschte ein Stück zurück, konnte mich dann aber wieder an ihn heranziehen. Er fädelte sich in den Verkehr ein, beschleunigte das Motorrad, überholte Autos rechts und links und wich sogar auf den Seitenstreifen aus, um ein paar Autos zu umfahren.

Die Fahrt verging wie im Flug, während wir über die Schnellstraße rauschten.

Rans raste durch eine Lücke, fuhr eine Ausfahrt hinunter und verließ die Autobahn nach wahrscheinlich nur vier oder fünf Kilometern. Ich klammerte mich so fest an ihn, dass ich nicht wusste, ob ich meine Finger wieder losbekommen würde, wenn wir endlich anhielten. Meine Gelenke fühlten sich wie eingefroren an. Versteinert.

Aber … es schien, als hätten wir unsere Verfolger abgeschüttelt.

Rans fuhr durch eine enge Gasse, irgendwo hinter dem Civic Center. Das Motorrad flog ein Stück, als wir den Bürgersteig verließen und den Randstreifen neben den Bahngleisen entlangfuhren, wobei der Kies unter den Reifen weggeschleudert wurde. Ich befürchtete mögliche Sackgassen oder einen Sturz, aber Rans' Wahnsinn war methodisch. Als Nächstes fuhr er durch einen kleinen Tunnel eine kleine Anhöhe hinauf und fuhr auf die I-44 in Richtung Westen.

Meine Brust tat weh. Mein Kopf schmerzte. Alles tat weh, aber in diesem Moment schloss ich die Augen, presste meine Stirn gegen Rans unverletzte Schulter und atmete einfach nur tief durch. Ein und aus. Ein und aus. Ein und aus, während der Wind an uns vorbeipeitschte.

Nach ein paar Minuten hob ich den Kopf und erkannte, wo wir uns befanden. Wir waren im Zentrum des West Ends, wo sich viele der

Touristenattraktionen der Stadt befanden. Rans verließ die Straße und fuhr gemächlich durch den Verkehr in Richtung eines schicken Apartmenthauses gegenüber dem Forest Park, in der Nähe des Zoos und des Kunstmuseums.

Er bog in die Einfahrt ein und fuhr eine Rampe hinunter, die zu einer Tiefgarage führte. Er hielt an, um an der Schranke einen Code einzugeben und die Schranke hob sich.

„Wir sind fast da, Zorah. Bleib noch ein bisschen bei mir."

Ich war mir nicht sicher, was er damit meinte. Ich hielt mich an ihm fest, als wir in die Tiefgarage fuhren, und selbst als wir hielten, hatte ich noch das Gefühl, wir würden noch fahren, obwohl wir nicht mehr durch die Nacht rasten. Schließlich kamen wir zum Stillstand und der heulende Motor verstummte. Rans stellte das Motorrad ab, klappte den Ständer aus und atmete hörbar aus.

Wir saßen einige Sekunden lang schweigend da, bevor er schließlich sprach.

„Du kannst deine Augen jetzt öffnen." Ein Hauch von trockener Belustigung färbte seine Worte.

Ich warf ihm einen finsteren Blick zu. „Halt die Klappe. Sie sind offen."

Oh Gott. Ich hatte fast vergessen, was sein Akzent mit mir machte. Ich sollte immer noch zu Tode erschrocken sein, doch dass ich hier mit ihm allein in dieser anonymen Tiefgarage stand, beruhigte meine Nerven und ich fühlte mich erstaunlich sicher. Zum ersten Mal in den letzten zwei Tagen fühlte ich mich beschützt. Es war ein Gefühl, das ich in dieser kurzen Zeit fast vergessen hatte.

„Ach wirklich? Ich bin froh, das zu hören", sagte er. Die Belustigung war immer noch unverkennbar, aber jetzt enthielten seine Worte einen Hauch von Anspannung. „Wenn das so ist, kannst du mir einen Gefallen tun?"

„Hmm?", summte ich, verloren in meinem Post-Adrenalin-Dunst.

„Sei so nett und zieh mir den Dolch aus der Schulter, ja? Er steckt an einer ungünstigen Stelle, um ihn selbst herauszuziehen."

Diese Bitte brachte mich schnell in die Realität zurück. Ich versteifte mich und richtete mich trotz des schreienden Protests meines Körpers auf. „Was? Ich soll … ich will nicht …"

„Zieh den Griff gerade heraus – möglichst gleichmäßig", sagte er geduldig.

Bei dem Gedanken wurde mir flau im Magen, aber was sollte ich sonst tun? Vorsichtig schloss ich meine Hand um den braunen Holzgriff und zog ihn vorsichtig heraus. Die Klinge glitt mit einem schrecklichen Sauggeräusch heraus.

„Danke", sagte er, als ob er keine blutende, klaffende Wunde in der Schulter hätte. „Du kannst ihn behalten. Silber nützt zwar nicht viel gegen Sonnyboy und Konsorten, aber das Zeug ist wenigstens ein paar Pfund wert."

Ich starrte den Dolch mit offenem Mund an. Er war ebenso ein Kunstwerk, wie eine Waffe. Das Blut, das die Klinge befleckte, glich satten Pinselstrichen auf der Leinwand eines Meisters. Mir wurde schwarz vor Augen. Irgendetwas an dem

Ding gab mir ein etwas abgeschwächtes Gefühl von dem, das ich hatte, wenn ich in Werthers Nähe war.

„Ist der wirklich aus Silber?", fragte ich mit schwacher Stimme.

Er schnaubte. „Oh, ja. Wenn es Stahl gewesen wäre, würde sich meine Schulter nicht so anfühlen, als würde sie von innen heraus ausbrennen."

„Ich mag ihn nicht", sagte ich und starrte immer noch auf den fein gearbeiteten Dolch.

„Wirklich?", antwortete er. „Das ist ziemlich interessant." Er kramte in einer Tasche und reichte mir ein sauberes Taschentuch. „Glaub mir, wenn ich sage, dass ich auch nicht sehr erfreut darüber bin … aber behalte ihn trotzdem – für mich."

Ich brauchte länger, als es wahrscheinlich nötig gewesen wäre, um zu verstehen, dass das Taschentuch dazu dienen sollte, das Blut von der Klinge zu entfernen. Ich versuchte, so zu tun, als würde ich ein Küchenmesser abwischen, nachdem ich eine saftige rote Frucht aufgeschnitten hatte. Es half nicht. Als ich fertig war, reichte ich ihm das blutbefleckte Stück Stoff unbeholfen zurück, da ich nicht wusste, wie die Taschentuchetikette unter solchen Umständen lautete.

Der frisch geputzte Dolch blinkte im trüben Licht der Garage. Meine Tasche war längst verschwunden und lag irgendwo auf dem Parkplatz hinter dem Busbahnhof. Ich hatte Angst, dass der Dolch, wenn ich ihn in die Tasche meines Regenmantels steckte, das Material durchschneiden und mich verletzen würde. Nach einem kurzen Moment des Grübelns schob ich ihn in die Innenseite meines weichen Lederstiefels.

Rans hatte sich auf dem Sitz des Motorrads zur Seite geneigt, um mich zu beobachten. Mir wurde klar, dass er nicht aufstehen konnte, ohne mich runterzustoßen, also erhob ich mich und stützte mich auf meine wackligen Knie. Als ich mich ein Stück vom Motorrad entfernt hatte, schwang er mit einer geübten, geschmeidigen Bewegung ein Bein herum und stellte sich vor mich.

„Alles klar, Liebes?", fragte er.

Seine Augen hatten einen so ungewöhnlichen Blauton. Das innere Feuer von vorhin war verschwunden, aber selbst jetzt bestand die Gefahr, dass ich mich in ihnen verlor.

„Ja", hauchte ich. „Und jetzt?"

„Wir nehmen den Aufzug nach oben."

Er wies mit seinem tollen britischen Akzent auf den Fahrstuhl hin. Ich konnte einige Doppeltüren aus Edelstahl in der Ecke der Garage sehen und nickte.

„Okay", sagte ich und versuchte, einen Schritt in diese Richtung zu machen.

Meine Sicht verschwamm augenblicklich und die Muskeln in meinen Beinen wurden zu Gummi. Er packte mich an den Schultern und verhinderte, dass ich mit dem Gesicht auf dem Betonboden landete.

„Hmm", sagte Rans. „Genau das habe ich befürchtet."

„Mir geht es gut", versuchte ich zu protestieren und hörte, wie klein meine Stimme klang. „Mir gehts gut."

„Ja, das kann ich sehen."

Ich atmete tief durch und versuchte, den grauen Nebel aus meiner Sicht zu vertreiben. „Nur … gib mir eine Minute …"

„Das würde ich, aber ich bin mir nicht sicher, ob eine Minute viel helfen wird." Ich bemerkte kaum, dass Rans einen meiner Arme über seine Schultern zog und seinen Griff an meiner Taille festigte. „Jetzt komm mit, mein hartnäckiges Mädchen. Bringen wir dich irgendwohin, wo du dich hinsetzen und ausruhen kannst, während ich dieses Chaos in Ordnung bringe."

Ich nickte, anstatt meine Worte zu verschwenden. Rans führte mich zum Fahrstuhl und ich konzentrierte mich darauf, einen Fuß vor den anderen zu setzen. Irgendwann wurde mir bewusst, dass ich mich auf einen Mann mit einer unbehandelten Stichwunde stützte.

„Deine Schulter", lallte ich.

„Das Schöne an schwarzem Leder ist, dass es sich hervorragend dazu eignet, Blutflecken zu verbergen." Die Aussage war extrem trocken und tropfte voller Selbstironie.

„Aber", protestierte ich.

„Es ist alles in Ordnung. Es heilt bereits."

Das … schien irgendwie nicht richtig zu sein, aber ich ließ es auf sich beruhen. Die Fahrstuhltüren öffneten sich mit einem Klingeln und schlossen sich einen Moment später hinter uns, sodass der Blick auf das Parkhaus voller teurer Autos und einem schnittigen schwarzen Motorrad versperrt wurde. Rans drückte den Knopf für das oberste

Stockwerk und gab einen komplizierten Code auf dem Tastenfeld daneben ein.

Mein Körper wurde immer schwerer, als wir nach oben rasten. Er stützte mich mit Leichtigkeit, sein Griff ließ nie nach. Ich wusste, dass ich mich an ihn schmiegte wie eine billige Hure, aber ich hatte nicht die Kraft, selbstständig zu stehen.

Und wenn ich ehrlich war, fühlte es sich wirklich gut an. *Er* fühlte sich wirklich gut an.

Seine Lederjacke war kühl auf meiner erhitzten Haut. Sein Arm um mich war sicher und stark und er roch wie eine exotische Gewürzmischung, unterlegt mit Moschus. Ich wollte mich an die nackte Haut seines Halses schmiegen. Ich blinzelte schnell und war entsetzt über mich selbst.

Sogar *jetzt* fiel mir dieser unangebrachte Scheiß ein? Was zum Teufel war los mit mir?

Zum Glück für Rans Tugend und meine Vernunft kam der Aufzug sanft zum Stehen und entließ uns in einen schicken Eingangsbereich mit einer einzigen weißen Tür auf der gegenüberliegenden Seite des Gangs. Er stützte mich, führte mich hinüber und drückte auf den Knopf einer kleinen Gegensprechanlage in der Wand.

„Guthrie, Kumpel – bist du da?", fragte er. „Wir haben hier ein kleines Problem."

Einige Augenblicke vergingen, während ich versuchte, die Hitze zu ignorieren, die sich unter meiner Haut ausbreitete, und das angenehme Kribbeln, das von der Stelle ausging, an der sich seine Finger um meine Taille legten und mich stützten. Die Tür öffnete sich und gab den Blick auf einen stirnrunzelnden dunkelhäutigen Mann mit einem mir bekannten Gesicht frei.

Guthrie Leonides, bot mein Verstand hilfsbereit an, Rans Freund aus dem Restaurant von neulich.

Guthries traurige, dunkle Augen musterten uns und die Stille dauerte einen peinlichen Moment lang an. Ich konnte mir nur vorstellen, wie ich aussehen musste – halb tot und verwirrt, während ich an Rans hing und Guthrie ausdruckslos anstarrte.

„Will ich wissen, was passiert ist?", fragte Guthrie schließlich.

„Nein", sagte Rans zügig. „Aber wenn du nett fragst, erzähle ich es dir trotzdem – später. Jetzt brauche ich erst einmal ein Versteck und ein paar gefälschte Ausweise. Also, bittest du uns herein?"

Ich blickte zu Rans hinüber, gerade noch rechtzeitig, um das leicht schiefe Lächeln zu sehen, das er seinem Freund zuwarf. Ich verstand es erst einen Moment später, als ich erkannte, dass es ein Scherz war. *Er wollte, dass sein Freund einen Vampir in seine Wohnung einlud.*

Guthries Gesichtsausdruck zeigte eindeutig mehr Resignation als Belustigung. „Komm herein, du untotes englisches Arschloch. Und hallo noch mal, Miss …?"

„Bright …", schaffte ich. „Nenn mich einfach Zorah."

Guthrie hielt uns die Tür auf. Nachdem Rans mich hindurchmanövriert hatte, schloss er sie und ich hörte, wie das Schloss einrastete. Auch hier hätte ich wahrscheinlich Angst haben müssen, allein in einer abgeschlossenen Wohnung, mit zwei Männern, die ich nicht kannte, so schwach, dass ich kaum auf eigenen Füßen stehen konnte. Stattdessen ließ das Geräusch des einrastenden Schlosses die restliche Anspannung in meinen Schultern in eine süße, glückselige Erleichterung gleiten.

Mein Instinkt sagte mir, dass ich in Sicherheit war.

„Ich glaube, ich muss mich hinsetzen", sagte ich mit zitternder Stimme.

„Ich glaube, du musst einen ganzen Tag oder so schlafen", schoss Rans zurück und musterte mich, als ob er dachte, ich würde gleich ohnmächtig werden. Es war keine völlig irrationale Sorge seinerseits.

Auch Guthrie beobachtete mich mit einem besorgten Stirnrunzeln. „Bring sie in das Gästezimmer. Muss ich einen Arzt rufen?"

„Ich bin mir noch nicht sicher", sagte Rans. „Aber wahrscheinlich kann ein menschlicher Arzt nicht viel für sie tun."

„Hm?" Ich blinzelte ihn dümmlich an und versuchte, dem kryptischen Gespräch zu folgen und gleichzeitig nicht umzufallen. Es wurde erstaunlich schwierig, diese beiden Dinge unter einen Hut zu bringen.

„Richtig." Guthrie klang grimmig. „Ich schätze, das fällt unter die Rubrik 'Nein, Guthrie, das willst du nicht wissen'."

„Das vermute ich auch." Rans zog mich ein wenig fester an sich. „Komm schon, mein tapferes Mädchen. Lass uns ein Bett für dich finden."

Mein Bauch zog sich bei seinen unschuldigen Worten zusammen. Gott, ich war unmöglich.

Auch wenn ich nicht ganz bei Verstand war, konnte ich sehen, dass Guthries Penthouse-Wohnung fantastisch war. Ich fragte mich, ob er hier allein lebte. Es sah auf jeden Fall nicht so aus, als hätte er Kinder – alles war zu ordentlich, zu unangetastet. Als wir durch die Wohnräume und Flure gingen, bemerkte ich die dezenten, beruhigenden Farben und teuren Kunstwerke.

Aber schließlich befanden wir uns in einem schön eingerichteten Schlafzimmer, das nach Lavendel und frisch gewaschener Wäsche roch. Rans setzte mich auf die Kante des großen Doppelbetts und die Matratze war weich wie eine Daunendecke. Ein Teil von mir wollte rückwärts in die Kissen des Bettes sinken und nie wieder aufstehen, und ein anderer Teil protestierte lautstark, als Rans mich losließ und sich ganz zurückzog.

Ohne mir dessen bewusst zu sein, streckte ich eine Hand aus, um sie in seinem schwarzen T-Shirt zu vergraben. Er blieb vornübergebeugt und betrachtete mich, seine tiefblauen Augen auf gleicher Höhe mit meinen.

„Wie hast du mich heute Abend gefunden?", fragte ich. „Wie konntest du wissen, dass ich genau in diesem Moment auf dem Parkplatz des Busbahnhofs und in Gefahr war?"

Seine Lippen zuckten, formten ein schräges Lächeln, aber er sah mich aufmerksam und durchdringend an.

„Stalker, erinnerst du dich?", sagte er leichthin.

Ich erinnerte mich daran, wie er am Tag, nachdem er mich gebissen hatte, in meinem Bereich bei AJs Platz genommen hatte. Ich erinnerte mich auch daran, dass er mich ein Rätsel genannt hatte und dass er sich aus dem Gespräch zurückzuziehen schien, als ich ihm sagte, ich hätte keine Ahnung, wovon er sprach.

„Ruh dich aus Zorah", sagte er in einem beruhigenden Ton. „Ich muss mir überlegen, was ich mit ... all dem hier anfangen soll."

Ich starrte in diese bodenlosen Augen und versuchte, in sein Inneres zu sehen.

„Okay", sagte ich, denn ich fühlte mich zu diesem Zeitpunkt bereits deutlich von der Realität abgekoppelt. „Aber ... es gibt da noch eine Sache, bevor du gehst ..."

Zwischen seinen dunklen Brauen bildete sich eine kleine Furche. „Ja?"

„Das hier ..." Ohne nachzudenken, packte ich sein T-Shirt, um ihn nach vornezuziehen und die wenigen Zentimeter zwischen uns zu überbrücken, bis ich meine Lippen auf seine pressen konnte.

KAPITEL DREIZEHN

RANS ERSTARRTE, während ich einen beherzten Versuch unternahm, mit meiner Zunge, eine Mandelentfernung vorzunehmen. Er zeigte keine Reaktion und ich wusste, dass ich aufhören sollte, aber alle meine sozialen Fähigkeiten waren derzeit unter einer Lawine von Wünschen und Bedürfnissen begraben.

Er war auf einem schwarzen Motorrad angeritten und hatte mich mit einem verdammten *Schwert* vor einem Schicksal gerettet, das schlimmer war als der Tod. Ich brauchte ihn. Ich brauchte den Druck seiner Lippen auf meinen, das Gefühl von Haut auf Haut, die Verbindung unserer Körper. Es war falsch, demütigend und erbärmlich, aber im Moment war mir das alles egal. Mir war nur wichtig, dass meine Zunge gegen seine glitt.

Rans Hände schwebten einen endlosen Moment lang nur wenige Zentimeter über meinen Schultern, bevor er mich sanft packte und zurückwarf. Ich hörte das klägliche Geräusch der Verzweiflung, das ich daraufhin von mir gab, und ein Teil von mir hasste es. Dieses Geräusch gehörte nicht zu mir, es war mir fremd. Nur ... ich gab es tatsächlich von mir, nicht wahr? Ich war es, die sich erneut nach vorne beugte, um zu versuchen, seine Lippen zu erreichen. Ich war es, die während des

152

Versuchs, den Mann zurückzubekommen, der mich wegstieß, flach und keuchend atmete.

„Das wird verdammt kompliziert, das kann ich jetzt schon sagen", murmelte Rans, so leise, dass ich es kaum verstehen konnte. Dann, lauter, „*Zorah*. Sieh mich an. Versuch, dich zu konzentrieren."

Ich sah ihn an und beobachtete, wie sich seine geschwungenen Lippen bewegten, als sie die Worte umschmeichelten.

„Sieh mir in die Augen", sagte er, und ich konnte meinen Blick nur mit Mühe von seinen Lippen zu seinen Augen heben. „So ist es besser."

„Was ist los?", fragte ich. Warum redeten wir, wenn ich ihn küssen konnte? Warum fühlte ich mich so?

„*Was los ist*? Eine Menge, wie es scheint", sagte er. „Keine Sorge, ich führe eine Liste zu Referenzzwecken und im Moment stehst du ganz obenauf. Ich bin im Begriff, etwas zu tun, was wir beide bereuen könnten. Aber du kannst mir ja hinterher eine Ohrfeige geben, wenn es dir besser geht und du wieder zu Kräften gekommen bist, um es schmerzhaft zu machen."

Ich starrte ihn an und versuchte, meine Neuronen zu verknüpfen. „Sprichst du gerade überhaupt Englisch?", fragte ich.

Er starrte zurück. „Ob *ich* Englisch spreche? So eine Frechheit! *Verdammte Amerikaner* ... Ich weiß nicht, warum ich mir überhaupt die Mühe mache."

„Ja, ich auch nicht", sagte ich und zog ihn wieder zu mir heran.

Diesmal leistete er keinen Widerstand. Seine kühlen Lippen glitten über meine, als er mich zurück in die dekadente Matratze drückte. Er folgte mir und jeder Nerv in meinem Körper bestätigte mir die Richtigkeit des Ganzen. Ich krümmte mich und stöhnte unter dem süßen Gleiten seiner Zunge gegen meine.

Das Gefühl seiner starken Hand, die über die Konturen meines Körpers glitt, löste nach und nach die schmerzhafte Anspannung in meinen Muskeln. Der Schmerz der chronischen Krankheit verwandelte sich in den köstlichen Schmerz der Lust und meine Erschöpfung wich der bebenden Vorfreude. Während er mich küsste, stützte er sich mit seinen Ellenbogen neben meinem Kopf auf dem Bett ab. Seine andere Hand glitt über meinen Bauch … und dann tiefer. Meine Beine öffneten sich einladend und er berührte mich durch meine Jeans.

Gott sei Dank versuchte er nicht, mich zu necken, sondern rieb mit festem Druck zwischen meinen Beinen. Ich war feucht und ich konnte spüren, wie der Stoff meines Höschens gegen meine Spalte rieb … die Feuchtigkeit spürte ich dort, wo Rans gegen mich drückte. Der Saum der Jeans bot einen Hauch von Stimulation an meiner Perle, aber das war nicht genug – es war überhaupt nicht *genug*. Ich brauchte mehr. Ich brauchte alles. *Jetzt gleich, in diesem Moment.*

Ich fummelte an den Verschlüssen herum, zerrte an den Knöpfen und dem Reißverschluss und schob den Stoff an meinen Beinen runter – Slip und Jeans gleichzeitig. Rans unterbrach den Kuss und drückte seine Stirn an meine.

„Verdammt, Zorah", murmelte er und die Worte kitzelten meine geschwollenen Lippen. Seine Finger drangen in den Zwischenraum ein, den ich für ihn geschaffen hatte.

Ich konnte meine Beine nicht spreizen, da meine Jeans sich um meine Knöchel spannte, aber das hielt mich nicht davon ab, ein Geräusch zu machen, das ich noch nie zuvor – als Reaktion auf das perfekte Kreisen seiner Finger um meine Perle – gemacht hatte. Ich wollte, dass wir beide nackt waren, wollte meinen Körper an seinem reiben wie eine läufige Katze. Ich wollte ihn reiten … ich wollte seinen Mund auf mir spüren … ich wollte, dass er von hinten in mich hinein stieß … ich wollte so viele Dinge.

Aber er drang nur mit seinen Fingern in meine Lustspalte ein, während sein Daumen bei jedem Stoß über meine Knospe rieb und mich mit seinen Zähnen an der Stelle liebkoste, wo mich vor wenigen Tagen noch seine Reißzähne durchbohrt hatten. Erstaunlicherweise reichte das aus, um mich innerhalb von Minuten über den Rand in die Glückseligkeit zu stoßen.

Ich zuckte vor Ekstase und war mir kaum der Tatsache bewusst, dass ich mich in der Wohnung eines völlig Fremden befand. Ich hatte keine Ahnung, wie dick die Wände waren oder ob Rans die Schlafzimmertür hinter uns geschlossen hatte. Es war mir alles egal. Mein Körper bebte und mein Zustand der Erschöpfung wurde nun durch eine Flut von wohltuenden Endorphinen ersetzt.

Rans geleitete mich durch den Höhepunkt mit langsamen Streicheleinheiten und drückte mir einen letzten innigen Kuss auf die Lippen. Es war so gut … *so gut* … aber es war nicht alles, was ich brauchte. Seine Hand hob sich von meinem Körper. Ich nutzte meine neu gewonnene Energie, um uns zu drehen, und unsere Körper weiter auf das Bett zu rollen, bis er auf dem Rücken lag und ich zwischen seinen Beinen hockte.

Ohne einen einzigen Gedanken zu verschwenden, griff ich nach den Verschlüssen seiner Motorradlederhose. Er war noch vollständig angezogen. Der schwarze Ledermantel breitete sich unter ihm wie Fledermausflügel aus und hob sich deutlich von der Bettdecke ab.

„Zorah", sagte er und starrte mich eindringlich an, als meine Finger die Reihe dunkler Knöpfe an seinem Hosenschlitz öffneten. „Du musst nicht …"

Ich knurrte ihn an. *Knurrte* wie ein wildes Tier, wenn sich etwas zwischen es und seine Beute drängt. Seine Augen flackerten eine Sekunde lang mit diesem inneren blauen Licht, wie der heißeste Teil einer Flamme.

„Oder vielleicht doch", murmelte er. *„Verdammter Mist."*

Unter der Lederhose trug er schwarze, seidene Boxershorts, und ich erlag dem Drang, meine Wange an dem Stoff zu reiben. Er holte erschrocken Luft und sein Schwanz zuckte heftig. Der berauschende Geruch von Moschus war hier unten noch ausgeprägter. Mein Knurren verwandelte sich in ein Schnurren. Ich befreite seinen großen Schwanz aus den Boxershorts und mir lief das Wasser im Mund zusammen.

Rans war unbeschnitten – erst der zweite unbeschnittene Mann, mit dem ich zusammen war. Er war hart und bereit und in seinem Schlitz sammelte sich eine Perle seines Lustsafts. Im warmen Licht des Schlafzimmers sah der Tropfen seltsam rötlich aus und verlockte mich dazu, ihn zu probieren. Es *war* rot, als ob ein Hauch von Blut die übliche bittersüße Salzigkeit unterstrich.

Ich hätte wahrscheinlich Fragen dazu haben sollen. Wahrscheinlich hätte ich mir Gedanken darüber machen sollen, was das bedeutete.

Aber das tat ich nicht.

Rans zischte, als ich meine Zunge um die Eichel kreisen ließ. Ich reizte ihn, drang immer wieder in seinen Schlitz ein. Ich wollte, dass er mich an den Haaren packte und meinen Mund fickte, aber seine Hände waren in der Bettdecke neben seinen Hüften vergraben. Er bewegte sie nicht, obwohl er sich auf die Ellbogen gestützt hatte, um mich beobachten zu können. Das gefiel mir. Meine Augen trafen auf seine, die wieder blau aufflackerten, als ich mit meinen Lippen über seine Länge glitt. Ich spürte, wie er bebte, als er sich zusammenriss, um nicht in meinen Mund zu stoßen … aber dann erkannte ich, dass dies von meinem eigenen Körper kam, nicht von ihm.

Es war, als gäbe es eine Verbindung zwischen uns, als würde seine sexuelle Energie in mich fließen und mich aufheizen.

Ich hatte vor, einen Rhythmus zu finden, aber meine Lippen um seine Länge zu schließen, fühlte sich so gut an und jedes langsame Saugen war so göttlich. Ich konnte nicht anders, als schneller zu werden und ihn tiefer in mich aufzunehmen. Seine Augenlider fielen halb zu, seine blauen Augen wurden immer starrer, als wären meine Lippen eine Droge, die ihm den Willen raubte.

Ich konnte spüren, wie sich sein Körper anspannte und sich darauf vorbereitete, sich mir hinzugeben. Eine neue Welle knisternder Energie floss zwischen uns. Ich fühlte mich wie eine Göttin. Allmächtig. Ich nahm ihn fast bis zur Wurzel und stöhnte auf, als seine harte Länge hinten in meiner Kehle noch mehr anschwoll.

Rans schüttelte sich und kam – lautlos. Ich nahm alles ... nahm ihn in mich auf. Ich spürte, wie seine Essenz meinen Hals hinunterfloss – ihn verließ und zu meiner wurde. Meine Kehle vibrierte mit einem tiefen, weiblichen Schnurren der Befriedigung, als ich ihn bis zum letzten Tropfen aussaugte. Als er mir schließlich alles gegeben hatte, zog ich mich widerwillig zurück.

Gott, ich fühlte mich ... das war ... *unglaublich* gewesen. Vor zwanzig Minuten hatte ich noch Angst, ich könnte umkippen. Jetzt vermutete ich, wenn ich von einem Dach springen würde, würde ich wahrscheinlich fliegen können.

Ich setzte mich auf und starrte auf den mächtigen Vampir hinunter, den ich gerade mit dem Mund genommen hatte und der erste Anflug von Beklemmung schlich sich wieder in meinen Kopf. Rans sah ... blass aus. Ein bisschen benommen. Er betrachtete mich mit einem Ausdruck, den ich nicht ganz deuten konnte.

Ich versuchte, die Ereignisse der letzten paar Stunden zu sortieren. Mein Gehirn fühlte sich wie ein Computer an, der nach einem katastrophalen Festplattenabsturz neu startet. Mir fiel etwas Wichtiges ein und gedanklich blinkten große rote Ausrufezeichen auf.

„Oh mein Gott", sagte ich. „Rans, deine Schulter! Es tut mir so leid … Ich weiß nicht, was ich mir dabei gedacht habe!"

Beschämung durchflutete mich, aber Rans ließ sich nur flach auf den Rücken fallen und begann, seinen Schwanz zurück in seine Boxershorts zu stopfen. Ich bemerkte, dass meine Jeans immer noch um meine Knöchel saß, wurde knallrot und kletterte vom Bett, um sie hochzuziehen und zu schließen. *Oh Gott*. Mein Höschen war durchnässt – lag kühl und unangenehm auf meiner Haut.

„Es ist alles gut", sagte Rans langsam. „Meine Schulter ist so gut wie verheilt." Er runzelte die Stirn. „Obwohl ich zugeben muss, dass sich die Scheide meines Schwerts im Moment wie ein Dolch in meinen Rücken gräbt." Er bewegte sich ein wenig, machte aber keine Anstalten, etwas dagegen zu unternehmen. „Wie auch immer, mach dir keine Sorgen. Du hattest einen harten Tag – ich wage zu behaupten, dass du das gebraucht hast."

Ich schlug mir eine Hand an die Stirn, entsetzt über das, was ich gerade getan hatte, und zwar auf so vielen Ebenen, dass ich nicht wusste, wo ich anfangen sollte. „Das ist keine Entschuldigung", argumentierte ich. „Mein *Gott*. Ich kann nicht glauben, dass ich das gerade getan habe!"

„Wie ich bereits sagte. Du hast es *gebraucht*." Er betonte das Wort auf seltsame Weise. „Du fühlst dich jetzt besser, nehme ich an?"

„Mir geht es gut", sagte ich, ohne nachzudenken. „Ich ... warte." Ich hielt inne und lauschte auf meinen Körper. Zum ersten Mal bemerkte ich, dass all die Dinge, unter denen ich seit Tagen litt, verschwunden waren. „Mir ... gehts *gut*." Meine Augen flogen zu seinen. *„Wie kann es mir gut gehen?"*

Sein Blick war immer noch ein wenig vernebelt. „Du hast ein bisschen zu viel getrunken, nicht wahr? So wie ich das sehe, ist das das Mindeste, was ich nach unserem Kennenlernen bei dir zu Hause tun konnte. Und es ist ja auch nicht so, dass es völlig einseitig war. Wahrscheinlich schulde ich dir dafür noch eine Ohrfeige, aber du hast einen paradiesischen Mund, meine Gute."

Ich starrte ihn an, immer noch bemüht, die letzten Minuten zu verarbeiten und scheiterte kläglich. Ich schob die Bemerkung über meinen paradiesischen Mund beiseite und konzentrierte mich auf den Teil, der mir am wichtigsten erschien. „Was meinst du damit, dass ich zu viel getrunken hätte? Warum fühle ich mich plötzlich nicht mehr so schlecht? Und warum siehst du aus, als wärst du von einem Lastwagen überrollt worden, wenn deine Schulter fast verheilt ist?"

„Du hast dich von mir genährt", sagte Rans sehr langsam und deutlich, als ob er mit einem Kind spräche.

„Ich habe dir einen geblasen", erwiderte ich, „und du hast mich gefingert. Als ich das letzte Mal nachgesehen habe, entsprachen ein paar Schlucke Sperma nicht *ganz* der empfohlenen Tagesdosis aller siebenundzwanzig Vitamine und Mineralien!"

„Das ist nicht, worauf ich mich beziehe. Es war mein *Animus* – *meine* Lebenskraft – von der du dich ernährt hast, nicht meine Körperflüssigkeiten." Er schnaubte amüsiert. „Körperflüssigkeiten fallen in meinen Kompetenzbereich, nicht in deinen. Vampir, weißt du noch?"

Ich schüttelte den Kopf hin und her und versuchte, die Welt an diese bizarren neuen Parameter anzupassen, die über Nacht entstanden zu sein schienen. „Lebenskraft? Wovon redest du da? Wie kann ich mich von der Lebenskraft von jemandem ernähren, wenn ich eine halbe Stunde mit ihm gevögelt habe?"

Ein Lächeln umspielte seine Lippen. „Es ist der Dämon in dir, Zorah", sagte er. „Sukkubi ernähren sich von sexueller Energie – sogar Sukkubus-Mensch-Hybriden in der zweiten Generation, wie es scheint."

KAPITEL VIERZEHN

MEIN MUND ÖFFNETE SICH, aber da ich keine Ahnung hatte, was herauskommen würde, schloss ich ihn wieder. Tatsächlich tat ich das noch zweimal, bevor ich mich schließlich auf „Du verarschst mich doch" festlegte. Ich musste aussehen wie ein Fisch an Land.

Rans schnaubte. Er fuhr sich mit einer Hand grob über das Gesicht, als wolle er sich Spinnweben abwischen und setzte sich auf. Er sah immer noch blass aus, aber seine Haltung war gerade und sein Blick durchdringend, als er seinen schwarzen Mantel auszog und das Schwert von seinem Rücken löste.

„Ich habe dir neulich gesagt, dass du ein Rätsel bist, Zorah Bright, oder?", sagte er. „Das Blut, das ich dir gestohlen habe, war kein menschliches Blut … oder besser gesagt, es war nicht *ganz* menschlich."

Mein Blick wanderte von selbst nach unten und betrachtete die harten Muskeln eines Athleten, die unter seinem schwarzen T-Shirt sichtbar waren. Um seinen rechten Bizeps und einen Teil seines Unterarms zog sich eine Tätowierung. Der obere Teil wirkte abstrakt, aber weiter unten konnte ich etwas erkennen, das wie chinesische Schriftzeichen aussah, die in das Muster eingearbeitet waren.

Ich riss meinen Blick wieder hoch, um seinen zu treffen.

„Also", fuhr er fort, „erzähl mir von deinen Eltern."

„Das ist Wahnsinn", antwortete ich.

Er zuckte mit den Schultern, als wolle er *Worauf willst du hinaus?* sagen.

Ich runzelte die Stirn. „Mein Vater ist ein staatlich geprüfter Buchhalter. Meine Mutter war Politikerin."

„*War*", wiederholte er. „Wie ist sie gestorben?"

Es gefiel mir nicht, wie alter Kummer und neue Paranoia an den Rändern meines glücklichen Sex-Rausches herumkrochen. „Ein Verrückter hat sie während einer Wahlkampfveranstaltung erschossen, als sie für den US-Senat kandidierte. Das ist am vierten Juli zwanzig Jahre her."

Er nickte. „Und der Mörder?"

„Er hat sich im Gefängnis erhängt", murmelte ich.

„Ist etwas Ungewöhnliches an deinem Vater?"

Gott, wo sollte ich überhaupt anfangen …

„Ist es ungewöhnlich, ein passiv-aggressives Arschloch zu sein? Heute hat er sich ein paar Pluspunkte verdient." Verdammt. Ich musste ihn anrufen und wissen lassen, was passiert war. „Er hat mir Geld für ein Busticket überwiesen. Er wollte mich außerdem am Busbahnhof abholen und mir helfen, einen Anwalt zu finden."

Rans nickte nachdenklich. „Gut, dass du nicht so weit gekommen bist."

„Warum?", fragte ich verwirrt.

„Familienmitglieder sind ein hervorragendes Druckmittel", sagte er grimmig und ein Schauer des Unbehagens durchlief mich.

Hatte ich Dad in Gefahr gebracht? Wie weit zog diese Sache seine Kreise? Was auch immer diese *Sache* war.

„Ich muss ihn anrufen", sagte ich.

Rans beobachtete mich immer noch mit diesen stechenden Augen. „Davon würde ich dir dringend abraten."

„Aber …", begann ich.

„Stell dir vor, jemand beobachtet ihn", unterbrach er. „Wenn du nicht am Busbahnhof auftauchst und er nicht weiß, warum, ist er für sie nicht mehr nützlich. Aber wenn er mit dir in Kontakt steht, wenn sie Gespräche zwischen euch abhören, dann ist er plötzlich eine ziemlich attraktive Informationsquelle."

Ich hatte das Gefühl, dass ein großes Gewicht auf meiner Brust landete. „Aber … ich habe ein Prepaid-Handy gekauft. Zwei, um genau zu sein. Ich habe sie noch." Zum Glück waren die Handys in meinen Manteltaschen gewesen, nicht in meiner verlorenen Tasche.

„Und hat er dasselbe getan?", fragte Rans.

„Nein", bestätigte ich mit einem mulmigen Gefühl im Magen. „Ich hätte keine Möglichkeit, seine neue Nummer zu bekommen, selbst, wenn er eins hätte. Und ich habe ihn mit keinem der Prepaid-Handys kontaktiert, also wird er auch meine neuen Nummern nicht haben."

„Wo ist er?"

„Chicago", sagte ich, immer noch nicht ganz sicher, warum ich diesem Mann so viel von mir anvertraute.

Er sah nachdenklich aus. „In Ordnung. Das ist ziemlich weit weg. Da sie offensichtlich wissen, dass du nicht in der Lage warst, die Stadt zu verlassen, wird er mit etwas Glück auf ihrer Prioritätenliste ganz unten stehen."

In meinem Kopf drehte sich wieder alles. „Du sagst immer ‚sie'. Wer sind ‚sie'?"

„Dein Kumpel Caspian und seine Leute." Rans Stimme triefte vor Verachtung. „Seit der Krieg endete, haben sie das Sagen."

Ich wollte fast nicht fragen, aber … „Der Krieg?"

Rans muss gesehen haben, wie überwältigt ich war, denn er schüttelte den Kopf. „Zu viel, zu früh. Erst das Wichtigste – Sonnyboy und seine Kumpane werden das nicht einfach so durchgehen lassen. Sie wissen, wer du bist, und, was noch wichtiger ist, sie wissen, *was* du bist. Sie wissen auch, *wo* du bist – zumindest im Großen und Ganzen – aber mit etwas Glück kann ich Letzteres beheben, bevor es uns in den Hintern beißt."

Ich war immer noch nicht bereit, den Teil mit dem „*was* du bist" in Angriff zu nehmen.

„Warum interessiert dich das alles?", fragte ich stattdessen. „Warum machst du dir für mich die Mühe?"

Er legte den Kopf schief, sein Blick war nachdenklich. „Ich habe meine Gründe."

„Altruistische Gründe?", fragte ich scharf.

Ein kleines Lächeln zuckte um seine vollen Lippen. „Nicht wirklich. Du bist mir einfach ans Herz gewachsen und du bläst *phänomenal*, Liebes."

Er versuchte, mich von den wirklichen Problemen abzulenken, da war ich mir ziemlich sicher. Und in diesem Moment beschloss ich, ihn gewähren zu lassen. Es war zu viel, in zu kurzer Zeit passiert. Ich brauchte eine Weile, um alles zu verstehen. Wenn es das war, was er mir jetzt anbot, würde ich es annehmen.

„Ja? Nun, du bist auch nicht schlecht, was das Vorspiel angeht", sagte ich mit hochgezogener Augenbraue. „Oder in Bezug auf die Schmeicheleien. Die meisten Männer rennen weg, nachdem sie mit mir geschlafen haben. Ich habe immer angenommen, dass das bedeutet, dass ich lausig darin bin."

Okay, den letzten Teil hatte ich nicht wirklich sagen wollen, das war mir nur herausgerutscht. Möglicherweise war ich noch mehr durcheinander, als mir bewusst war.

Rans lehnte sich mit der Hüfte gegen die Ecke der schweren Holzkommode gegenüber dem Bett. „Nein. Es bedeutet, dass sie gespürt haben, dass du *Animus* von ihnen nimmst. Sie spüren instinkthaft die Gefahr, auch wenn ihr rationaler Verstand es nicht verstehen kann. Also laufen sie so schnell sie können."

Ich wollte im Moment nicht weiter darüber nachdenken, wollte es beiseiteschieben und später darauf zurückkommen. Aber wie kam ich darauf, dass es mir in einem Tag, einer Woche oder einem Jahrzehnt leichter fallen würde, diese Dinge zu verstehen?

„Ich habe mich immer besser gefühlt, wenn ich in einer Beziehung war", sagte ich langsam. „*Körperlich* besser, meine ich."

Er zuckte mit den Schultern. „Das bezweifle ich nicht. Hungersnot ist ein echtes Problem, egal welcher Spezies man angehört."

Mein Magen meldete sich in diesem Moment zu Wort und bestätigte es. „Du sagst also, dass ich mich von meinen Freunden *genährt* habe? Was wäre passiert, wenn sie geblieben wären? Hätte ich sie verletzt? Sie *umgebracht*?"

Ein Teil meines Verstandes protestierte immer noch gegen diese ganze verrückte Unterhaltung. Ein anderer Teil stellte die Verbindung her und dachte darüber nach, dass mein sexuelles Verlangen umso stärker wurde, je schlechter es mir ging. Chronische Schmerzen und Müdigkeit hätten eigentlich gegenteilig auf meine Libido wirken müssen, aber stattdessen verwandelte ich mich in eine wandelnde Nymphomanin.

„Das ist schwer zu sagen", sagte Rans. Ich musste mich konzentrieren, um den roten Faden des Gesprächs nicht zu verlieren – die Frage, ob ich meinen Freunden wehgetan hätte. „Sie wären dir wahrscheinlich mit der Zeit verfallen. Das ist wirklich Neuland für mich, denn soweit ich weiß, hat sich noch nie ein Cambion erfolgreich mit einem Menschen fortgepflanzt."

… und schon sprach er wieder in einer anderen Sprache.

„Cambion?", fragte ich.

„Der Nachwuchs eines Menschen und eines dämonischen Sukkubus", erklärte Rans. „In diesem Fall mit ziemlicher Sicherheit deine Mutter."

Verdammt, jetzt begann mein Kopf wieder zu schmerzen. „Warte … aber, wenn ich einen Mann umbringen könnte, indem ich mit ihm über einen längeren Zeitraum schlafe, was ist dann mit meinem Vater? Er und Mom waren jahrelang verheiratet und es geht ihm gut." Ich hielt inne und nahm den letzten Teil ein wenig zurück. „Na ja … einigermaßen gut."

„Ich habe keine Ahnung", sagte Rans. „Vielleicht waren sie weitgehend zölibatär und sie hat ihre Mahlzeiten woanders bekommen."

Ich verengte meine Augen zu Schlitzen. „Was zum Teufel willst du damit andeuten?"

Er blinzelte und richtete sich aus seiner lässigen Haltung auf. „Du hast gefragt. Ich stelle nur Theorien auf. Aber für den Moment sind das genug Spekulationen. Du brauchst immer noch Schlaf, und ich muss mir überlegen, was zum Teufel wir als Nächstes tun." Er seufzte. „Ich war schon immer miserabel im Schach."

„Das ist beruhigend", grummelte ich und wurde mit seinem fast schon beängstigenden Lächeln belohnt, das ich schon ein paar Mal gesehen hatte. Es war ein Lächeln, das sagte, dass er vielleicht ein knallhartes, schwertschwingendes übernatürliches Wesen war, aber dass das nicht bedeutete, dass er noch alle Tassen im Schrank hatte.

„Es macht das Leben interessant", sagte er. „Nun … es macht den *Untod* interessant. Ach egal, du weißt, was ich meine."

„Eigentlich verstehe ich nur etwa jedes dritte Wort, das aus deinem Mund kommt. Und damit beziehe ich mich nicht auf den Akzent."

Aber wenigstens bist du hübsch anzusehen, dachte ich, aber sprach es nicht laut aus.

„Oh. *Touché.*" Er mimte einen Dolch, der in sein Herz gestochen wurde, und ich fühlte mich unangenehm an das klaffende Loch erinnert, das in seiner Brust gewesen war, als ich ihn das erste Mal gesehen hatte. Vielleicht zeigte sich etwas davon in meinem Gesicht, denn er sagte, „Ruh dich aus. Niemand wird uns hier heute Nacht stören und du wirst deine Kräfte in den nächsten Tagen brauchen. Ich bringe dir in ein paar Stunden etwas zu essen."

„Essen?", fragte ich säuerlich. „Du willst mir doch nicht etwa einen Stricher vor die Nase setzen, damit ich ihm die Lebenskraft aus dem Leib vögeln kann?"

Seine blauen Augen bohrten sich einen Moment lang in mich hinein, doch seine Stimme war sanft, als er antwortete. „Wenn ich richtig liege, bist du immer noch zu drei Vierteln ein Mensch – du musst also etwas Richtiges essen", sagte er, „und nein, das werde ich nicht."

Mit diesen Worten schritt er aus dem Schlafzimmer, den Ledermantel über den Arm gehängt und die Schwertscheide locker in einer Hand. Ich bemerkte, dass er die Tür hinter uns nicht geschlossen hatte, als wir vorhin hier hereinkamen.

Ups.

Ich ließ mich zurück auf das Bett fallen. Mein Blick fiel auf einen rostigen Fleck, der das hellblaue Bettlaken verunstaltete. Es war Blut. Es musste von Rans Schulter stammen, als ich ihn auf den Rücken gestoßen hatte, obwohl ich vorhin, als er weggegangen war, keine Wunde gesehen hatte.

Diese ganze Sache war verrückt.

Ich rutschte hoch, bis ich richtig auf dem Bett und der Kopf auf einem der flauschigen Kissen lag. Er erwartete, dass ich mich ausruhte? Er *hatte* wirklich den Verstand verloren. Natürlich war ich immer noch müde – wenn auch nicht mit der tief sitzenden, alles verzehrenden Erschöpfung, mit der ich früher gekämpft hatte. Aber wie konnte man von jemandem erwarten, dass er nach diesen letzten Stunden schlafen konnte? Zum Teufel, nach den letzten paar *Tagen*? Wenigstens tat mein Körper nicht weh. Zum ersten Mal seit Wochen fühlte ich mich einfach, nun ja, normal.

Ich schätze, Ironie kann manchmal ziemlich ironisch sein, oder? Ein Vampir hatte mir gerade gesagt, dass ich zum Teil ein Dämon war – nachdem ich seinen Schwanz gelutscht hatte, wohlgemerkt – und ich fühlte mich *normal*. Was das Bettgeflüster anging, hatten wir beide noch Verbesserungspotenzial.

Ich schloss die Augen und dachte mir, dass ich es mir auf dieser bequemen Matratze eine Weile gemütlich machen würde, während ich versuchte, alles zu verarbeiten. Innerhalb weniger Augenblicke war ich tief eingeschlafen.

Draußen war es noch dunkel, als ich wach wurde. Im Zimmer herrschte eine stille Atmosphäre – es war mitten in der Nacht. Mein Körper fühlte sich angenehm ausgeruht an, auch wenn ich mich noch im Aufwachmodus befand. War es möglich, einen Jetlag zu haben, obwohl man die Stadt, in der man lebte, nicht verlassen hatte?

Ich rollte mich aus dem Bett und hatte ein schlechtes Gewissen, weil ich mit meinen Stiefeln auf so schöner Bettwäsche geschlafen hatte. Wenigstens war ich nicht derjenige gewesen, der auf die Bettdecke geblutet hatte – man könnte argumentieren, dass ich diejenige gewesen war, die Rans an das Bett gefesselt hatte, was dazu führte, dass *er* auf die Bettdecke blutete.

Ich beschloss, mich auf die Suche nach einer Toilette zu machen. Zum einen brauchte ich eine und zum anderen konnte ich den Blutfleck vielleicht mit kaltem Wasser herausbekommen. Der Flur war dunkel, nur der Lichtkeil, der durch die Schlafzimmertür fiel, erhellte ihn. Bis auf eine waren alle anderen Türen im Korridor geschlossen. Zum Glück handelte es sich bei der offenen Tür tatsächlich um das Badezimmer.

Wie der Rest der Wohnung war es geschmackvoll eingerichtet und verdammt nobel. Der weiße Marmor schimmerte und die schwarzen und weißen Fliesen waren in einem Schachbrettmuster verlegt und lenkten den Blick auf die massive Klauenfuß-Badewanne, die den luftigen Raum dominierte.

Als ich fertig war, wusch ich mir die Hände. Ich beäugte das Waschbecken, wobei ich darüber nachdachte, ob es schlimmer wäre, dabei erwischt zu werden, heimlich Blut aus der Bettdecke eines Fremden zu waschen oder den Blutfleck für Guthrie zu hinterlassen, der ihn später finden würde. Obwohl ich vermutete, dass es eher das Reinigungspersonal sein würde, das ihn fand, denn ich konnte mir nur schwer vorstellen, dass jemand, der in einer solchen Wohnung lebte, seine Wäsche selbst wusch.

Nach einigen Momenten der Überlegung entschied ich mich für die feige Variante und es jemand anderem zu überlassen, der es finden sollte. Ich hörte draußen leise Stimmen. Ich folgte ihnen und wanderte durch den abgedunkelten Wohnbereich. Durch einen Torbogen zu meiner Linken drang Licht. Die Stimmen wurden deutlicher, je näher ich kam und ich blieb ein paar Schritte entfernt stehen.

„Normalerweise würde ich nicht fragen, aber …" Ich erkannte Rans englischen Akzent.

„Ja, das würdest du normalerweise nicht." Ein Seufzer. „Na dann los. Es ist ja nicht so, dass du mir wirklich schaden könntest, oder? Versuch einfach, mich nicht auszusaugen. Ich habe heute einen anstrengenden Tag vor mir und du hast mich schon die halbe Nacht wachgehalten."

„Ich würde mich entschuldigen, aber wir wissen beide, dass ich es nicht so meine." Eine Pause. „Du bist ein guter Freund, Guthrie."

„Ja. Das bin ich. Und du schuldest mir ein Mittagessen, wenn du das nächste Mal in der Stadt bist.“

Ein Schnauben erklang. „Das mache ich gerne.“

„Verdammt richtig.“

Ich räusperte mich und ging hinein, als ob ich nicht gelauscht hätte. Dann erstarrte ich an Ort und Stelle, erstarrt von dem Anblick, der sich mir bot. Guthrie saß mit dem Rücken zu mir auf einem Barhocker an der frei stehenden Kücheninsel. Er trug dasselbe taubengraue Hemd, an das ich mich vage erinnerte, als Rans mich in die Wohnung gebracht hatte. Sein linker Ärmel war bis zum Ellbogen hochgekrempelt. Rans hielt seinen Arm in einer Hand und seine Lippen waren auf Guthries Puls gedrückt.

Als ich die Schwelle überschritt, fixierten mich seine glühenden blauen Augen. Meine Füße waren wie angewurzelt und ich versuchte zu sprechen. Guthrie musste meine Annäherung bemerkt haben, denn er warf einen Blick über seine Schulter.

„Oh, perfekt“, sagte er. „Publikum.“

„Sorry ...“, stotterte ich. „Ich wusste nicht, dass ihr ...“ Ich suchte verzweifelt nach Worten, um den Satz zu beenden. „... Dass ihr, ähm, das tut.“

Ich konnte Guthrie immer noch nicht einordnen. Ich hatte das Gefühl, dass er von einer großen Last niedergeschlagen worden war, bis er einfach ... aufgegeben hatte. Und doch lebte er in diesem atemberaubenden Penthouse, offensichtlich ein erfolgreicher Geschäftsmann. Ein erfolgreicher

Geschäftsmann, der sogar flüchtende übernatürliche Wesen in seiner Wohnung übernachten ließ und offenbar gut genug mit einem Vampir befreundet war, um sich freiwillig einer Blutspende zu unterwerfen.

Rans hob den Kopf und sah mich immer noch unverwandt an. „Du starrst mich an", sagte er milde.

Ich runzelte die Stirn. „Das machst du auch."

Er blinzelte und ritzte mit der Spitze seines Zeigefingers in einen Reißzahn. Ein paar Tropfen Blut fielen auf Guthries Handgelenk und Rans löste den Griff um den Arm des anderen Mannes. Guthrie griff nach einer Serviette, die auf dem Stapel in der Mitte der Kücheninsel lag und wischte damit den roten Fleck auf seinem Arm weg.

Seine dunklen Augen richteten sich wieder auf mich. „Ich hoffe, du bist beim Anblick von Blut nicht zimperlich", sagte er. „Andernfalls solltest du es dir vielleicht noch einmal überlegen, mit wem du die nächste Zeit verbringst."

Natürlich war ich beim Anblick von Blut zimperlich. Wenn man bedachte, dass ich in jungen Jahren gesehen hatte, wie meine eigene Mutter erschossen wurde, empfand ich das als normal.

Ich schluckte. „Ich schätze, das ist billiger als eine Desensibilisierungstherapie."

Ein kleiner Anflug von Belustigung schimmerte durch den Mantel der Traurigkeit, der das Licht in Guthries Augen die meiste Zeit zu dämpfen schien.

„Ich denke schon", gab er zu. „Obwohl nur Gott weiß, was für eine Therapie du noch brauchen wirst, wenn du eine gewisse Zeit mit diesem Arschloch verbracht hast."

„Charmant", sagte Rans. „Sprichst du mit deinen anderen Geschäftspartnern genauso?"

„Im Allgemeinen nicht", antwortete Guthrie unbeeindruckt. „Bist du hungrig? Wenn ja, dann steht im Kühlschrank ein Teller für dich bereit."

„Danke. Ja, ich könnte definitiv essen."

Guthrie winkte mich zu dem Ungetüm von einem Kühlschrank aus Edelstahl hinüber. „Bediene dich. Neunzig Sekunden in der Mikrowelle sollten genügen."

Ich holte das Essen und wärmte es auf, wobei ich versuchte, nicht zu sehr an die andere Mahlzeit zu denken, die gerade in diesem Raum stattgefunden hatte. Auf dem Teller lagen überbackene Kartoffeln, gedünstetes Gemüse mit einer leichten Soße und etwas, das aussah wie ... eine Entenbrust?

„Wow", sagte ich und mein Magen knurrte.

Guthrie holte Besteck aus einer Schublade und legte es zusammen mit einer Serviette neben meinen Teller. Ich haute rein.

„Das ist köstlich", sagte ich zu ihm, nachdem ich einen Bissen der knusprigen Ente mit einem Hauch Orangengeschmack heruntergeschluckt hatte. Ich deutete mit den Zinken meiner Gabel auf ihn und dann auf Rans. „Erzählt mir, woher ihr beide euch kennt. Wie habt ihr euch kennengelernt?"

„Durch einen gemeinsamen Bekannten, würde ich sagen", antwortete Guthrie. „Ransley hier hat eine Vorliebe für das Sammeln von menschlichen Kriegsopfern."

„Nicht nur menschliche", sagte Rans leise.

Guthrie zuckte anerkennend die Achseln. „Stimmt."

„Der Krieg", wiederholte ich mit einem Stück Kartoffel im Mund. „Du meinst den, der Leuten wie Caspian Werther das Sagen gab?"

KAPITEL FÜNFZEHN

„JA", SAGTE GUTHRIE. „Der Sieg der anderen Seite ist keine große Verbesserung gewesen."

Und da war sie … eine Spur von Bitterkeit, die zu einem so niedergeschlagenen Verhalten gehört. Rans Gesicht war starr und verriet nichts, aber ich spürte die Anspannung in ihm, die vorher nicht da gewesen war.

Das bedeutete natürlich, dass ich noch ein bisschen an der Oberfläche herumstochern musste. „Ach? Wer war denn auf der anderen Seite?"

„Dämonen", sagte Guthrie.

Okay, *das* war ein bisschen unangenehm … vorausgesetzt, ich glaubte an die ganze Sukkubus-Sache, was ich noch nicht so recht verarbeitet hatte.

„Richtig", sagte ich langsam. „Dämonen. Und Werther und seine Bande sind … was? Engel? Wenn ja, dann sind Engel scheiße, und mir wurde eine Lüge verkauft, als ich noch ein Mädchen war."

„Nein. Dein guter Freund Caspian ist ein Fae", sagte Rans. „Unseelie Fae, um genau zu sein. Wenn es noch Engel gibt, scheinen sie kein Interesse mehr an den Sterblichen zu haben."

„Fae? Wie die Fabelwesen? Dir ist schon klar, wie das alles klingt, oder?", fragte ich und ließ meinen Blick zwischen ihnen hin und her wandern.

„Also gut. Also ... Dämonen und Fae. Was haben Vampire mit all dem zu tun?"

Rans Anspannung kehrte zurück. „Ich fürchte, ich habe keine Ahnung, Liebes", sagte er, wobei der lässige Tonfall im Widerspruch zu seinen gestrafften Schultern stand.

Ich schaute zu Guthrie, um eine Erklärung zu erhalten, aber er zuckte mit den Schultern. „Sieh mich nicht so an. Ich bin nur ein Mensch. Ich bekomme diesen ganzen Scheiß aus zweiter Hand geliefert." Er warf einen Blick auf Rans. „Wenn ihr mit den Ausweisen und den Kreditkarten zufrieden seid, gehe ich jetzt ins Bett. Einige von uns müssen am Morgen noch zur Arbeit."

Rans nickte kurz. „Natürlich. Ich melde mich bei dir, wenn ich das nächste Mal in der Gegend bin und dann lade ich dich zum Mittagessen ein. Ich lasse das Motorrad hier, wenn du nichts dagegen hast."

„Ja, wie auch immer", sagte Guthrie.

„Danke", sagte ich, als er aufstand und seinen Ärmel herunterkrempelte. „Für das Essen und ... na ja ... für *alles*."

Er schenkte mir ein kleines Lächeln, aber das änderte nichts an der Traurigkeit, die er wie eine unsichtbare Last mit sich herumtrug. „Nicht der Rede wert", sagte er. „Pass auf dich auf, Zorah – es tut mir sehr leid, dass du in diesen Schlamassel geraten bist."

„Gleichfalls", sagte ich, obwohl ich immer noch keine Ahnung hatte, wie Guthrie in all das verwickelt war, abgesehen davon, dass er Rans Freund war.

Er winkte die Worte beiseite und verschwand im Flur der weitläufigen Wohnung. Ich richtete meine Aufmerksamkeit wieder auf den Vampir mir gegenüber.

„Iss deine Ente auf", sagte er.

Ich nickte und machte mich wieder ans Essen, bevor es kalt wurde. „Was meinte er mit Ausweisen und Kreditkarten?", fragte ich.

„Deshalb sind wir hierhergekommen. Guthrie hat eine unanständige Menge Geld und eine große Anzahl nützlicher Kontakte." Er zwinkerte mir zu. „Für die nächste Zeit bist du JoAnne Reynolds aus Crystal City, Missouri und ich bin dein Ehemann, John."

Ein Umschlag wurde mir über die Platte der Kücheninsel zugeschoben. Ich legte Messer und Gabel zur Seite, um ihn zu öffnen. Zum Vorschein kamen ein Führerschein, ein Reisepass und eine Kreditkarte, die alle auf denselben falschen Namen ausgestellt waren. Das Foto auf dem Ausweis zeigte eine hellhäutige Frau, die mir oberflächlich betrachtet ähnlich sah.

Ich blickte auf und sah in seine blauen Augen. „Du weißt schon, dass dein Akzent dich nicht gerade als Mann aus *Südost-Missouri* ausweist, oder?"

„Halt den Mund", sagte er mit einer passablen Nachahmung eines amerikanischen Akzentes des mittleren Westens. „Darauf kommt es wirklich nicht an. Es ist leicht, die Leute vergessen zu lassen, dass sie sich darüber Gedanken machen." Den letzten Satz sprach er mit seinem vertrauten englischen Akzent.

„Ich verstehe immer noch nicht, warum du das tust", sagte ich.

Er wandte seinen Blick nicht von mir ab. „Du bist wie ein Faden, Zorah Bright. Ich habe die schlechte Angewohnheit, daran zu ziehen, nur um zu sehen, was passiert. Löst sich der Faden oder löst sich der ganze Pullover auf?"

Ich starrte zurück. „Und was passiert danach mit dem Faden?"

„Mit etwas Glück hat der Faden mit mir eine bessere Zukunft als in Sonnyboys Händen. Es wäre schade, wenn er und seine Kumpane ihn mit einer Schere zerschneiden würden."

Ich dachte einen Moment lang darüber nach. „Da ist was dran", murmelte ich und erinnerte mich an den Moment, als mich Werthers Schlägertypen zur offenen Tür des schwarzen Mercedes gezerrt hatten.

Ein Schicksal, schlimmer als der Tod.

Er sah direkt in meine Seele – und sah zu viel. Dann sagte er milde, „Wir haben Flugtickets nach Atlantic City, wo wir bei einem anderen Freund von mir unterkommen werden. Er kann unseren nächsten Schritt besser bestimmen und es ist ein sicherer Ort als dieser. Der Flug geht in drei Stunden."

„Danke", sagte ich ihm ganz ehrlich. Hatte ich das schon zu ihm gesagt? „Ich dachte, als ich zum Busbahnhof ging, dass ich das irgendwie unter Kontrolle hätte, aber … ich bin im Moment so überfordert, dass ich nicht einmal das verdammte Ende des Tunnels sehen kann."

Er seufzte und unterbrach den beunruhigend direkten Blickkontakt. „Willkommen in meiner Welt", sagte er. „Kümmere dich nicht um den Verkehr."

Wie beruhigend.

Trotzdem hatte er die Sache offensichtlich besser im Griff als ich. Ich widmete mich wieder meinem Abendessen. Als ich fertig war, sah ich wieder zu ihm auf. „Um wie viel Uhr müssen wir aufbrechen? Und wie kannst du dir so sicher sein, dass du mich durch die Sicherheitskontrolle bekommst? Die Polizisten am Busbahnhof haben mich geschnappt, ohne auch nur einen Blick auf meinen Ausweis zu werfen. Sie haben mich auf den ersten Blick erkannt."

Rans stützte sich mit den Ellbogen auf die Kücheninsel. „Der Flug geht um fünf Uhr dreißig. Wir sollten in etwa einer Stunde von hier aufbrechen. Es ist Zeit für eine Dusche oder ein Nickerchen, aber wahrscheinlich nicht für beides."

„Und die Sicherheitskontrolle?", drängte ich.

„Es ist wahrscheinlich, dass die Polizei, die den Busbahnhof überwacht, unter direkter Kontrolle der Fae stand. Wenn dich jemand am Flughafen erkennt, werde ich in der Lage sein, sie zu beeinflussen und sie glauben zu lassen, sie lagen falsch ... vorausgesetzt, sie sind normale Menschen."

„Und wenn sie keine normalen Menschen sind?", fragte ich, etwas entsetzt darüber, dass ich mir darüber jetzt offenbar Gedanken machen musste.

Amüsement umspielte seine hübschen Gesichtszüge. „Dann wird es ein bisschen chaotischer zugehen."

Ich erschauderte, als ich mich an das Gemetzel auf dem Parkplatz erinnerte. „Ich bezweifle, dass dich die Transportsicherheitsbehörde mit einem verdammten Riesenschwert auf dem Rücken durchlassen wird, weißt du."

Er schnaubte. „Wahrscheinlich wäre es die Mühe nicht wert, das stimmt. Aber es kommt relativ oft vor, dass Schwerter mit dem Gepäck aufgegeben werden. Und Wurfsterne, ob du es glaubst oder nicht. Amerikaner, was? Manchmal wundere ich mich wirklich über euch."

„Ernsthaft?", fragte ich. *Hm.* Vielleicht hatten Cosplayer eine Gruppe von Lobbyisten, von der ich noch nie gehört hatte.

Rans zuckte mit den Schultern, ohne die Ellbogen von der Küchenplatte zu heben, auf die er sich gestützt hatte. Ich rutschte vom Barhocker und nahm meinen Teller und mein Besteck mit zum Waschbecken aus Edelstahl. Nachdem ich alles kurz abgewaschen und zum Trocknen in das Becken gestellt hatte, wischte ich die Kücheninsel ab und warf meine Serviette in den Papierkorb.

„Wir treffen uns in fünfundvierzig Minuten wieder hier", sagte ich und spürte, wie sich die Müdigkeit nach der kurzen Pause, in der ich mich nicht beschissen gefühlt hatte, wieder einstellte.

Er nickte und machte keine Anstalten, mir zu folgen, als ich die Küche verließ und in das elegante Badezimmer ging. Fünfundvierzig Minuten Schlaf würden nicht viel ausmachen, vorausgesetzt, ich könnte überhaupt schlafen. Ich warf einen Blick auf die Klauenfuß-Badewanne und fasste einen Entschluss.

Nachdem ich die Tür hinter mir verriegelt hatte, zog ich mich aus und benutzte etwas Handseife, um mein Höschen zu schrubben, das zuvor die unglückliche Last meiner aufreizenden Geilheitsprozedur getragen hatte. Der Handtuchhalter war beheizt … *natürlich* war er das. Ich legte die feuchte Unterwäsche darüber und versuchte, so viel wie möglich vom Stoff mit dem warmen Metall in Berührung zu bringen. Es würde helfen, sie zu trocknen, zumindest ein wenig.

Am Rest meiner Kleidung gab es nicht viel auszusetzen – das war alles, was ich jetzt hatte. Aber, *hey*. Vielleicht hasste JoAnne Reynolds es, Wäsche zu waschen, okay? Das wäre meine Geschichte und daran würde ich mich halten.

Die Wanne war extrem luxuriös und ich tauchte tief in das heiße, nach Lavendel duftende Wasser ein, bevor ich mich kurz abschrubbte und abspülte.

Ich kam um Punkt drei Uhr morgens in der Küche an und trug ein Höschen, das nicht nach Sex stank und nur noch leicht feucht war, da der beheizte Handtuchhalter gute Arbeit geleistet hatte. Rans wartete bereits auf mich. Er hatte seinen Bad-Boy-Biker-Look gegen etwas eingetauscht, das eher dem entsprach, was er neulich im Restaurant getragen hatte – er war lässig, aber immer noch gut gekleidet.

„Du hast hier Ersatzkleidung untergebracht?", fragte ich trocken. „Was ist das hier … *Guthries Penthouse-Kaufhaus und Safehouse?*"

„*Sei auf alles vorbereitet*, ist mein Motto", sagte er unbeirrt.

Ich konnte mir ein Schnauben nicht verkneifen. „Erzähl mir nicht, dass du mal ein Pfadfinder warst. Denn ich werde dir nicht glauben."

„Ich fürchte, meine Kindheit liegt ein paar hundert Jahre vor dieser besonderen Institution", antwortete er leichthin. „Aber das heißt nicht, dass ich mir das Motto nicht ausleihen kann, oder? Bist du bereit?"

Ich legte diese Information für spätere Überlegungen zu den Akten und deutete auf meine leicht zerknitterte Kleidung, meine Stiefel und meinen Regenmantel mit dem gefälschten Ausweis und zwei Prepaid-Handys in den Taschen. „Was soll ich sagen? Ich reise gern mit leichtem Gepäck."

Er schenkte mir ein kurzes Lächeln. „Unauffällig, was? Gib mir den Dolch von gestern. Ich packe ihn ein und lege ihn zu meinem Schwert ins Gepäck."

„Was, keine Wurfsterne?", fragte ich und täuschte blanke Enttäuschung vor.

Er schnupfte enttäuscht. „Leider nicht."

Vorsichtig zog ich das ungewohnt harte Stück Metall aus meinem Stiefel und hielt es ihm hin. Er warf der Klinge einen säuerlichen Blick zu. „Das Heft zuerst, wenn es dir nichts ausmacht", sagte er.

Ich errötete und drehte schnell den Dolch in meiner Hand, wobei ich die silberne Klinge zwischen Daumen und Zeigefinger hielt. Er nahm ihn am Holzgriff und legte ihn in eine flache, mit Zeitungspapier gepolsterte Schachtel.

„Also … Silber, ja?", fragte ich. „Ich dachte, das wäre gegen Werwölfe."

„So etwas wie Werwölfe gibt es nicht", sagte er. „Und was Metalle angeht, so ist Silber nicht mein Lieblingselement, nein."

Er stopfte die verschlossene Schachtel in einen Koffer, der in der Ecke stand. Ich beäugte das große Gepäckstück.

„Also, ich gehe davon aus, dass wir das Motorrad nicht nehmen werden?" Ich brach ab.

„Ein Uber ist bereits auf dem Weg", informierte er mich. „Komm, er wird in ein paar Minuten hier sein."

Ich folgte ihm aus der Wohnung, nachdem ich Guthrie einen kurzen Dankesbrief auf einer Serviette hinterlassen hatte. Wir betraten den Fahrstuhl und fuhren hinunter auf die Straßenebene und nicht in die Tiefgarage.

„Warum ist Guthrie die ganze Zeit über so traurig?", fragte ich. „Ich meine … er scheint ein ziemlich schönes Leben zu haben, abgesehen von dem Teil, wo Vampire mitten in der Nacht vor seiner Tür auftauchen. Aber die Traurigkeit hängt wie eine Gewitterwolke über ihm."

„Er hat eine falsche Entscheidung getroffen und seine Frau ist gestorben", sagte Rans, ohne mich anzuschauen.

Ich verzog das Gesicht. „Oh", sagte ich leise und fragte mich, ob er betrunken gefahren und in einen tödlichen Unfall verwickelt war oder so. „Tut mir leid, das zu hören."

Er sagte nichts weiter und wenige Augenblicke später verließen wir die Lobby des großen alten

Gebäudes. Ein weißer Geländewagen fuhr wie choreografiert an den Bordstein heran und das Fenster auf der Beifahrerseite wurde heruntergekurbelt.

„John Reynolds?", fragte der Fahrer.

„Ja, das bin ich", sagte Rans ohne einen Hauch von Ironie. Der fast überzeugende Akzent des mittleren Westens war wieder allzu hörbar. Wenn ich nicht wüsste, wie es sich anhören *sollte*, hätte ich ihm das sicher abgenommen. Aber etwas störte mich daran.

Ich konnte meine Anspannung nicht leugnen, als ich Guthries sichere Wohnung verließ, aber die Fahrt nach Lambert verlief ohne Zwischenfälle. Rans druckte an einem Schalter die Bordkarten aus und gab den Koffer mit den spitzen Gegenständen auf. Es war ein seltsames Gefühl, nichts außer den Kleidern auf meinem Leib bei mir zu haben – keine Handtasche, keinen Rucksack, nicht einmal eine richtige Brieftasche.

Ich war kein Fan von Flughäfen, vor allem weil Flughäfen Flugzeuge einsetzten. Und ich war *wirklich* kein Fan von Flugzeugen. Jedenfalls nicht, wenn sie einmal abgehoben hatten. Aber um fair zu sein, es war ja nicht so, dass Busse am Ende die sicherere Alternative waren.

Vor der Sicherheitskontrolle standen viele unglückliche Menschen mit schwerem Gepäck um eine lange Reihe von Absperrungen, die jeweils nur ein paar Schritte vorwärts schlurfen konnten. Kinder weinten. Männer in Anzügen schauten auf ihre Uhren. Wenn man bedachte, dass es gerade vier Uhr morgens war, konnte ich mir nur vorstellen, wie schlimm die Schlange später am Tag sein würde.

Als wir die Transportsicherheitsagentin an ihrem kleinen Podium erreichten, begann mein Rücken zu schmerzen. Mir wurde schlagartig klar, dass mir ein Leben ohne Antirheumatika bevorstand ... mein treues Ibuprofen-Fläschchen wurde dem Schicksal überlassen, das in der Nacht zuvor meine Tasche ereilt hatte. Angesichts dieser Tatsache ging es mir erstaunlich gut. Mein fast schwindelerregendes Gefühl gesunder Normalität verblasste langsam, aber ich war immer noch meilenweit von dem entfernt, was ich in den letzten Wochen erlebt hatte.

Die Transportsicherheitsagentin nahm meine Bordkarte und meinen Ausweis entgegen und prüfte sie einen Moment lang, bevor sie mein Gesicht genau musterte. Ich versuchte, nicht zu reagieren – meine Schultern durften sich nicht versteifen und mein Gesicht durfte keine Sorge verraten.

„Sie hat einfach eines dieser Aller-Welt-Gesichter", sagte Rans mit tiefer, überzeugender Stimme. Der amerikanische Akzent klang immer noch falsch, aber irgendetwas an seinem Ton ließ mir eine Gänsehaut über die Haut laufen.

Die Augen der Transportsicherheitsagentin flogen zu ihm und blieben hängen. Sie blinzelte schnell und ein leicht verwirrter Blick glitt über ihre Gesichtszüge, bevor sie sich wieder beruhigten. Sie begann wieder mit der Bearbeitung meines Tickets.

„Sie haben so ein Aller-Welt-Gesicht", sagte sie, als sie mir alles zurückgab.

Ich musste einen Schauer unterdrücken. „Ja, es ist komisch, nicht wahr?", sagte ich in einem entschlossenen, leichten Ton. „Mein Mann erzählt das den Leuten immer wieder."

Sie lächelte abwesend und ich ging weiter durch den Checkpoint zum Förderband. Stiefel aus, Regenmantel und Handys in die graue Schale. Später fiel mir ein, dass es verdächtig aussehen könnte, zwei billige Prepaid-Handys bei sich zu haben. Ich hätte eines von ihnen in den Koffer stecken sollen. Da ich nichts weiter bei mir hatte, ging ich zu dem gruseligen Ganzkörperscanner und nahm die richtige Position ein, wobei ich mich sowohl lächerlich als auch verdammt nervös fühlte.

Der Mitarbeiter schloss den Scan ab und winkte mich durch. Ich entspannte mich allmählich. Als ich meine Stiefel wieder angezogen hatte, wartete ich mit dem Regenmantel über dem Arm auf Rans. Er kam zu mir und wir gingen zu unserem Gate. Im Vergleich zu der Schlange bei der Gepäckabfertigung und der Sicherheitskontrolle war die Wartezeit bis zum Einsteigen nicht sehr lang. Ich verbrachte sie damit, die Lichter außerhalb der raumhohen Fenster zu bewundern.

Erst als wir zum Einsteigen aufgerufen wurden, wurde mir klar, wo unsere Plätze waren. „Erste Klasse, *Liebling*?" Ich konnte mir die Frage nicht verkneifen. „Ist das nicht … ziemlich teuer?" Ich fühlte mich in dem geräumigen Flugzeugsitz mit meinen zerknitterten Klamotten, die nach Schweiß rochen, ziemlich fehl am Platz.

Rans sah kühl und amüsiert aus. „Für dich nur das Beste, Liebling", erwiderte er, und verdammt, ich hasste diesen falschen Akzent immer mehr, je öfter ich ihn hörte. „Fensterplatz?"

Mir wurde kalt. „Äh … nein. Ich bin mit dem Platz am Gang sehr zufrieden, danke."

Sein Blick schweifte über mich. „Na gut."

Als wir uns niedergelassen hatten, fummelte ich an einem Riss im Stoff meiner Jeans herum. Der Jeansstoff war dunkel genug, um die Flecken zu verbergen, die bezeugten, dass ich auf dem nassen Parkplatz auf die Knie gezwungen worden war. Ich musste mir trotzdem überlegen, wo ich mir bald neue Kleidung besorgen konnte.

Die Stewardess redete von Sicherheitsmaßnahmen, und ich tat mein Bestes, um die Belehrung über Wasserlandungen und Schwimmhilfen zu überhören. Als sich das Flugzeug mit einem Ruck vorwärts bewegte, klammerte ich meine Hände um die Armlehnen und mein Herz schlug schneller.

„Alles klar bei dir?", fragte Rans, und ich schwor mir, wenn auch nur ein Hauch von Selbstgefälligkeit oder Belustigung in seinen Worten gelegen hätte, hätte ich ihm auf der Stelle eine Ohrfeige verpasst – mächtige untote Kreatur hin oder her.

„Es ging mir nie besser", stieß ich hervor. „Ich liebe Tage wie diesen."

Ich hörte, wie die Fensterabdeckung heruntergezogen wurde und die Sicht auf die sich bewegende Landschaft draußen versperrte. Er schwieg, als das Flugzeug über die Start- und Landebahnen rollte, stoppte und wieder an Fahrt

gewann, während ich versuchte, mich von dem abzulenken, was gleich passieren würde.

Dann wurde es Zeit abzuheben. Ich schloss
meine Augen und grub meine Fingernägel in die
bequeme Polsterung des Erste-Klasse-Sitzes, als die
Triebwerke ansprangen und das Heulen zu einem
Dröhnen wurde, das uns mit einem üblen Ruck die
Startbahn hinunter und in die Luft beförderte.

KAPITEL SECHZEHN

GOTT, ICH HASSTE DAS FLIEGEN SO SEHR. Niemand würde mich jemals davon überzeugen können, dass Menschen dafür gemacht waren und unbeschadet davonkamen. Wir waren zu Dutzenden in eine Metallröhre mit Flügeln gepfercht, die so bemalt war, dass sie wie eine riesige Tylenoldose aussah, mit Triebwerken an den Flügeln, die Feuer fangen würden, wenn ein Spatz in sie hineingesaugt würde. Warum taten wir das noch einmal?

Meine Ohren schmerzten und ich hatte dieses kribbelnde, flaue Gefühl in meinen Magen. Ich zuckte überrascht zusammen, als Rans mit seiner kalten Hand meine berührte und meine rechte Hand aus dem Todesgriff an der Sitzlehne befreite. Meine Augen flogen erstaunt auf, als er unsere Finger ineinander verschränkte. Er sah mich nicht an, sagte auch kein Wort.

Die Geste war unerwartet und riss mich aus meiner Angstspirale heraus. Ich war mir nicht sicher, was ich davon halten sollte, also unternahm ich nichts. Nun … nichts, außer mich an diesen übernatürlich starken Griff zu klammern. Nach einer kleinen Ewigkeit pendelte sich das Flugzeug ein. Ich atmete langsam aus und hoffte, dass es nicht zu viele Kursänderungen oder Turbulenzen geben würde und dass ich für eine Weile vergessen konnte, dass wir nicht mit irrsinniger Geschwindigkeit durch den Himmel rasen.

„Drink?", schlug Rans trocken vor, als ich meinen Todesgriff löste.

Ich öffnete die Augen und sah, wie der Steward seinen Getränkewagen den schmalen Gang hinunterrollte. „Verlockend", sagte ich, „aber wahrscheinlich eine schlechte Idee."

Das Letzte, was ich brauchte, war ein weiterer Grund für meinen Magen, zu rebellieren, wenn es während des Fluges unruhig wurde. Ich bestellte ein Quellwasser, während Rans das höfliche „Und für Sie, Sir?" des Stewards abwinkte.

„Ich dachte, du würdest einen guten Jahrgang zu schätzen wissen", murmelte ich, als der Steward weitergezogen war.

„Eigentlich schon", sagte er sichtlich amüsiert. „Aber ich hatte erst vor ein paar Stunden einen besonders guten."

Darauf gab es nicht viel zu erwidern, also wechselte ich das Thema. „Erzähl mir mehr darüber, wohin wir fliegen. Du sagtest Atlantic City, aber unsere Tickets sind für Philadelphia."

„Von St. Louis aus gibt es keine Direktflüge. Mit den Zwischenstopps kommen wir schneller in die City of Brotherly Love. Unser Gastgeber schickt uns ein Auto. Dann sind es nur etwa neunzig Kilometer."

Ich nickte. „Und dein Freund? Erzähl mir mehr von ihm. Ist er ein … Mensch, der auch gerne mal einen guten Rotwein trinkt?" Beinahe hätte ich *Vampir* gesagt, doch bevor es mir herausrutschte, wurde mir klar, dass es vielleicht nicht angebracht war, in einer öffentlichen Umgebung wie dieser über übernatürliche Wesen zu sprechen. Seltsamerweise kehrte die eigenartige Anspannung, die ich vorhin bei Rans bemerkt hatte, bei meiner Frage zurück.

„Eigentlich", sagte er milde, „ist er eher ein Whiskey-Trinker, wenn er überhaupt trinkt. Ich kenne ihn schon seit ... einer langen Zeit. Ich nehme an, er hat einen besseren Einblick in deine Situation als ich."

Er sprach leise genug, um keine Aufmerksamkeit auf uns zu lenken. Ich dachte über die eher vagen Worte nach und versuchte, sie mit seinem offensichtlichen Unbehagen über meine Frage in Einklang zu bringen. Es war unwahrscheinlich, dass ich dieses kleine Rätsel ohne weitere Informationen lösen konnte, aber das bedeutete, dass ich mich auf Doppeldeutigkeiten in Bezug auf das Trinken oder besser gesagt, dem Trinken von Blut, einlassen musste.

Ich verdrängte, dass es Rans nicht mochte, wenn man ihm Fragen über andere Vampire oder über den angeblichen Krieg stellte, den Caspian und sein Volk offenbar gewonnen hatten. Das Flugzeug ruckelte ein wenig, und ich hielt die Luft an, als ich den Plastikbecher mit Wasser füllte.

„Das ist eine schreckliche Art zu reisen", sagte ich. „Ich meine ... ernsthaft. Wer hält das für eine gute Idee?"

Er schnaubte leise und amüsiert. „Ich weiß nicht, worüber du dich beschwerst, Liebes. Ich bin einmal in einem Doppeldeckerflugzeug abgestürzt.

Sehr unangenehm. Aber du hörst mich nicht darüber jammern, oder?"

Ich blinzelte ihm zu und sagte leise, „Wenn es nicht gerade ein mit Knoblauch gefüllter Doppeldecker war, hattest du wohl nicht viel zu befürchten, Mister Schrotflintenschuss-durch-die-Brust."

„Unsinn", erwiderte er. „Ich kann mir vorstellen, dass es ziemlich hässlich hätte werden können, wenn sie das Feuer nicht schnell genug gelöscht hätten. Wie dem auch sei, Fliegen ist immer noch die sicherste Art zu reisen. Abstürze sind selten und ich habe schon einen überlebt, also denke ich, dass ich im Moment statistisch gesehen am besten dran bin."

„In einem Doppeldecker", murmelte ich. „Weißt du, ich kann jederzeit aus diesem Traum aufwachen."

Ein weiteres Schnauben erklang, aber diesmal weniger amüsiert. „Viel Glück dabei. Ich versuche es schon seit Jahrhunderten, bisher ohne Erfolg."

Mit diesem leicht bitteren Unterton ließ ich das Gespräch ausklingen. Der Flug dauerte nur zwei Stunden und in der Rückenlehne des Sitzes vor mir war ein Bildschirm eingebaut. Ich klickte durch das Menü, bis ich etwas zum Anschauen fand, und tat so, als ob ich mich auf den Bildschirm konzentrierte. Rans klappte die Fensterabdeckung hoch und gab den Blick auf den blauen Himmel und auf einen Teppich aus weißen Wolken frei.

Mein Blick schweifte immer wieder zu seinem Profil, während er abwesend aus dem Fenster blickte. Ich betrachtete sein markantes Gesicht, das hier und da durch eine Furche oder durch winzige Krähenfüße geprägt war – eine männliche Schönheit, die ans Übernatürliche grenzte, betont durch diese Augen, in denen sich das Blau des Himmels zu spiegeln schien.

War ich wirklich bereit, diesen Wahnsinn zu glauben, in den ich hineingestoßen worden war? Ich fühlte mich wie *Alice im Wunderland*, die durch den Spiegel stürzte und sich fragte, was real war und was nicht. Aber wenn ich nicht wirklich verrückt geworden war, hatte ich diesen Mann mit einem Loch in der Brust vorgefunden. Ich hatte gesehen, wie er Blut trank, und ich hatte gesehen, wie er drei bewaffnete Männer mit einem Schwert durchbohrt hatte. Ich hatte einen silbernen Dolch aus seiner Schulter gezogen und eine Stunde später hatte ich gesehen, dass die Wunde makellos abgeheilt war, und ich hatte erlebt, wie mein Leben innerhalb von nur einem Tag zerstört und vernichtet wurde.

Wenn es nicht noch eine andere Welt gab, die unter der, die ich kannte, verborgen war, dann war ich verrückt geworden.

Nachdem die Landung ereignislos verlaufen war, stiegen wir auf einem größeren und belebteren Flughafen als den in St. Louis aus. Ich hatte einen Anflug von Paranoia, dass wir das Gate verließen und eine Gruppe zu perfekter blonder Männer vorfanden, die uns in meiner Fantasie ergriffen und wegschleppten. In Wirklichkeit beachtete uns niemand.

Es dauerte eine Weile, bis der Koffer an der Gepäckausgabe eintraf. Schließlich rollte er heraus und zeigte keine Anzeichen übereifriger Sicherheitskontrolleure. Rans überprüfte sein Handy und schickte eine kurze Nachricht und gab mir dann ein Zeichen, ihm zu einem der Ausgänge zu folgen.

Etwas entfernt stand ein schwarzer Cadillac Escalade, dessen Scheiben zu stark getönt waren, um einen Blick ins Innere werfen zu können. Als wir uns näherten, öffnete sich die Fahrertür und der auffälligste Mann, den ich je in meinem Leben gesehen hatte, stieg aus.

Er war groß – etwa einen Meter neunzig. Alterslos, wie es vornehme Männer in ihren späten Vierzigern manchmal sind. Er hatte dunkles, kurz geschnittenes Haar – an den Schläfen hoben sich silberne Strähnen vom glänzendem Schwarz ab. Sein Gesicht hatte zu viel Charakter, um es als klassisch schön zu bezeichnen, aber es war verdammt fesselnd.

Seine braunen Augen erfassten uns beide mit einem einzigen flüchtigen Blick. Er bewegte sich mit einer Art sparsamer Anmut – gemächlich und doch zielstrebig.

„Ransley", begrüßte er meinen Begleiter und zog ihn überraschend in eine kurze, fast väterliche Umarmung. Seine Stimme war nicht sehr tief, aber klangvoll. Schon dieses eine Wort jagte mir einen kleinen Schauer über den Rücken.

Rans erwiderte die Umarmung mit offensichtlicher Aufrichtigkeit und klopfte ihm auf die

Schulter, bevor sie sich voneinander lösten. „Nigellus", sagte er. „Ich habe nicht erwartet, dass du persönlich den Chauffeur für uns spielst. Wir hätten ein Auto mieten und dir die Fahrt ersparen können."

„Unsinn, mein lieber Junge", sagte Nigellus, als sei er von der Idee beleidigt. „Ich habe nicht gezögert, dich und deine Begleiterin zu treffen – nicht, nachdem ich eine so faszinierende Nachricht von dir erhalten habe."

Ich hielt mich zurück und versuchte, diesen Fremden besser einzuschätzen, der trotz seiner lockeren Urbanität einen Hauch von Gefahr ausstrahlte. Es war für mich ein wenig beunruhigend, dass ich mich unbewusst zu ihm hingezogen fühlte. Es war keine sexuelle Anziehungskraft – obwohl sein Charisma unbestreitbar war, wirkte er auf mich einfach nicht so. Ehrlich gesagt, war das Gefühl eher das Gegenteil von dem, was ich bei Caspian Werther fühlte.

Bei Sonnyboy, wie Rans ihn unbedingt nennen wollte, hatte ich den Drang, so schnell wie möglich aus der Stadt zu verschwinden. Bei Nigellus war ich fast verzweifelt darauf erpicht, mehr über ihn zu erfahren. Und das störte mich, weil es bedeutete, dass meine Reaktion nicht natürlich war.

Ob es mich nun störte oder nicht, es sah so aus, als würde ich die Gelegenheit haben, ihn besser kennenzulernen, da er unser Fahrer und vermutlich auch unser Gastgeber sein würde. Das hielt mein Herz nicht davon ab, einen kleinen nervösen Ruck zu machen, als seine Aufmerksamkeit auf mich fiel.

„Ms. Bright", sagte er mit dieser einnehmenden Stimme. „Es ist mir ein Vergnügen, Sie kennenzulernen, auch wenn die Umstände etwas bedauerlich sind."

„Freut mich auch, Sie kennenzulernen, Mr. ...?" Ich brach ab und wartete, dass er die Pause füllte.

Ein angenehmes Lächeln umschmeichelte seine geschwungenen Lippen. Ich konnte mir gut vorstellen, dass ein Panther oder vielleicht ein Hai seine Beute auf diese Weise anlächelte.

„Nigellus soll genügen", sagte er.

„Gerne. Und bitte nenn mich Zorah", erwiderte ich.

„Und jetzt lasst uns diesen öffentlichen Ort verlassen, ja?"

Rans verstaute seinen Koffer im geräumigen Laderaum des Escalade und führte mich zum gepolsterten Rücksitz aus Leder. Es schien eine ziemliche Ironie zu sein, dass ich jetzt in der ersten Klasse durch das Land jettete und vom Flughafen in einem Fahrzeug abgeholt wurde, das mehr kostete, als ich in den letzten drei Jahren zusammen verdient hatte. Und erst gestern hatte ich alles verloren!

Ich sank in den luxuriösen Komfort des übergroßen Cadillacs und Rans setzte sich mir gegenüber. Der Motor schnurrte vor sich hin und aus den Lautsprechern tönte leise, beruhigende, klassische Musik. Nigellus navigierte gekonnt durch die Staus am Flughafen und innerhalb weniger Minuten fuhren wir auf eine Autobahn in Richtung Osten.

„Soll ich irgendwo anhalten, damit du etwas essen kannst?", fragte Nigellus. „Oder hast du schon gegessen?"

Ich brauchte einen Moment, um zu begreifen, dass ich die Einzige war, die essen konnte. Ich überlegte kurz und stellte fest, dass es noch nicht Mittagszeit war, obwohl zwischen der Ostküste und St. Louis eine Stunde Zeitverschiebung lag. „Es ist noch ein bisschen früh, um zu essen", antwortete ich. „Lass uns einfach durchfahren und keine Aufmerksamkeit erregen."

„Eine kluge Strategie", erwiderte Nigellus. „Du solltest dir Notizen machen, Ransley."

Rans hob eine Augenbraue. „Ach? Willst du damit etwas andeuten?"

„Nur, dass ein bisschen Diskretion hin und wieder auf Dauer erfolgreicher sein kann, als die falschen Kämpfe zur falschen Zeit auszutragen." Nigellus' dunkle Augen blickten uns durch den Rückspiegel an.

„Du hast also davon gehört?", fragte Rans mit flacher Stimme.

„Ich höre mir immer den Klatsch und Tratsch an. Wie soll ich sonst den Finger am Puls der aktuellen Ereignisse haben? Aber im Ernst ... einem Unseelie-Gardisten inmitten einer großen Stadt voller Menschen den Arm abzuschneiden? Ransley, was hast du dir dabei gedacht?"

Ich erinnerte mich an das Geräusch des Aufpralls des abgetrennten Arms meines Entführers und war froh, dass ich das Angebot, etwas zu essen, abgelehnt hatte.

„Das war meine Schuld", platzte ich heraus. „Oder besser gesagt, es war meinetwegen. Rans hat versucht, mich vor einer Entführung zu retten."

„Ich bin mir dessen bewusst", sagte Nigellus. „Und obwohl dies eindeutig ein lohnenswertes Ziel war, war es auch ein politisch heikles Thema, das vielleicht mit etwas mehr Feingefühl und etwas weniger Amputation hätte erreicht werden können."

„Ich werde deinen Rat beachten, wenn Caspian und seine Handlanger das nächste Mal die Abmachung nicht einhalten und einen lebenden Beweis in die Hände bekommen", sagte Rans.

„Verstanden", sagte Nigellus.

Ich lehnte mich nach vorne und hielt mich an der Rückenlehne fest, um Nigellus' Profil besser betrachten zu können, während ich die erste von vielen Fragen stellte, die mir auf der Zunge lagen.

„Erzähl mir von diesem Krieg. Rans sagte, du kennst dich damit aus, richtig? Ich bin nämlich kopfüber in eine Welt gestolpert, von der ich bis vor ein paar Tagen nichts wusste."

Seine dunklen Augen fingen meine im Rückspiegel ein und hielten sie fest. Wieder spürte ich das seltsame Gefühl von Faszination. Ich biss mir fest auf die Innenseite meiner Wange.

„Du bist eine Dämonin", sagte er, „Ich spüre dich, aber das Gefühl ist schwächer, als ich es gewohnt bin. Ihre Existenz stellt uns – diejenigen, in der nicht-menschlichen Welt – vor ein ziemliches Rätsel, Ms. Bright."

„Nenn mich Zorah", schoss ich zurück, „und beantworte mir bitte die Frage."

Nigellus zog eine Augenbraue hoch und richtete seinen Blick wieder auf die Straße. „Wie du willst. Bevor du den Krieg verstehen kannst, musst du begreifen, dass es verschiedene Reiche gibt, die denselben Raum einnehmen, wie die Erde, die du kennst. Jedes wird von einer anderen ... Spezies bevölkert, würde ich wohl sagen.“

„Wie ... alternative Dimensionen?“, fragte ich und erinnerte mich an das Sci-Fi-Nerd-Mädchen, das ich in der Teenagerzeit im Fernseher gesehen hatte.

„Wenn du so willst ...“, stimmte er zu. „Es gibt Überschneidungen der Welten, Schwachstellen, durch die man hindurchtreten kann. Das Reich der Menschen hatte das unfassbare Glück, ein fruchtbares, produktives Land zu sein, in dem es viele Dinge gibt, die für die Menschen in allen anderen Reichen wertvoll sind.“

„Fahr fort“, forderte ich und versuchte, Rans im Auge zu behalten, während ich mich gleichzeitig auf die Antworten konzentrierte, die ich endlich erhielt. Mein vampirischer Begleiter schien auf einmal sehr still geworden zu sein.

„Wie so oft besiegte die Gier den Anstand derer in der Hölle und jener im Fae-Reich Dhuinne“, fuhr Nigellus fort. „Sowohl die Dämonen als auch die Fae begannen, auf der Suche nach Reichtum und Macht in das Reich der Menschen einzudringen.“

„Warte“, sagte ich. „Du meinst, die Hölle gibt es wirklich?“

Allmächtiger, stepptanzender Gott. Meine fundamentalistische Großmutter hätte ihre helle Freude daran, wenn sie noch am Leben wäre.

„In der Tat. Ich will dich nicht enttäuschen, aber die Hölle ist relativ frei von Feuer und Schwefel – aber ein ziemlich karger Ort. Ich fürchte, die Dämonenwelt war auf der Verliererseite des Propagandakrieges, den die Fae auf der Erde geführt haben, ebenso wie im eigentlichen Krieg."

Ich brauchte einen Moment, um mir das zu vergegenwärtigen. „Was ... also haben die Fae eine Hetzkampagne gegen Dämonen gestartet, damit die Menschen sie hassen? Das ist ..." *Verrückt? Lächerlich? Unglaublich?* „... eigentlich ziemlich klug", beendete ich.

„Klug, und ziemlich effektiv, wie sich herausstellte", stimmte Nigellus zu. „Das irdische Reich war zwischen zwei Kräften gefangen, die aus guten und bösen Individuen bestanden – sofern ein solcher moralischer Rahmen außerhalb der menschlichen Gesellschaft von Bedeutung ist. Aber im Laufe der Jahrtausende haben die Menschen gelernt, Dämonen zu fürchten und zu hassen. Die Fae lösten zwar auch Furcht in ihnen aus, aber sie übten auch eine gewisse Faszination aus."

„Aber niemand glaubt mehr an die Fae", wies ich darauf hin. „Aber viele Menschen glauben immer noch an Dämonen." Mit einem Schauder erinnerte ich mich an die Beschreibung der Nachricht, die mit Blut an die Wand einer Gefängniszelle gekritzelt war, in der Nacht, in der sich der Mörder meiner Mutter erhängt hatte.

Töte die Dämonen.

Jetzt beteiligte sich Rans am Gespräch. „Seit dem Ende des Krieges haben die Fae große Anstrengungen unternommen, um sich aus dem Bewusstsein der Menschen zu löschen. Es ist einfacher, zu infiltrieren als zu erobern."

„Es ist einfacher, im Hintergrund zu agieren", stimmte Nigellus zu.

„Wann ist das alles passiert?", fragte ich. „Ich meine, der Krieg ist noch nicht lange vorbei, oder?"

„Oh ja, das ist erst in jüngster Vergangenheit passiert", sagte Nigellus. „Es gab keine offizielle Erklärung des Beginns der Feindseligkeiten, aber der Konflikt begann um den Fall des Römischen Reiches, und die Abmachung, die ihn beendete, wurde im späten achtzehnten Jahrhundert geschlossen."

Ich starrte einen Moment lang auf sein Profil, um zu sehen, ob er einen Scherz machte. Es schien kein Scherz zu sein.

„Im späten achtzehnten Jahrhundert", wiederholte ich. „Okay, also … erzähl mir von dieser Abmachung. Ich schätze, sie besagt, dass die Fae die Menschen nach Herzenslust übers Ohr hauen können? Das ist total geil."

Nigellus hielt einen Moment inne, als wählte er seine Worte mit Bedacht. „Das Ende des Krieges war weniger ein klarer Sieg, vielmehr … ein unschönes Unentschieden, sagen wir mal. Die Dämonen hatten nicht nur versucht, die Kontrolle über die Ressourcen der Erde zu erlangen, sondern auch die Kontrolle über die Fae selbst. Offensichtlich hat es nicht so funktioniert."

„Das nehme ich an."

„Gemäß der Abmachung behalten die Fae ihre Unabhängigkeit, mit einer einzigen Ausnahme – sie müssen einen Zehnten an die Hölle zahlen. Im Gegenzug hat die Dämonenwelt zugestimmt, sich nicht mehr in die Welt der Menschen einzumischen … was deine Existenz zu einem ziemlich interessanten Rätsel macht, wie ich schon sagte."

Ich hatte immer noch Mühe, mitzuhalten. „Inwiefern?"

„Du bist zum Teil ein Sukkubus", sagte Rans und nahm das Gespräch wieder auf, obwohl seine Schultern immer noch angespannt waren. „Da hat sich jemand ganz schön eingemischt, wenn du mich fragst."

Ich blinzelte. „Und *warum* ist das alles meine Schuld? Vorausgesetzt, es ist überhaupt wahr"

„Es geht nicht um Schuld", sagte Nigellus.

„Ich bin also … was? Eine Art politischer Spielball?", drängte ich.

„Ein *unangenehmer* politischer Spielball, ja." Nigellus hätte genauso gut über das Wetter sprechen können, so emotional klang sein Ton.

Wieder fragte ich mich, warum ich mich so zu ihm hingezogen fühlte, wo er doch nach allen objektiven Maßstäben ein wirklich furchteinflößender Mofo war. Allerdings hatte er Pluspunkte verdient, da er uns aufgenommen hatte, ganz zu schweigen davon, dass er kurzfristig fünfundneunzig Kilometer gefahren war, um uns vom Flughafen abzuholen.

Er warf einen Blick in den Rückspiegel, doch diesmal blieb sein Blick an Rans hängen. „Wie hast du sie überhaupt entdeckt? Die Anzeichen sind kaum zu erkennen."

Ich ließ meinen Blick auch auf Rans fallen und fragte mich, ob er den Vorfall im Schuppen und die Belästigung meines Halses zugeben würde.

Er sah irritiert aus. *„Kaum zu erkennen?* Ich denke, da sind wir uns nicht einig. Zufälligerweise habe ich mich in ihrem Gartenschuppen ein paar Minuten ausgeruht, nachdem mir ein Fae-Gardist mit einer Schrotflinte ein Loch in die Brust geschossen hatte. Ich habe von ihr getrunken, um mich zu stärken, weil ich dachte, sie sei ein Mensch. Ihr Blut hat … eine ziemlich besondere Eigenschaft."

Nigellus schnaubte. „Oh, je. Das würde es erklären, nehme ich an. Es ist aufwühlend für einen Untoten, vier Stunden mit einer Erektion herumzulaufen, nicht wahr?"

„Wie bitte?" Ich krächzte und versuchte, nicht rot zu werden. „Heilige Scheiße, hast du *das* mit der Bemerkung gemeint, dass mein Blut ‚stimulierend' wirkt?"

Offenbar konnten nicht einmal Vampire jemanden mit der Kraft ihres Blicks zu Asche verbrennen. Andernfalls hätte sich Nigellus unter dem finsteren Blick, den Rans auf seinen Hinterkopf richtete, vermutlich in einer Rauchwolke aufgelöst.

„Ja, das war es", sagte und er und betonte jedes Wort. „Nigellus, sei nicht so direkt."

„Du hast natürlich völlig recht", sagte Nigellus diplomatisch. „Verzeih mir, meine Liebe. Ich habe vergessen, dass das alles neu für dich ist."

„Es wird weiterhin neu für mich sein, wenn ich keine Antworten bekomme", schnauzte ich. „Also, gib mir Antworten! Ich nehme an, du bist auch ein Vampir?" Es war eine Vermutung, aber sie schien logisch zu sein, wenn man Nigellus' düsteres Aussehen und die gefährliche übernatürliche Aura, die er ausstrahlte, bedenkt, die hinter seinem kultivierten Äußeren zu lauern schien.

„Nein", sagte Nigellus, als ob ich ihn überrascht hätte. „Wie kommst du denn auf diese Idee?"

Er klang aufrichtig verblüfft.

Rans wirkte unruhig und schaute aus dem Fenster. Er starrte auf die vorbeirasende Landschaft, während er sprach.

„Es gibt keine anderen Vampire", sagte er leise.

KAPITEL SIEBZEHN

„*ES GIBT KEINE ANDEREN VAMPIRE*", sagte Rans so leise, dass es fast nicht zu hören war.

„Was meinst du … *keine anderen Vampire?*" Ich runzelte die Stirn und hatte Schwierigkeiten, seine Worte zu verstehen. „Warum nicht? Was ist passiert?"

„Diese Frage musst du jemand anderen stellen. Ich kann mich weder an den Krieg noch an die unmittelbare Zeit danach erinnern", sagte Rans und deutete mit einer Geste auf Nigellus.

„Alle anderen Vampire wurden bei den Kämpfen getötet", erklärte Nigellus. „Sie verbündeten sich in den letzten Jahrhunderten des Konflikts mit meinem Volk."

Ich dachte einige Augenblicke darüber nach. „Also … dann bist du auch ein Dämon, Nigellus?"

„Für meine Sünden", sagte er leichthin.

Wieder entstand eine kurze Pause. „Ich dachte, du darfst dich nicht in die Menschenwelt einmischen", sagte ich. „Machst du nicht gerade genau das?"

„Keiner von uns ist ein Mensch", antwortete Nigellus sanft.

Rans gab ein spöttisches Schnauben von sich, blickte aber trotzdem nicht vom Fenster weg.

„Abmachungen können auch nützlich sein", betonte Nigellus. „Genauer gesagt, gibt es unausgesprochene Abmachungen, Zorah. Es gibt Orte, an denen sich die Fae im Allgemeinen nicht gerne aufhalten und an denen die Dämonen eine starke Präsenz haben – unauffällig."

„Orte wie Atlantic City?", wagte ich zu vermuten.

„Atlantic City ... Monte Carlo ... Las Vegas ... New Orleans. Es gibt noch ein paar andere", stimmte er zu. „Einige Orte sind für die Magie der Fae förderlicher als andere, aber ihre Spezies mag weder Technologie noch zügelloses Laster."

„Und bei Dämonen geht es nur um zügellose Laster?"

„Dämonen sind moralisch anpassungsfähig – in Grenzen natürlich", räumte er ein. „Moralisch und ... auch sonst. Aber selbst wenn man diese Anpassungsfähigkeit berücksichtigt, muss ich sagen, dass ich überrascht bin, dass du es geschafft hast, als Mensch durchzugehen, für ... wie lange? Zwei Jahrzehnte oder mehr? Das ist ziemlich außergewöhnlich."

Ich dachte an meine chronischen Gesundheitsprobleme, meine Beziehungsprobleme mit Familie und Liebhabern, meine nagende Unzufriedenheit und meine Unfähigkeit, mich irgendwo einzufügen. Ein bitteres Lächeln umspielte meine Lippen.

„Was soll ich sagen?", scherzte ich. „Ich schätze, es ist ein Geschenk."

Danach versiegte die Konversation. Sowohl Rans als auch ich waren von unseren eigenen dunklen Gedanken umgeben und Nigellus schien zufrieden, uns schmoren zu lassen. Was mir gerade erzählt worden war, war unfassbar – wie ein schlecht erzählter Witz. Aber warum fühlte es sich an, wie das fehlende Puzzlestück, das meinem Leben einen Sinn geben würde, wenn es an seinen Platz käme?

Schließlich war ich davon überzeugt, dass es mehr auf dieser Welt gab als das, was man uns erzählt hatte. Jetzt wurde mir die Erklärung auf einem Tablett serviert, garniert mit Geheimnissen, Unsicherheiten und Gefahren. War es besser, die Wahrheit zu kennen, als unwissend zu bleiben, selbst wenn dies bedeutete, dass mein Leben in Gefahr war?

Ich war mir nicht sicher.

<hr>

Etwas mehr als eine Stunde später hielten wir vor einem Haus, das man ohne Übertreibung als Herrenhaus bezeichnen konnte. Nigellus entpuppte sich als perfekter Gastgeber, der uns zu unseren jeweiligen Gästezimmern führte, bevor er uns eine kurze Führung durch das Haus und über das Gelände gab. Aus irgendeinem Grund überraschte es mich, dass das Haus in kühlen Pastelltönen gehalten war, die Räume hell und luftig, die Einrichtung einladend.

Es überraschte mich allerdings *nicht*, dass Nigellus einen Butler hatte – einen verrückten Butler, wie Alfred aus den Batman-Filmen. Nigellus stellte ihn als Edward vor, und es war offensichtlich, dass auch er Rans schon sehr lange kannte.

„Wie schön, Sie wiederzusehen, Sir", schwärmte der ältere Herr und umfasse Rans Hand mit beiden Händen, während er sie enthusiastisch schüttelte. „Erlauben Sie mir, Ihnen und Ihrer Gattin einen Drink einzuschenken." Seine hellen Augen glitten zu mir. „Und vielleicht einen leichten Brunch nach Ihrer Reise?"

Ich lehnte den Brunch dankend ab, nahm aber ein Glas eisgekühlte Limonade in der Küche zu mir, während Rans sich an einem Glas Roséwein labte. Nigellus entschuldigte sich, um etwas Geschäftliches zu erledigen, was auch immer das bedeuten mochte. Edward werkelte auf der Arbeitsplatte herum und bereitete das Abendessen vor. Es war unmöglich, den alten Mann nicht zu mögen, und ich fragte mich, wie um alles in der Welt er als Hausangestellter für einen Dämon arbeiten konnte.

Irgendwie schien es unhöflich, danach zu fragen.

„Sie müssen noch ein paar notwendige Dinge anschaffen", sagte er mir, während er Gemüse schnitt. „Ich meine Kleidung und Toilettenartikel. Möchten Sie, dass ich diese Dinge liefern lasse?"

Zu sagen, dass ich es nicht gewohnt war, einen Butler auf Abruf zu haben, wäre noch milde ausgedrückt. „Das kann ich nicht von dir verlangen, Edward", sagte ich. „Ich habe ein bisschen Bargeld dabei. Ich kann das Nötigste besorgen, wenn es in der Nähe einen Walmart oder so gibt."

Rans machte ein angewidertes Geräusch. „Blödsinn. Wir sind hier praktisch direkt an der Promenade. Ich gehe mit dir einkaufen. Du kannst

Guthries Karte benutzen – seine Buchhalter werden einen so geringen Betrag gar nicht bemerken."

Einen Moment lang war ich bei der Vorstellung, wie ein normaler Mensch in die Öffentlichkeit zu gehen und nicht von wütenden Fae gejagt zu werden, hin- und hergerissen. Gleichzeitig war ich über mich selbst verärgert, weil ich zuließ, dass diese Paranoia mein Handeln kontrollierte. Ich glaubte nicht, dass Rans es vorgeschlagen hätte, wenn es nicht sicher wäre, und irgendwie erschien es mir falsch, die Gelegenheit nicht zu nutzen, einen Ort zu sehen, an dem ich noch nie zuvor gewesen war. Es war ein schöner Tag und wir waren in einer schönen Stadt, und ... na ja ... *scheiß* auf die verdammten Fae.

„Ich bin dabei", sagte ich. „Lass es uns tun."

So kam es, dass ich auf der Strandpromenade von Atlantic City mit einem Vampir, der Ray Bans trug, durch die bezauberndsten Vintage-Kleiderläden und Drogerien schlenderte, die ich je gesehen hatte. Ich schleppte immer mehr Taschen mit mir herum und ignorierte dabei meine zunehmende Müdigkeit und mein Unwohlsein. Wir hielten an einem kleinen Café an, um uns ein wenig auszuruhen. Dort saßen wir an einem schmiedeeisernen Tisch im Schatten der Bäume, während ich einen asiatisch angehauchten Salat mit Hühnchen und Orangenstücken verschlang.

„Erzähl mir mehr von dir", drängte ich nach einem Bissen Salat, der mit einem Sesam-Ingwer-Dressing gewürzt war. „Du weißt schon viel über mich und ich weiß so gut wie nichts über dich. Du bist offensichtlich Engländer. Wo wurdest du geboren?"

Er sah mir mit offensichtlicher Faszination dabei zu, wie ich mich durch den Salat fraß, aber ich ließ mich davon nicht beirren. Er lehnte sich in seinem Stuhl zurück, selbstbewusst und lässig. Andere Stimmen schwirrten um uns herum und sorgten zusammen mit dem Rauschen des Windes, dass unser Gespräch privat blieb, solange wir leise sprachen.

„Ich bin in Yorkshire geboren", sagte er. Ich nickte, immer noch kauend. „… dreizehnhunderteinundzwanzig", beendete er.

Ich verschluckte mich bei meinem Bissen.

„Dreizehnhundert … einundzwanzig?", röchelte ich, nachdem ich wieder Luft bekam.

„Wie … in dreizehnhunderteinundzwanzig … *nach Christus?"*

„Du hast gefragt", sagte er milde.

Und das hatte ich. Er hatte schon, seit ich ihn kennengelernt hatte, Andeutungen gemacht, dass er alt war. Ich war mir nicht sicher, warum es für mich einen solchen Unterschied machen sollte. Das tat es aber. Wenn man ihm glauben konnte – und ich glaubte ihm, obwohl ich *es* nicht wollte –, dann war er im verdammten *Mittelalter* geboren worden.

„Wie war es denn zu dieser Zeit?" Ich konnte nicht umhin, zu fragen.

Beide Augenbrauen hoben sich hinter der Sonnenbrille, als ob ich ihn überrascht hätte.

„In mancher Hinsicht war es schwieriger, in anderer leichter", sagte er nach einem kurzen Moment. „Ich war … der älteste Sohn von Thomas und Lisabeth Thorpe. Ich hatte zwei jüngere Brüder und drei Schwestern. Die Familie betrieb eine Eisenschmiede und verarbeitete Erz aus den Minen im Norden. Es war schweißtreibende, harte Arbeit, aber sie war ehrlich, und am Ende des Tages hatte man etwas, das man vorzeigen konnte. Wir mussten nie hungern."

„Ich kann mir gar nicht vorstellen, wie anders es damals gewesen sein muss", sagte ich leise.

Er zuckte kaum merklich mit den Schultern. „Als ich achtundzwanzig Jahre alt war, kam der Schwarze Tod nach York. Wir hatten keine Vorstellung von Krankheitsorganismen und der Art und Weise, wie man sich ansteckte ... es schien alles so erschreckend zufällig. Familien fielen über andere Familien her, beschuldigten sie der Hexerei oder dass sie die Pest in die Stadt gelockt hätten, weil sie nicht fromm genug waren."

„Das ist schrecklich", hauchte ich.

„Es lag schon immer in der menschlichen Natur, bei drohender Gefahr um sich zu schlagen", sagte er. „Als meine jüngste Schwester krank wurde, drängten meine Brüder meinen Vater, sie aus dem Haus zu werfen, aber meine Mutter wollte nichts davon hören. Der Rest von uns wurde einer nach dem anderen krank. Acht Tage später war ich das einzige Familienmitglied, das noch lebte – zu schwach, um die Leichen zu begraben oder mich von meiner Pritsche zu erheben, um mich selbst zu versorgen."

Ich ertappte mich dabei, wie ich den Atem anhielt, gefesselt von der Geschichte. Ich sehnte mich nach dem Mann, der mir gegenüber saß.

„Jemand hatte die Tür unseres Hauses von außen verriegelt – ich hätte auch keine Kraft gehabt, überhaupt irgendwohin zu gehen", fuhr er fort. „Ich erinnere mich, dass ich Angst hatte, die anderen Dorfbewohner würden das Haus mit mir darin in Brand stecken. Ich hatte quälenden Durst, als ob meine Kehle in Flammen stünde und konnte einen Krug auf der anderen Seite des Raumes sehen. Ich war mir sicher, dass er Bier enthielt, aber ich konnte ihn nicht erreichen und es gab niemanden, der ihn mir bringen konnte."

Ein Kloß stieg in meinem Hals auf, als ich es mir vorstellte.

„Ich bin sicher, dass ich am nächsten Morgen tot gewesen wäre", sagte er. „Die Pest ist ein gefräßiger und ungeduldiger Killer für Menschen – zumindest war sie das damals. Aber in dieser Nacht öffnete jemand die Tür und betrat das Haus. Es war stockdunkel oder ich war erblindet. Ich war mir kaum bewusst, wie er seine Reißzähne in meine Kehle bohrte und mein verdorbenes Blut trank, bis ich in die kühle Umarmung des Todes glitt. Einige Zeit später wachte ich auf, verzweifelt, mit dem Blut eines anderen in meinem Mund … es lief an meinem Kinn hinunter. Mein Herz schlug nicht. Das Fehlen des Pulses machte mich fast wahnsinnig, bevor ich verstand, was sich verändert hatte."

Mein Herz schlug schnell genug für uns beide. „Du wurdest … von einem Vampir verwandelt?"

„Anscheinend dachte der törichte Bastard, er würde mir einen Gefallen tun", sagte Rans leichthin. „Er hat sich verpisst, als der Job erledigt war."

Mir fiel die Kinnlade herunter. „Er hat dich einfach dort allein gelassen? Ohne zu wissen, was mit dir passiert ist?"

„Mehr oder weniger."

„Was für ein Arschloch!", sagte ich laut genug, um ein paar empörte Blicke von den Tischen um uns herum zu ernten. Ich sank zurück in meinen Stuhl, das Blut stieg mir in die Wangen.

Rans setzte ein schiefes Lächeln auf. „Nun, wenn es ein Trost ist, er ist jetzt tot, also …"

Ich konnte Bitterkeit hinter dem Galgenhumor heraushören, aber bevor ich antworten konnte, wechselte er das Thema.

„Genug über mich. Ich bin nicht das Rätsel", sagte er. „Erzähl mir mehr über deine Familie. Deine Mutter war Politikerin und dein Vater ist Buchhalter. Was weißt du über deine Großeltern?"

Ich brauchte einen Moment, um meine Gedanken zu ordnen. „Äh … mein Vater hatte nie ein enges Verhältnis zu seinen Eltern. Ich hatte nicht viel Kontakt mit ihnen. Sein Vater ist tot, und soweit ich weiß, ist seine Mutter noch am Leben und lebt irgendwo in Florida."

Er nickte. „Und mütterlicherseits?"

„Auf dieser Seite gibt es ein bisschen mehr Skandale", sagte ich ihm. „Mein Großvater mütterlicherseits war nur kurze Zeit mit meiner Großmutter zusammen. Er verschwand kurz nach Moms Geburt."

„Gibt es sonst noch etwas Ungewöhnliches in der Familiengeschichte?", fragte er.

„Ein paar Dinge, ja." Ich seufzte. „Also … ich habe Fotos von meinen Großeltern. Beide sind

Weiß, aber meine Mutter hatte die gleichen krausen Haare wie ich und ihre Haut war noch dunkler als meine. Meine Mutter und meine Großmutter haben immer darüber gelacht und Dinge gesagt wie, ‚Oh, Gene können manchmal unberechenbar sein.‘ Aber mir scheint es viel wahrscheinlicher, dass Großmutter eine Affäre mit einem schwarzen Mann hatte und mein Großvater sie deshalb verlassen hat.“

Rans legte den Kopf schief und betrachtete mich genau. „Nicht unbedingt. Hast du jemals mit ihr darüber gesprochen?“

„Nicht wirklich“, sagte ich. „Sie beging Selbstmord, als ich dreizehn war. Sie war schon immer ein bisschen labil, aber nach dem Tod meiner Mom wurde es noch viel schlimmer. Eines Nachts hat sie eine Handvoll Schmerztabletten geschluckt, aber erst am nächsten Tag hat sie jemand gefunden.“

Gott, wenn ich so darüber nachdachte, war meine Familie eine echte Katastrophe. Ich war froh, als Rans keine faden Beileidsbekundungen von sich gab. Ich hatte diese Art von unaufrichtiger Scheiße immer gehasst.

Stattdessen stützte er die Ellbogen auf den Tisch, verschränkte die Finger ineinander und sah nachdenklich aus. „Es ist wahrscheinlich, dass dein Großvater mütterlicherseits ein Dämon war. Wenn du nicht zufällig eine Studentin des Okkulten bist, weißt du wahrscheinlich nicht, dass Dämonen sich nicht fortpflanzen können. Es gibt eine gewisse Anzahl von ihnen und sie sind unsterblich. Aber sie können keine Kinder zeugen oder sie gebären.“

Okay … jetzt war ich verwirrt. „Warum sagst du dann immer, dass ich zum Teil eine Dämonin bin?"

„Lass mich ausreden. Es gibt verschiedene Arten von Dämonen. Inkkubi und Sukkubi ernähren sich von sexueller Energie. Sie haben auch die Fähigkeit, sich des menschlichen Fortpflanzungszyklus zu bedienen, obwohl die Abmachung mit den Fae so etwas ausdrücklich verbietet."

„Wie … sich bedienen?", fragte ich.

„Inkkubi und Sukkubi können ihr Geschlecht nach Belieben wechseln. Ein Sukkubus – die weibliche Form – kann einen männlichen Menschen verführen und sein genetisches Material erhalten, wenn er ejakuliert. Dann wechselt der Dämon das Geschlecht und verführt einen weiblichen Menschen als Inkkubus. Wenn er schnell genug ist, kann er das gestohlene menschliche Sperma benutzen, um die Frau zu schwängern. Aber das bedeutet, dass das entstandene Baby durch die magische Veränderung der gestohlenen DNA dämonische Eigenschaften bekommt."

„Okay. Das ist … eine tolle Geschichte", sagte ich.

„Fazit – wenn dein Inkkubus-Großvater einen schwarzen Mann verführt hat, um das genetische Material zu bekommen, mit dem er deine Großmutter geschwängert hat, würde das die gemischtrassigen körperlichen Merkmale deiner Mutter erklären."

„Oh", gelang es mir zu sagen, als mir die Sache klar wurde.

„Natürlich", fuhr er fort, „erklärt das immer noch nicht, wie deine Mutter *dich* bekommen hat, aber das ist vielleicht eine Frage für einen anderen Tag. Wenn du fertig bist, sollten wir zurückgehen." Er deutete mit seinem Kinn auf die Reste meines Salats.

„Ja", sagte ich abwesend, während die neuen Informationen in meinem Kopf herumwirbelten. „Klar doch."

KAPITEL ACHTZEHN

ALS WIR GEGEN ZWEI UHR NACHMITTAGS zum Haus zurückkehrten, fanden wir Nigellus in einem Sessel im Wohnzimmer vor. Er hatte ein schweres, gebundenes Buch auf dem Schoß liegen und blickte auf, als wir eintraten. Dann zog er seine Brauen zusammen, als er mich musterte.

„Du siehst erschöpft aus, Zorah", sagte er. „Willst du dich vor dem Abendessen ein paar Stunden ausruhen? Wir werden um sieben Uhr essen."

Ich erstarrte, da ich es nicht gewohnt war, dass die Leute bemerkten, wenn ich mit meinen körperlichen Einschränkungen zu kämpfen hatte. Es stimmte, ich hatte mich in den letzten Stunden immer schlechter gefühlt, trotz der Pause für ein spätes Mittagessen im Café. Doch im Vergleich zu dem, wie es mir vorher ging, war das noch gar nichts. Ich hatte den quälenden Schmerz und das Schweregefühl in meinem Körper größtenteils ignoriert und heimlich ein paar Ibuprofen aus der Flasche genommen, die ich in der Apotheke gekauft hatte.

„Du hättest etwas sagen sollen", murmelte Rans.

Warum?, wollte der Klugscheißer in mir fragen. *Hättest du einen Quickie unter der Promenade vorgeschlagen, wenn ich es getan hätte?*

„Es ist kein Problem", sagte ich stattdessen. „Ich bin es gewohnt, als Kellnerin zu arbeiten, und habe mich dabei schon viel schlechter gefühlt als jetzt."

„Trotzdem", sagte Nigellus sanft, „solltest du dich für den Rest des Nachmittags etwas entspannen. Ich fürchte, ich muss Rans für eine Weile in Anspruch nehmen. Ich muss mit ihm unter vier Augen über eine andere Angelegenheit sprechen."

Vielleicht war ich müder, als ich dachte, denn ich hätte wahrscheinlich neugieriger auf diese recht kryptische Aussage sein sollen. Wie dem auch sei, ich sagte, „Natürlich. Ich werde einfach eine Weile in meinem Zimmer abhängen. Vielleicht ein Nickerchen machen. Ich … äh … sehe euch beide dann beim Abendessen, denke ich."

„Bis dahin", sagte Nigellus.

Er erhob sich und geleitete Rans zum Torbogen, der zur Küche führte. Rans warf mir einen langen, nachdenklichen Blick zu, bevor er den Raum verließ. Ein kleiner Schauer lief mir über den Rücken.

Ich schüttelte den seltsamen Moment ab. Der Stapel Einkaufstüten lag immer noch im Eingangsbereich. Ich kam mir vor wie ein Packesel, aber ich hatte den Eindruck, dass Edward sie ungefragt auf seinen achtzigjährigen Knien die Treppe hinaufschleppen würde, wenn ich sie stehen ließe.

Das Gästezimmer war genauso einladend und luftig wie der Rest des Hauses. Ich stellte die Taschen auf dem grün gestreiften Sofa in der Ecke ab und begann auszupacken. Im Badezimmer fand ich eine Nagelschere und schnitt damit die Etiketten von dem schwarzen, seidigen, knielangen Nachthemd ab, das ich gekauft hatte.

Es war ein wunderbares Gefühl, endlich aus den Klamotten herauszukommen, die ich seit mehr als zwei Tagen trug. Ich überlegte, ob ich duschen sollte, aber ehrlich gesagt fand ich das Bett attraktiver. Durch die hauchdünnen Vorhänge, die das Fenster verdeckten, fiel das Sonnenlicht ins Zimmer. Ich schnappte mir das Buch *Die Rückkehr des Sherlock Holmes*, das ich für neunundneunzig Cent in einem Antiquariat erstanden hatte, und rollte mich auf der smaragd-farbigen Bettdecke zusammen, um mich auszuruhen und ein wenig zu lesen.

In der Buchhandlung hatte ich ein abgegriffenes Taschenbuch von Bram Stoker mit dem Titel *Dracula* in die Hand genommen, aber es war mir ein bisschen zu … *morbide* vorgekommen, würde ich sagen. Die Lektüre von Sherlock Holmes' dramatischer Rückkehr von den Toten war viel weniger aufreibend. Ich schaffte es bis zur Gefangennahme von Colonel Sebastian Moran in *Das leere Haus* – eine Sherlock-Holmes-Kurzgeschichte – bevor mir die Augen zufielen und das alte Buch auf meine Brust sank.

Das Geräusch der sich öffnenden Tür weckte mich und ich bemerkte, dass das Licht, das durch das Fenster fiel, zwar etwas schwächer war, aber es war noch nicht Abend. Es war mir nicht in den Sinn gekommen, die Tür abzuschließen – ich fühlte mich hier sicher genug, und es erschien mir irgendwie albern, das zu tun, wenn ich in einem fremden Haus zu Gast war.

Ich blinzelte schnell und rollte mich in eine sitzende Position, gerade noch rechtzeitig, um zu sehen, wie sich Rans mit einer Hand am Türrahmen festhielt. Er blickte mich mit seinen blauen Augen an und ich bemerkte einen benommenen Blick, den ich vorher nicht gesehen hatte. Er erstarrte, als hätte er nicht mit meiner Anwesenheit gerechnet.

„Was machst du in meinem Zimmer?", fragte er, und seine sonst so sanfte Stimme klang verwirrt.

„Rans?", fragte ich ein wenig müde. „Das ist mein Zimmer. Deins ist auf der anderen Seite des Flurs."

Er starrte mich mit einem Ausdruck an, als würde er *sein Gehirn neu starten*. Dieser Gesichtsausdruck weckte mich schnell auf, und ich rutschte vom Bett und ging zu ihm hinüber. In diesem Moment fiel mir seine extreme Blässe auf. Ich meine … Rans war ein Vampir, ja – und ein englischer noch dazu, aber er würde in nächster Zeit keine Preise für die beste Bräunung gewinnen. Er war genauso blass wie damals, als ich ihn erschossen in meinem Schuppen fand.

Es war die Art von Blässe, die zu einer Leiche gehörte, nicht zu einem Menschen.

„Du siehst nicht so gut aus", flüsterte ich in der Untertreibung der Woche. „Was ist passiert, was ist los?"

Ohne darüber nachzudenken, nahm ich ihn am Arm und zog ihn ins Zimmer, wobei ich die Tür hinter uns schloss, damit wir ungestört waren. Er schüttelte den Kopf, als wollte er etwas loswerden, das in seinem Kopf herumschwirrte.

„Ich …", sagte er. „Ich weiß nicht …"

Seine Stimme verstummte und er legte eine Hand an seine Stirn.

„Okay, jetzt machst du mir Angst", sagte ich.

Ich trieb ihn zum Bett und drückte ihn an den Schultern herunter, bis er auf der Bettkante saß. Ich stand zwischen seinen Schenkeln, direkt vor ihm. Er blickte durch seine dunklen Wimpern zu mir auf. Irgendetwas an dem verletzlichen Blick, der sich direkt unter der Oberfläche verbarg, kombiniert mit der seltsamen Intimität unserer Position, brachte mich dazu, zu überlegen, ob ich mich zurückziehen sollte und ihm Raum geben sollte.

Aber – na ja, er hatte mich vor einem Haufen Fae gerettet, und ich hatte erst gestern seinen Schwanz im Mund gehabt, also war ein bisschen Intimität zu diesem Zeitpunkt vielleicht nicht unangemessen.

„Rans. Sprich mit mir, bitte. Ist etwas mit Nigellus passiert?"

Eine tiefe Furche bildete sich zwischen seinen Brauen. „Nein, ich …", er brach ab. „Das war nicht …" Er schüttelte erneut heftig den Kopf. „Tut mir leid. Ich scheine … ein Loch in meinem Gedächtnis zu haben. Eine Lücke, meine ich."

Bedenken überkamen mich, aber ich versuchte, mich auf das Wesentliche zu konzentrieren. Er war blass und verwirrt. Er war ein Vampir. Diese beiden Tatsachen könnten zusammenhängen, oder?

„Brauchst du Blut?", fragte ich langsam.

Sein abwesender Blick wandte sich nach innen, als ob er eine Bestandsaufnahme machen wollte.

Es gab eine lange Pause. „Vielleicht. Ich fühle mich nicht ... richtig."

Ach wirklich? Sherlock Holmes wäre in diesem Moment stolz wie Bolle.

Er bewegte sich unruhig hin und her. „Ich sollte ... Edward aufsuchen."

„Was?", schrie ich auf und stieß ihn zurück, als er versuchte, aufzustehen. „Niemals. Du trinkst *kein* Blut von einem achtzigjährigen Butler!"

Sein Blick klärte sich ein wenig, als er mich fassungslos ansah. „Aber ..."

„Nein", wiederholte ich. „Das ist ein *verdammt* großes *Nein*." Ich holte tief Luft, um mir eine Alternative zu überlegen, und die Worte purzelten heraus, bevor ich die Chance hatte, sie durch meinen Gehirn-Mund-Filter laufen zu lassen. „Trink stattdessen von mir."

Oh, verdammt. Hatte ich das gerade wirklich laut gesagt?

Gespräche huschten wie Blitze durch meinen Kopf.

Dein Blut. Es ist ungewöhnlich ... wie sagt man? Stimulierend.

Es ist aufwühlend für einen Untoten, vier Stunden mit einer Erektion herumzulaufen, nicht wahr?

Mist. Das war egoistisch und völlig uncool von mir, nicht wahr? Seine blauen Augen schärften sich.

„Du bist bereits geschwächt", sagte er. „Das würde es nur noch schlimmer machen."

Ich zuckte achtlos mit den Schultern. „Nein, wird es nicht. Du ernährst dich zuerst von mir, und ich, äh ... ich ernähre mich danach von dir."

Das seltsame Bedürfnis, das ich aus der Nacht in Guthries Penthouse kannte, stieg in mir auf. Ich hatte das berauschende Verlangen, zu nehmen, zu schmecken, zu verzehren ... die Energie aus Rans Körper in meinen zu ziehen.

Er starrte mich immer noch aufmerksam an. Ich konnte nicht sagen, ob seine Entschlossenheit schwankte oder nicht.

„Vielleicht glaube ich dir immer noch nicht, dass ich zum Teil eine Dämonin bin", fügte ich hinzu und versuchte, das Gleichgewicht zu meinen Gunsten zu verändern. „Vielleicht will ich sehen, ob Sex mich wirklich wieder stärker macht." Ich nahm eine Hand von seiner Schulter und umfasste seine Wange. „Du hast es selbst gesagt. Ich werde schwächer. Wen soll ich denn hier noch vögeln? Nigellus ist nicht wirklich mein Typ, und irgendwie bezweifle ich, dass Edward interessiert wäre."

Das wirkte Wunder. Offensichtlich verbarg Rans unter seinem unbekümmerten Äußeren eine unerwartet territoriale Ader. Vielleicht hatte ich die auch, denn als ich einen Moment später auf dem Rücken auf dem Bett landete, war meine unmittelbare Reaktion, *Oh, verdammt, ja.*

Seine glühenden Augen loderten auf mich herab und sein harter, muskulöser Körper drückte mich tief in die Matratze.

226

„Was machst du mit mir, Zorah Bright?", fragte er.

„Dich ernähren, hoffe ich", sagte ich etwas
atemlos, „und dann ficke ich dich. Vielleicht schaffen wir es zu zweit, ein bisschen stärker zu
werden."

Er stieß einen scharfen Atemstoß aus, als hätte
ihn jemand gegen die Brust geschlagen und führte
sein Gesicht in meine Halsbeuge. Als seine weichen
Lippen meine empfindliche Haut berührten, über-
zog mich am ganzen Körper eine Gänsehaut. Am
liebsten hätte ich ihn umgedreht und ihm die Klei-
der vom Leib gerissen, um noch mehr von diesem
Gefühl von Haut auf Haut zu erleben, aber ich
vermutete, dass die Spannung des Wartens auch
eine gewisse Vorfreude mit sich brachte.

Er schob eine Hand in mein Haar, zog meinen
Kopf daran zurück und legte meinen Hals frei. Als
sich Rans Reißzähne zum zweiten Mal in unserer
kurzen Bekanntschaft in die zarte Haut meines
Halses bohrten, blühte zwischen meinen Schenkeln
Hitze auf. Und ja, ich wusste, dass meine sexuelle
Reaktion immer noch ziemlich abgefuckt war, aber
dieses Mal weigerte ich mich, mich schuldig zu
fühlen oder mich deswegen verrückt zu machen.

Das tiefe, ziehende Gefühl schien eine direkte
Verbindung zu meiner Lustspalte zu haben.

Ich versuchte, mich etwas aufzusetzen, um
dem harten Körper über mir näherzukommen, aber
hatte nur mäßig Erfolg. Diesmal verlor ich nicht
das Bewusstsein – was auch immer Rans im Moment plagte, es hatte ihn wohl nicht so blutgierig
gemacht, wie ein Schuss in die Brust.

Die rasiermesserscharfen Spitzen seiner Reißzähne lösten sich aus meiner Haut und er fuhr mit seiner Zunge über die Wunde. *Vampirblut und Speichel haben heilende Eigenschaften*, erinnerte ich mich dunkel an seine Worte. Tatsächlich konnte ich nicht spüren, ob Blut aus den Wunden tropfte oder nicht, und das brennende Gefühl, was ich eigentlich als Schmerz hätte spüren sollen, war bereits am Abklingen.

Das pulsierende Verlangen zwischen meinen Beinen ließ jedoch nicht nach. Ich stemmte meine Hüften in die Höhe, um Reibung zu erzeugen und wurde mit einem rauen Knurren belohnt. „Verdammt, Zorah." Er zog einen der Spaghettiträger meines Seidennachthemdes über meine Schulter, bis meine rechte Brust aus dem Körbchen fiel. Seine Lippen schlossen sich um meine Brustwarze und ich versuchte keuchend, mehr von der weichen Brust in diesen kühlen Mund zu drücken.

Es war so gut ... so gut ... aber es war nicht das, was ich wirklich brauchte.

„Klamotten", keuchte ich.

Rans machte ein leises Geräusch und stand auf. Der Raum drehte sich. Ob das an meinem Blutverlust lag oder daran, dass das Blut, das ich noch hatte, sich zwischen meinen Schenkeln sammelte und pulsierte, wusste ich nicht. Der Schwindel war ärgerlich, denn das bedeutete, dass ich den Anblick, wie er sich die maßgeschneiderte Hose und das Hemd auszog, nicht richtig genießen konnte.

Ich schätzte, mein Blut hatte ihm geholfen, denn er schien nicht mehr unsicher auf den Beinen zu sein – obwohl es schwer zu sagen war, da sich der Raum um mich herum bewegte. Ich schloss die Augen gegen das Schwindelgefühl, als er den seidenen Stoff des Nachthemds über meine Oberschenkel schob.

Meine Beine öffneten sich von ganz allein und machten Platz für den kühlen Körper, der sich zwischen ihnen niederließ.

Als seine Lippen meine Lustperle mit einem Kuss berührten, entlockte mir das ein scharfes, hohes Keuchen. Ich versuchte, mich näher an ihn zu schieben und mehr davon zu bekommen, aber seine Hände schlossen sich um meine Hüften, mit einem Griff, der so fest war, dass ich mit Sicherheit blaue Flecken bekam.

Rans verführte meine empfindliche Knospe mit seinen Lippen, so wie es noch nie ein anderer Mann mit seinem Mund getan hatte. Er liebkoste mich … tastete sich entlang des Spaltes, bis mein Körper unter seiner Berührung aufblühte und sich öffnete, um ihn tiefer einzuladen.

Ich klammerte mich an die Bettdecke und suchte verzweifelt nach einem Anker, als ich unter Wasser gezogen wurde. Mein Orgasmus überrollte mich, als seine geschickte Zunge der Länge nach an mir hinaufglitt, um meine Knospe erneut mit festen Liebkosungen zu quälen. Es drehte sich alles, mir war immer noch schwindelig und ich wusste nicht, wo oben und unten war.

Und es war *immer noch* nicht das, was ich brauchte.

„Mehr", bettelte ich.

Einen Moment später kroch er an meinem Körper hoch. Er hakte mein linkes Knie über seinen Ellbogen und zog mein Bein nach oben, während er sich mit der anderen Hand abstützte und sich über mich legte.

„Ich vermute, du bist dabei, die Bedeutung des Satzes 'Sei vorsichtig, was du verlangst' zu lernen", sagte er und drängte seinen Schwanz in mich hinein.

Das war es, was ich brauchte – der süße Nektar seiner sexuellen Energie als Kontrapunkt zum Vergnügen meines Körpers, als sich die berauschende Dehnung zu einem köstlichen Schmerz vertiefte.

„Gib es mir", forderte ich. „Lass mich alles fühlen ..."

Er stieß ein leises Geräusch aus und senkte seinen Kopf, wobei er die Stelle, in die er zuvor gebissen hatte, mit Lippen und Zähnen neckte, während er sich zu bewegen begann. Ich wölbte meine Hüften, um jedem langsamen Stoß entgegenzukommen und dieser Winkel erlaubte es ihm, köstlich tiefer einzudringen.

Das war der Himmel. Ich spürte, wie er sich mir hingab, als Gegenpol zu der Art und Weise, wie ich mich ihm hingegeben hatte, als er Blut von mir getrunken hatte. Wir bewegten uns im Einklang und er küsste sich allmählich an meinen Hals hinauf, neckte mein Ohr und küsste sich dann einen Weg über meine Wange zu meinem Mund.

Als sich sein Mund auf meinen legte, erschauderte ich über die Intimität der Verbindung. *Gott ...* ich konnte mich selbst auf seinen Lippen schmecken. Meine Lippen teilten sich, unsere Zungen duellierten miteinander, während ich ihn immer näher zu seiner eigenen Erlösung trieb. Ich konnte es spüren. Ich wollte es. Ich *brauchte* es.

Und dann löste er sich ruckartig aus dem Kuss und vergrub seinen Kopf in meiner Schulter, während seine sanften Stöße unregelmäßig wurden. Er zuckte und das Gefühl seiner Lust strömte in mich hinein wie eine Droge, von der ich nie genug bekommen konnte. Sie strömte in mein Inneres, breitete sich in meinen Gliedern aus und machte mich *stark*. Falls ich irgendwelche Zweifel daran hatte, was ich war, ließ dieses Gefühl sie verschwinden.

Ich zog sexuelle Energie aus seinem Körper, so sicher wie er Blut aus meinen Adern gezogen hatte.

Schließlich beruhigte er sich und ließ mein Bein aus seinem Griff gleiten, machte aber keine Anstalten, sich zurückzuziehen. Er ließ sich nicht auf mich sinken, während ich mit den Fingern durch sein dunkles Haar in seinem Nacken fuhr, aber ich konnte spüren, wie seine Armmuskeln auf beiden Seiten von mir leicht zitterten.

Nach einem längeren Moment schlang er einen Arm um meinen unteren Rücken und irgendwie drehte er uns mit einer einzigen sanften Bewegung um. Ich lag jetzt auf ihm, unsere Körper waren noch immer miteinander verbunden.

„Danke", murmelte ich in seine starke Brust und legte mich wie eine Decke über ihn, während ich das Gefühl der Vollständigkeit und des Wohlbefindens genoss.

Seine Hand wanderte in langsamen, festen Strichen meine Wirbelsäule auf und ab, und ich konnte das Grollen seiner Stimme in meiner Wange spüren, als er sprach. „Du dankst mir jetzt schon? Ich habe gerade Sukkubus-Blut getrunken, Liebes. Und was noch schlimmer ist, meine Gedanken drehen sich immer noch. Glaube mir, wenn ich sage, dass ich noch *lange nicht* mit dir fertig bin."

Er bewegte seine Hüften, als wolle er es demonstrieren und ich umklammerte mit meinen inneren Muskeln seinen Schwanz – immer noch hart und bereit. Als der Sinn der Worte in meine glückliche Wolke der Zufriedenheit eindrang, stöhnte ich und richtete mich auf, wobei ich meine Hände auf seine breiten Schultern stützte. Das Verlangen stieg wieder in mir auf, als ich mich auf seiner Länge hob und senkte. Er sah mich herausfordernd an und zog eine Augenbraue hoch. Er glitt mit seinen Händen meinen Brustkorb hinauf und umfasste meine Brüste, seine Daumen strichen über die festen Knospen meiner Brustwarzen.

Ich spannte meine Muskeln um ihn und ritt ihn langsam, ohne den Blickkontakt zu unterbrechen. „Bist du sicher, dass du nicht derjenige bist, der vorsichtig sein sollte, was er verlangt?", scherzte ich.

Er stieß nach oben und hob meinen ganzen Körper an. „Glaub mir, Liebes – davon bin ich überzeugt."

232

KAPITEL NEUNZEHN

VIER STUNDEN, wie Nigellus gescherzt hatte, hatten wir nicht durchgehalten, aber es waren definitiv mehr als drei Stunden. Wir lagen zusammengerollt auf dem Bett und waren in jeder Hinsicht *gesättigt*. Ich schmiegte mich an Rans, Haut an Haut und mein Kopf ruhte auf seiner Brust, während ich mit meinen Fingerspitzen Muster auf seiner Haut zeichnete.

„Kannst du schon wieder denken?", murmelte ich und strich mit einem Fingernagel über seine Brustwarze, um ihn zum Zittern zu bringen.

„Hm", brummte er zustimmend und vergrub seine Nase in meinem Haar.

Es hatte sich eine Frage in meinen Gedanken eingenistet, seit meine Libido die Kontrolle an meinen Verstand zurückgegeben hatte – es war nur ein paar Minuten her. „Kannst du deine grauen Zellen so weit ankurbeln, dass du mir eine Frage beantworten kannst?", fragte ich und richtete mich auf, um in sein Gesicht zu sehen.

Seine Augen waren geschlossen und sein Gesichtsausdruck war entspannt. „Kommt darauf an, wie kompliziert die Frage ist."

Ich zuckte mit den Schultern, weil es mich gestört hatte, dass ich nicht vorher daran gedacht hatte, sondern erst danach. „Es ist nur ... hätten wir uns schützen sollen? Ich habe seit unserer Flucht keine Pille mehr genommen. Aber ...“ Ich brach ab.

Er hob seine Hand und strich mein Haar zurück. „Es ist in Ordnung“, sagte er. „Ich könnte mit dir kein Kind zeugen, selbst wenn du ein Mensch wärst – was du ja nicht bist.“

Ich entspannte mich ein wenig, aber ich musste auch daran denken, dass meine Mutter angeblich unfruchtbar war. Das hatte sie aber nicht davon abgehalten, mich zu bekommen.

„Also ...“, drängte ich und stützte mich auf einen Ellbogen, um zu ihm hinuntersehen zu können. „Hat es damit zu tun, dass du untot bist? Du kannst also keine Kinder zeugen, weil dein Sperma nicht lebensfähig ist?“

Ein Augenlid öffnete sich. „Ich bin ein Vampir“, sagte er scherzhaft. „Liest du keine Bücher? Ich darf nur hereinkommen, wenn ich eingeladen werde.“

Ich blinzelte ihn an und war hin- und hergerissen, ob ich in Gelächter ausbrechen oder ihm ein Kissen ins Gesicht hauen sollte. Nach kurzem Überlegen entschied ich mich für das Kissen und er schlug es halbherzig weg.

„Das ist nicht im Entferntesten lustig“, log ich.

„Blödsinn“, sagte er. „Es ist verdammt lustig. Aber um deine Frage ernsthaft zu beantworten – ich kann keine Spermien produzieren und selbst wenn, würden sie in meinem Körper nicht überleben. Ich bin verdammt nochmal *tot*, Zorah – ich wäre schon vor Jahrhunderten unter der Erde verrottet, wenn ich dazu fähig wäre.“

Ich erschauderte ein wenig. „Das ist ein Bild, das ich wirklich nicht brauchte … aber, danke, dass du mich beruhigt hast." Ich sah ihn stirnrunzelnd an. „Du bist allerdings ein großer Lügner. Du bist einfach in mein Haus spaziert, ohne auch nur ein Wort zu sagen."

„Es war ein *Scherz*", protestierte er. „Amerikaner … überhaupt kein Sinn für Humor."

Ich warf zur Sicherheit noch einmal das Kissen nach ihm, bevor ich nachgab und ihm einen sanften Kuss auf die Lippen drückte. Er lächelte und seine Augen fielen ihm wieder zu.

„Ich räume auf und gehe runter zum Abendessen", sagte ich. „Du solltest dich ausruhen. Du hast in den letzten paar Tagen viel weniger geschlafen als ich. Brauchst du vielleicht noch etwas Blut? Ich mag das Gefühl nicht, dass ich mich in eine Art sexuellen Parasiten- und Mensch-Hybriden verwandelt habe."

Sein Lächeln verblasste für einen Moment. „Du bist kein Mensch mehr, Liebes. Schon seit langer Zeit nicht mehr. Und wenn es darum geht, ein Parasit zu sein, glaube mir – niemand übertrifft einen Vampir."

„Selbst wenn …", begann ich.

Er winkte die Worte ab. „Mir gehts gut, Zorah. Aber ich werde vielleicht ein bisschen schlafen …"

Es hörte sich an, als wäre er kurz davor, genau das zu tun. Ich strich ihm ein paar Strähnen seiner schwarzen Haare aus der Stirn. „Mach das …", flüsterte ich.

Selbst nachdem ich gehört hatte, dass es ihm gut ging, war ich mir immer noch nicht sicher, was ich davon halten sollte, dass ich ihn mit meiner Sukkubus-Eigenschaft eindeutig fertiggemacht hatte, während ich mich andererseits wie eine *Superfrau* fühlte. Ich duschte schnell, zog mich an und band meine Haare zu einem Pferdeschwanz zusammen. Ich machte mir nicht die Mühe, mich zu schminken, da ich nur ein paar Worte mit unserem Gastgeber wechseln wollte und hübsch aussehen war keine Voraussetzung dafür.

Es war fünf Minuten nach sieben, als ich das Esszimmer betrat und Edward stellte gerade das Geschirr in der Mitte des Tisches ab. Nigellus saß am Kopfende des Tisches und je ein weiteres Gedeck war zu beiden Seiten von ihm aufgestellt.

„Guten Abend, Zorah", sagte er. „Bitte, nimm Platz. Wird sich Ransley heute Abend zu uns gesellen?"

Ich blieb stehen. „Er ist im Moment nicht ganz bei sich", erklärte ich und beobachtete ihn aufmerksam, da ich mit einer Reaktion rechnete. „Ich habe ihn schlafen lassen."

Die glatten, kühlen Gesichtszüge unseres Gastgebers flackerten nicht einmal auf. „Das ist bedauerlich. Ah, nun, ich wage zu behaupten, dass er die Ruhe braucht. Unser gemeinsamer Freund hat die Tendenz, die Kerze an beiden Enden abzubrennen."

Ich trat vor und stützte meine Hände auf die hohe Lehne eines Esszimmerstuhls. „Was hast du vorhin mit ihm gemacht?", fragte ich.

Nigellus' Augenbrauen schnellten vor Überraschung in die Höhe. „Mit ihm gemacht?", wiederholte er. „Was meinst du damit?"

Ich blieb stehen und brach den Blickkontakt nicht ab. „Das ist ganz einfach. Es ging ihm gut, als ihr zusammen weggegangen seid und als er danach die Treppe hochkam, war er ein Wrack. Was hast du mit ihm gemacht?"

Nigellus lehnte sich in seinem Stuhl zurück und sein Blick bohrte sich in mich hinein. Ich hatte das Gefühl, dass ich diesen Blick, noch vor ein paar Tagen, keine fünf Sekunden lang hätte standhalten können. Aber im Moment war ich mit Vampir-Sex-Mojo vollgepumpt und wollte verdammt noch mal ein paar Antworten bekommen.

„Ransley ist wie ein Sohn für mich, Zorah", sagte Nigellus langsam. „Ich versichere dir, dass ich nichts getan habe, was ihm schaden könnte."

Ich verengte meine Augen zu Schlitzen. „Es ging ihm also gut, als er dich nach eurem kleinen Gespräch verlassen hat? *Das ist Quatsch!* Irgendwo zwischen eurem Tête-à-Tête und dem Schlafzimmer ist etwas passiert. Dieser knallharte, siebenhundert Jahre alte, schwertschwingende Vampir hatte Konzentrationsprobleme und beim Versuch, durch eine Tür zu gehen, stolperte er fast über seine eigenen Füße."

Edward beobachtete mich mit einem leicht verklärten Blick. „Ich sehe mal nach dem Nachtisch, Sir", sagte er und machte sich eilig auf den Weg zur Küche.

„Antworte mir, verdammt noch mal", schnauzte ich.

Nigellus betrachtete mich weiterhin wie ein Kunstobjekt und ich konnte in seinem Verhalten weder eine Spur von Wut noch von Abwehrhaltung entdecken.

„Zorah …", begann er mit kultivierter Stimme, „Du bist noch neu in dieser Welt, und es gibt viele Dinge, die du noch nicht über Ransleys Vergangenheit weißt. Das ist auch verständlich, denn es gibt viele Dinge, die *er* über seine Vergangenheit noch nicht herausgefunden hat. Ransley ist … ein wenig davon besessen, das Geheimnis zu lüften, wie er dem Schicksal seiner Vampir-Freunde entkommen ist."

„Und was für ein Schicksal war das genau?", unterbrach ich ihn. „Du sagtest, sie seien im Krieg umgekommen – jeder Einzelne von ihnen außer Rans. Wie ist das überhaupt möglich?"

„Sie fielen durch eine Fae-Waffe", sagte er. „Eine, die eine noch nie da gewesene Form der Magie besaß."

Mir stockte der Atem, aber ich ließ mich nicht ablenken. „Und Rans?"

„Das ist das Rätsel, nicht wahr? Eines, das er unbedingt lösen will, koste es, was es wolle." Zum ersten Mal wandte Nigellus den Blick ab, und ich glaubte, einen Hauch von Frustration in seinem Verhalten zu erkennen. Seine Stimme wurde leiser, als er fortfuhr. „Vielleicht sollte ich ihn bei seiner Suche nicht unterstützen. Aber wann immer ich auf etwas Anormales stoße, das damit in Zusammenhang stehen könnte, teile ich es ihm mit."

„Darüber wolltest du vorhin mit ihm sprechen?"

„Ja, darüber wollte ich mit ihm sprechen. Ich glaube, das Thema zu besprechen ist manchmal … schwieriger für ihn, als er zugibt. Ich versichere dir jedoch, dass er in Ordnung schien, als er mich verließ. Er war nur etwas abgelenkt."

Ich dachte ein paar Augenblicke darüber nach. Nigellus schien völlig aufrichtig zu sein, und es war nicht das erste Anzeichen dafür, dass es meinem vampirischen Ritter in schwarzem Leder … nicht ganz gut ging. Wenn er an einer Art jahrhundertealtem PTBS litt, könnte das zu den Gedächtnislücken und dem Wunsch passen, den er vorhin geäußert hatte – seine endlos kreisenden Gedanken für eine Weile abzuschalten.

„Okay", sagte ich schließlich. „Das kann ich verstehen. Und ich entschuldige mich dafür, dass ich hier herreingestürmt bin und dich mit Anschuldigungen überschüttet habe."

„Du bist seine Freundin und machst dir Sorgen um ihn", sagte Nigellus ohne Groll. „Du wirst es vielleicht nicht glauben, aber es freut mich. Das tut es wirklich. Ransley hat viele Freunde, aber niemanden, der ihn vor seinen eigenen schlimmsten Impulsen schützen könnte, denke ich. Seine Rücksichtslosigkeit macht mir manchmal Sorgen, ebenso wie seine Zielstrebigkeit, wenn es um das Thema Krieg geht."

„Nun", sagte ich, „dieser Leichtsinn hat mich vor Kurzem davor bewahrt, als Gefangene einiger sehr unangenehmer Leute zu enden. Aber ich will nicht, dass er verletzt wird, Nigellus."

Nigellus lächelte. „Das hast du bereits eindrucksvoll bewiesen, meine Liebe. Möchtest du heute Abend mit mir zu Abend essen? Ich fürchte, die Speisen werden kalt."

Ich schüttelte den Kopf, da ich keinen Hunger verspürte, und ich wollte das Gespräch, das sich schnell zu einer peinlichen Angelegenheit entwickelt hatte, nicht verlängern. „Ich glaube, ich verzichte, obwohl ich deine Gastfreundschaft wirklich zu schätzen weiß."

Er zuckte leicht mit den Schultern. „Du bist eine Dämonin, Zorah. Es gibt nicht so viele Dämonen, dass wir es uns leisten könnten, unseren Eigenen den Rücken zuzukehren."

Ich bemühte mich um ein Lächeln, auch wenn es etwas gezwungen wirkte. „Ich habe eine Bitte", sagte ich. „Kennst du eine Möglichkeit, wie ich meinen Vater in Chicago kontaktieren kann, ohne uns in Gefahr zu bringen? Ich habe seine Handynummer, seine Festnetznummer und seine E-Mail-Adresse."

Nigellus sah nachdenklich aus. „Vielleicht. Warum sprichst du nicht mit Edward darüber? Er ist der Experte für solche Dinge. Mir persönlich fällt es schwer, mit der menschlichen Technologie von heute Schritt zu halten. Alles ändert sich so schnell."

„In Ordnung", sagte ich und versuchte, meine Skepsis zu verbergen. Normalerweise würde ich nicht einen achtzigjährigen Butler fragen, wenn ich einen technischen Rat brauchte, aber ... „Ich, äh, werde sehen, ob er einen Moment Zeit hat, bevor er das Dessert serviert."

Fünfundvierzig Minuten später stieg ich etwas benommen die Treppe hinauf. Edwards Augen hatten in dem Moment, in dem ich nach einer sicheren Verbindung zu Dad gefragt hatte, vor Aufregung geleuchtet. Ich wusste jetzt mehr über die Nutzung von Voice-over-IP über einen sicheren VPN mit Sitz in den Niederlanden, als ich je gewollt hatte.

Nachdem ich von Rans Bedenken gehört hatte, die Fae nicht auf meinen Vater aufmerksam zu machen, war klar, dass Edward derjenige war, der den Anruf tätigte. Wir hatten uns eine Art informellen Code ausgedacht, der wie ein Hilferuf – eine Panne bei der Schifffahrt – wirken sollte, der aber hoffentlich meinem Vater klarmachen würde, dass ich in Sicherheit war, es aber nicht nach Chicago schaffen konnte.

Zumindest war das der Plan gewesen.

Schade, dass es nicht so gelaufen war. Jetzt pochte mein Herz aus Angst, wenn ich daran dachte, wie schnell und gründlich es Caspian geschafft hatte, mein ganzes Leben zu zerstören. Ich stolperte ins Gästezimmer und mein Blick fiel auf Rans. Er lag nackt im Bett – die Bettdecke war nur über die untere Hälfte seines Körpers geworfen.

Er blinzelte, als sich die Tür öffnete und sah viel weniger durcheinander aus als zuvor.

„Ich muss gehen", platzte ich heraus und stand wie erstarrt vor der Tür.

Er runzelte die Stirn. „Hast du anderweitige Verpflichtungen, von denen ich nichts weiß, Liebes?", fragte er mit einer Stimme, die durch den Schlaf rau klang. „Der Sex war doch nicht *so* schlecht, oder?"

Ich schüttelte nur ungeduldig den Kopf. „Ich muss nach Chicago", beharrte ich und fuhr fort. „Mein Vater steckt in Schwierigkeiten."

Rans hievte sich in eine sitzende Position und runzelte immer noch die Stirn – die Bettdecke rutschte gefährlich weiter nach unten. „Sag mir, dass du ihn nicht angerufen hast."

„Nein. Edward hat ihn über einen sicheren VPN … Ding kontaktiert", sagte ich schnell. „Er wollte sich als Kunde ausgeben, damit niemand Verdacht schöpft, aber …" Ich unterbrach mich und schluckte schwer.

„Aber?", fragte Rans.

„Dads Handy ist außer Betrieb und sein Festnetzanschluss wurde abgeschaltet", sagte ich in aller Eile. „Er wohnt seit mehr als acht Jahren in dieser Wohnung! Er hatte nicht vor, auszuziehen. Und er ist ein *Buchhalter*. Auf keinen Fall hat er vergessen, die Rechnungen zu bezahlen oder so."

„Verdammt. Das ist … nicht gut", stimmte Rans grimmig zu.

Ich fuhr mir mit einer zittrigen Hand über das Gesicht.

„Ich muss zu ihm", sagte ich. „Wenn du mir … ich weiß nicht … helfen könntest, wieder durch die Sicherheitskontrolle zu kommen und ein Flugzeug zu besteigen, kann ich die Dinge dort wahrscheinlich selbst erledigen. Ich habe immer noch Guthries Ausweis, und …"

„Nein", sagte Rans gleichmäßig und unterbrach mein unzusammenhängendes Geplapper. „Du rennst nicht direkt in eine Fae-Falle, solange es mich gibt."

„Ich muss ihm helfen."

„Natürlich musst du das, Zorah. Er ist dein Vater", sagte Rans und trieb mir damit ungewollt die Tränen in die Augen. „Aber du kannst es auf die kluge Art tun oder du stürmst rein, wie sie es von dir erwarten und vermasselst die ganze Sache. Damit ist niemandem geholfen, oder?"

Ich atmete mehrmals tief durch. „Was schlägst du dann vor? Ich kann ihn doch nicht einfach Caspian überlassen, während ich in Atlantic City darauf warte, dass sich ein besserer Plan ergibt."

Er betrachtete mich einen Moment lang nachdenklich, bevor er sprach, „Ich glaube nicht, dass dir *das* schon aufgefallen ist, aber es gibt noch eine andere Möglichkeit."

Ich runzelte die Stirn. „Was meinst du?"

Rans seufzte. „Sieh mal … jemand hat Caspian einen Tipp gegeben, dass du einen Bus aus St. Louis nehmen wolltest. So wie du es beschrieben hast, gab es nur zwei Personen, die von den Plänen wussten."

Ich hatte das Gefühl, dass mir jemand den Boden unter den Füßen wegzieht. „Nein", sagte ich sofort und schüttelte den Kopf.

„Du musst den Gedanken zumindest im Hinterkopf behalten", betonte Rans. „Sonst machst du dich selbst zum Spielball."

„Nein", wiederholte ich eindringlicher, obwohl die Saat des Zweifels schon bei seinen Worten unwiderruflich aufgegangen war. „Das glaube ich nicht."

„Du musst nicht daran glauben. Du musst dir nur bewusst sein, dass es eine Möglichkeit ist." Er fuhr sich mit der Hand durch die Haare. „Wenn du jetzt ohne Strategie losstürmst, werden sie dafür sorgen, dass ich umsonst einen silbernen Dolch in die Schulter eingesteckt habe. Lass mich mit jemandem sprechen, den ich in Chicago kenne und wir sehen, was ich in Erfahrung bringen kann. Wenn wir eine bessere Vorstellung von der Lage haben, werden wir gemeinsam dorthin fahren."

Ich schluckte schwer und versuchte, meine trockene Kehle zu befeuchten. „Warum?", fragte ich. „Warum machst du dir immer noch die Mühe, mich zu beschützen?"

Das kleine Lächeln, das er mir schenkte, war ein wenig wehmütig. „Ich habe es dir vorhin schon gesagt, Liebes. Du bist mein loser Faden. Ich habe an dir gezogen, allerdings habe ich den Pullover noch nicht aufgeknüpft. Es sind noch viele Fäden übrig."

Ich kaute auf meiner Unterlippe. „In Ordnung. Aber … lass dir nicht zu viel Zeit."

Er stieg ganz anmutig aus dem Bett und stellte sich vor mich, ohne sich um seine Nacktheit zu kümmern. Ich blickte in klare blaue Augen und seine Hand berührte meine Wange, eine Geste, die ich ihm vorhin entgegengebracht hatte. Wieder spürte ich das Aufkommen von Tränen und ich blinzelte sie rücksichtslos zurück.

„Das werde ich nicht", versprach er. „Vertrau mir, Zorah."

Mir fielen die Augen zu und ich nickte widerwillig.

KAPITEL ZWANZIG

ZWEI TAGE SPÄTER landeten wir auf dem O'-Hare-Flughafen in Chicago. Diesmal war ich weniger überrascht als Rans meine Finger beim Start und bei der Landung mit seinen verschränkte. Auf dem Weg dorthin waren wir auch durch ein Gewitter geflogen. Der Wind hatte das Flugzeug so sehr durchgeschüttelt, dass ich dachte, ich würde mir direkt in die Unterlippe beißen, aber Rans' Behauptung, das Flugzeug sei statistisch gesehen absturzsicher, hat mir glücklicherweise geholfen.

„Wir werden meinen Kontaktmann hier am Flughafen treffen", sagte er, als wir ausstiegen. „Sobald wir mit ihm gesprochen haben, können wir entscheiden, was zu tun ist."

Wir hatten nur ein einziges Handgepäckstück mitgenommen, sodass wir nicht wie in Philadelphia an der Gepäckausgabe warten mussten.

„Warum hast du dieses Mal nicht die spitzen Dinger eingepackt?", fragte ich. „Ich meine, warum machst du dir die Mühe, sie nach Atlantic City mitzunehmen, aber nicht hierher?"

„Nigellus hat keine Waffen", sagte Rans. „Mein Kontaktmann hier hat welche, falls wir welche brauchen sollten."

Irgendwie wirkte das bedrohlich, obwohl ich nicht genau sagen konnte, warum. In meinem Fall war es wahrscheinlich egal, denn ich hatte ja nicht vor, jemanden mit einem Schwert zu töten. Der silberne Dolch, den mir Rans geschenkt hatte, hatte mir so viel Angst eingejagt, dass ich die Zeit in Atlantic City genutzt hatte, um Edward zu veranlassen, in einem Pfandleihhaus in der Nähe den bestmöglichen Preis dafür zu erzielen.

Ich hatte keine Ahnung, wie man einen Dolch benutzt, aber ich war mir ziemlich sicher, dass ich irgendwann eine Verwendung für ein paar hundert Dollar finden würde.

Rans geheimnisvoller Kontakt hatte ihm gestern erzählt, dass in Chicago etwas unter den Fae vor sich ging. Was auch immer die Details waren, es wurde auf höchster Ebene geheim gehalten. Mein Bauchgefühl war überzeugt, dass es mit Dad zu tun hatte und Rans hatte zugestimmt, dass es wahrscheinlich war.

Wir verließen den Flughafen am Terminal 2 und gingen zum Ankunft- und Abflugbereich. Rans beobachtete die Autoschlange, während wir gingen und ich folgte seinem Blick. Ich kam so abrupt zum Stehen, dass die Dame hinter mir fast aufgelaufen war. Neben dem Bordstein parkte ein schwarzer Mercedes, schnittig und bedrohlich.

Rans bemerkte mein Stolpern und schaute zurück. Er hielt inne, um auf mich zu warten.

„Es ist nicht das, woran du jetzt denkst, Liebes. Tut mir leid – ich hätte dich warnen sollen. Das wird unsere Mitfahrgelegenheit sein."

„*Das* ist dein Kontaktmann?", fragte ich misstrauisch.

Er machte ein bejahendes Geräusch und ging weiter zum Mercedes. „Ja. Er ist eine Fae, aber nimm ihm das nicht übel."

Mein Körper spannte sich an. Ich versuchte, es zu rationalisieren – wer könnte besser geeignet sein, als einer ihrer eigenen Leute, um herauszufinden, was die verdammten Fae vorhatten? Und wenn ich anfing, Menschen aufgrund ihrer Zugehörigkeit zu einer bestimmten Spezies zu beurteilen, was würde das aus mir machen? Keine Gruppe bestand nur aus guten oder nur aus schlechten Menschen. Mit so einem Gedanken wurden Kriege und andere schreckliche Dinge ausgelöst.

Auf der Fahrerseite des Wagens stieg eine anmutige Gestalt aus. Sein blondes Haar hing herab und wurde vom Wind, der vom Lake Michigan kam, zerzaust. Sein Gesicht wies dieselben übernatürlich attraktiven Züge auf, wie das der anderen Fae, die ich gesehen hatte, aber wenigstens war sein Geschmack bei Anzügen besser. Anstatt eine blöde, hässliche Krawatte zu tragen, hatte er die obersten paar Knöpfe seines Hemdes aufgeknöpft. Auf der entblößten Brust war ein Tattoo zu sehen, was sich bis zum Ansatz seines Halses hinauf schlängelte, wie Baumwurzeln, die nach oben wuchsen.

Ich spürte dasselbe unangenehme Kribbeln, das ich in der Gegenwart von Caspian Werther und seinen beiden Gardisten empfunden hatte, auch wenn diese Fae mir nicht mehr, als einen flüchtigen Blick zuwarf. Mit etwas Glück bedeutete das, dass er kein ekelhafter Widerling war, wie es die anderen gewesen waren. Ich hoffte das zumindest.

Als er um das Auto bog, um zu uns zu stoßen, erstarrte Rans. Einen Augenblick später stiegen ein halbes Dutzend Polizeibeamte aus Zivilfahrzeugen aus, die hinter dem Mercedes geparkt waren.

„Ich nehme Sie beide in Gewahrsam", sagte die Fae und gab der Polizei ein Zeichen, uns zu umzingeln. „Leisten Sie keinen Widerstand oder die Dinge werden für Sie beide äußerst unangenehm."

Mein Herz klopfte panisch und ich blickte verzweifelt zu Rans. Er war unbewaffnet, und auch wenn er auf dem Parkplatz hinter dem Busbahnhof in St. Louis drei Männer überwältigt hatte, waren es hier mehr als doppelt so viele.

Die Polizisten waren alle bewaffnet. Ein Schuss aus einer Schrotflinte hatte Rans zwar nicht getötet, aber es hatte ihn außer Gefecht gesetzt, bevor er sich wieder erholen konnte. Und eine Kugel würde mich genauso sicher unter die Erde bringen, wie es bei meiner Mutter vor zwanzig Jahren war.

Rans starrte die Fae hart an. Für einen langen Moment spürte ich, dass er bereit war zu kämpfen – aber *wie*? Würde man von mir erwarten, dass ich kämpfe? Wegrennen? Auf den Boden fallen und versuchen, ihm aus dem Weg zu gehen?

Die Fae erwiderte Rans feurigen Blick, ohne Ausdruck auf seinem Gesicht. Ich stand wie erstarrt, zitternd, unsicher, was als Nächstes kommen würde. Und dann ließ Rans nach und verbarg seine Bereitschaft der Gegenwehr unter einer steinernen Fassade der Ruhe.

„Es ist in Ordnung, Liebes", sagte er mir. „Widersetze dich ihnen nicht."

„Es ist in Ordnung?", fragte ich ungläubig und blickte auf den Kreis der Polizisten um uns herum. Wie zum Teufel konnte das in *Ordnung sein*?

„Es wäre nicht gut, sich jetzt zu wehren", sagte er mit leiser Stimme.

Seine blauen Augen blitzten mich an, und ich spürte, wie er versuchte, in meine Gedanken einzudringen, um mich zu beruhigen. Ich schüttelte den Kopf und kämpfte dagegen an.

„Mach das nicht mit mir", knurrte ich.

Er starrte mich weiter an, aber das Gefühl, dass jemand versuchte, meine Gedanken zu beeinflussen, verschwand. Die Polizisten rückten vor, zogen Rans Arme hinter seinen Rücken und legten ihm Handschellen an.

„Vertrau mir, *JoAnne*", sagte er und betonte den falschen Namen, den er und Guthrie für mich erfunden hatten. „Dies ist weder die Zeit noch der Ort, um Aufmerksamkeit zu erregen."

„Genug geplaudert", sagte der Fae-Arsch. „Bringt sie in den Wagen."

Ein Polizist fesselte auch meine Handgelenke, und ich kämpfte, um nicht wieder in diese Panik zu verfallen, die diese Worte beim letzten Mal ausgelöst hatten. *Diesmal bist du nicht allein. Du bist nicht allein ... du bist nicht allein ...*

Ich wiederholte die Worte wie ein Mantra und spürte, wie mein Herz gegen meine Rippen schlug.

„Warte", sagte dieses Arschloch plötzlich und deutete mit dem Kinn auf Rans. „Haltet ihn mal einen Moment lang fest."

Rans kniff die Augen zusammen, als die Fae eine Hand hob und seine Finger durch die Luft schwang, als würde er nach etwas Unsichtbarem greifen.

„*Ernsthaft?*", fragte Rans mit einem Gesichtsausdruck, als hätte er etwas Saures im Mund.

Die Fae hob eine Augenbraue. Ein durchsichtiger Lichtschein umgab seine Hand und für einen Moment lang sah es so aus, als würden sich die Tätowierungen an seinem Hals bewegen. Ich schaute mich um und dachte, dass die anderen sicher auch sehen konnten, was da vor sich ging.

Die Passanten gingen um uns herum, ohne uns eines Blickes zu würdigen – als wäre es für sie etwas Alltägliches, dass die Polizei Leuten Handschellen anlegte und verhaftet. Legolas, so nannte ich ihn, – aus *Herr der Ringe* – stand währenddessen mit leuchtender Hand vor Rans. Ich biss die Zähne zusammen, um nicht um Hilfe zu rufen. Das hatte in St. Louis nicht funktioniert und wahrscheinlich würde es auch jetzt nicht funktionieren.

Rans starrte Legolas immer noch an, als er etwas sagte, was ich nicht verstehen konnte. Und dann schnippte er mit seinen langen Fingern, und das Leuchten, das seine Hand wie Glühwürmchen umgab, strömte auf Rans zu und hüllte ihn ein. Die schimmernden Lichter drehten sich spiralförmig um ihn, bevor sie in seinem Körper zu versinken schienen und verschwanden.

„Rans?", fragte ich entsetzt und hatte keine Ahnung, was los war. Als der Name meinen Mund verlassen hatte, wurde mir klar, dass ich *John* hätte sagen sollen, so wie er *JoAnne* gesagt hatte. Ich war wirklich, *wirklich* schlecht in dieser Sache.

„Es ist nur ein Schutzzauber", sagte Rans zähneknirschend.

Hätte ich nicht solche Panik gehabt, wären vielleicht dafür noch ein paar Gehirnzellen übrig gewesen – Magie war offenbar real. Verdammt, nach den letzten Tagen *war* ich am Ende meiner Kräfte. Ich war verdammt noch mal nicht darauf vorbereitet, mit leuchtenden Händen und Fae-Zauber umzugehen.

Legolas gestikulierte in Richtung der Polizisten und deutete an, dass sie uns auf den Rücksitz des schwarzen Mercedes setzen sollten. Ich ließ mich ungeschickt auf die Polsterung plumpsen und versuchte mit wenig Erfolg, mit den auf dem Rücken gefesselten Händen bequem zu sitzen. Rans kam einen Moment später, mit deutlich mehr Stoizismus und weniger Unbeholfenheit. Die Tür schlug zu, die Schlösser klickten – ein Gefühl von Endgültigkeit erdrückte mich. Der Kofferraum schloss sich, was wohl bedeutete, dass die Polizisten unser Gepäck ins Auto gestellt hatten.

Mir war aufgefallen, dass es an der Innenseite unserer Türen keine Bedienelemente für Schlösser oder Fenster gab.

Natürlich hatte Legolas Bedienelemente an *seiner* Tür. Er öffnete das Fenster seiner Fahrzeugseite und befahl den Polizisten, zu gehen. Ich drehte mich um und sah, wie sie wieder in ihre Zivilfahrzeuge stiegen und davonfuhren. Als sie weg waren, sah Rans im Rückspiegel in die Augen unseres Entführers.

„Oy, ich war verdammt geduldig, Tinkerbell", sagte er. „Ich muss allerdings sagen, dass meine Geduld in diesen Tagen ziemlich knapp bemessen ist."

„Sei still", sagte Legolas barsch, „oder ich bringe dich persönlich zum Schweigen."

Seine unnatürlich grünen Augen leuchteten intensiver und er sprach weiter in dieser unbekannten Sprache, bevor ein neues Leuchten sowohl Rans als auch mich auf dem Rücksitz umgab. Ich schnappte schockiert nach Luft, als sich Rans Aussehen verwandelte – aschblondes Haar, ein jüngeres und weit weniger markantes Gesicht und eine etwas weichere Taille. Sogar seine markanten blauen Augen waren jetzt in einem unauffälligen erdbraunen Farbton.

Aus irgendeinem Grund schaute ich an mir herunter. Meine Arme waren jetzt blass, statt gebräunt und ich hatte ein paar Kurven mehr, die ganz anders waren als meine übliche schlanke Gestalt. Verwirrt wanderte mein Blick zurück zu den schlichten Gesichtszügen, die eben noch zu einem dunklen Engel gehört hatten. Rans schüttelte den Kopf über mich – eine beschwichtigende Geste.

Ich biss mir auf die Lippe und saß angespannt, schweigend da, als der Motor des Wagens gestartet wurde und wir auf den Highway fuhren. Legolas steuerte uns in Richtung Westen, so wie ich es beurteilen konnte. Die Uhr auf dem Armaturenbrett blinkte, aber nicht mit der gewohnten *00-00-00-Anzeige*, sondern mit einem Wirrwarr aus unregelmäßig beleuchteten Segmenten, die wie Kauderwelsch aussahen. Soweit ich das beurteilen konnte, war es etwa eine Stunde später, als er in eine lange Privateinfahrt fuhr.

Wir hatten das geschäftige Treiben in der Stadt verlassen und waren nun in einer Umgebung, die zwischen Vorstadt und ländlicher Umgebung lag. Das Haus, das sich uns offenbarte, als wir um eine Kurve in der von Bäumen gesäumten Einfahrt bogen, sah aus, als könnte es das nächste heiße Objekt für die Dreharbeiten zu einem Horrorfilm sein. Es musste einst, mit seinen zwei Stockwerken und einem großzügigen Dachgeschoss, ein beeindruckendes Haus gewesen sein. Das Grundstück war offensichtlich riesig – die Auffahrt selbst musste circa vierhundert Meter lang gewesen sein.

Legolas parkte in einem großzügigen Rondell vor dem Haus. Zwei Gestalten traten aus der Vordertür des Hauses. Er stieg aus dem Auto aus, um sie zu begrüßen. Nach einer kurzen Diskussion öffneten die beiden – ebenfalls Fae, da war ich mir sicher – unsere Türen und zogen uns aus dem Auto.

„Bringt sie in den Keller", befahl Legolas und versetzte mich wieder in Panik.

Das hier entwickelte sich zu dem, was ich in St. Louis befürchtet hatte. Wenn wir diesen Keller betraten, würden wir dann jemals wieder den freien Himmel sehen? Rans hatte immer noch seinen *Lutsch-an-einer-Zitrone*-Ausdruck aufgesetzt, auch wenn mir das Gesicht nicht vertraut war. Zum tausendsten Mal in der letzten Stunde fragte ich mich, wie weit mein Vertrauen ihm gegenüber wohl reichen würde.

Ich spannte mich an, bereit, mich aufzurichten und zu wehren, aber seine Brauen zogen sich warnend zusammen. „Nicht", sagte er und fixierte mich mit einem eindringlichen Blick.

Das Einzige, was mich zurückhielt, war die Erinnerung daran, wie sinnlos meine Kämpfe gegen Caspians Gardisten gewesen waren. Selbst wenn ich mich befreien könnte, war die Straße noch fast vierhundert Meter entfernt und sie war einsam und verlassen gewesen, als wir zum Haus fuhren. Wo sollte ich hingehen?

Ich hatte ein Handy, aber niemanden, den ich anrufen konnte. Ich befand mich in einer mir unbekannten Stadt und die einzige Person, die ich hier kannte, war diejenige, die vermisst wurde – mein Vater. Ohne brauchbaren Plan ließ ich mich schließlich von dem Fae-Gardisten, der mich am Arm festhielt, in das Haus und eine funktionale, schlecht beleuchtete Treppe hinunter in einen Keller führen.

Der Keller war umgebaut worden und es gab einige Gefängniszellen. Das reichte aus, um mich davon abzubringen, Fluchtpläne zu machen. Zu diesem Zeitpunkt war es schon zu spät. Der Gardist zog mich am Arm und manövrierte *mich* – wie eine Fae – in die größte Zelle. Rans und der andere Gardist waren direkt hinter mir, gefolgt von Legolas.

Sein kühler Blick streifte die beiden Gardisten. „Lasst uns allein. Die Gefangenen dürfen vierundzwanzig Stunden lang weder Essen noch Wasser bekommen. Ich dulde keine Unterbrechungen während des ersten Verhörs ... eine Missachtung meines Befehls hat Folgen."

Die Gardisten neigten ihre Köpfe, was fast wie eine Verbeugung aussah. „Jawohl, Herr", sagte der rechte und beide gingen eilig hinaus und schlossen die Tür.

Ich schluckte schwer, weil ich wusste, dass ich zu schnell atmete und Gefahr lief, zu hyperventilieren. Schweißtropfen waren mir über den Körper gelaufen, als die Tür zuschlug und uns mit einer Kreatur zurückließ, die jeden Nerv in meinem Körper zum Kribbeln brachte und ich unbedingt hier wegwollte.

Ich wusste, dass es das Schlimmste war, jetzt einer Panikattacke zu erliegen, aber wann war ich jemals in der Lage gewesen, eine Panikattacke zu stoppen, wenn sie sich anbahnte? Ich versuchte, mich auf Rans zu konzentrieren ... ihn zu benutzen, um mich zu beruhigen. Aber Rans sah nicht mehr wie Rans aus. Das Gesicht der Person, die neben mir an der kalten Zellenwand stand, war das eines Fremden.

Legolas richtete seine Aufmerksamkeit auf mich und legte interessiert den Kopf schief, während er mich musterte. „Nun, was um alles in Mabs grünen Garten haben wir denn hier?", fragte er und sah mich an, als wäre ich ein Puzzle, das er zusammensetzen wollte.

Er machte einen Schritt nach vorne und Panik erfasste mich. Diesmal war es ein anderes Gefühl, als sonst – und ich hatte schon Dutzende Panikattacken erlebt. Statt eines Tunnelblicks und einer schmerzenden Brust explodierte der unerträgliche

Druck nach außen, als wäre mein Körper zum Epi-
zentrum einer Schockwelle geworden.
„*Zorah!*", rief Rans.

KAPITEL
EINUNDZWANZIG

DIE UNSICHTBARE DRUCKWELLE traf Legolas mitten in die Brust, woraufhin er einen Schritt zurücktaumelte. Er richtete sich wieder auf und seine grünen Augen weiteten sich, bis das Schwarz seiner Pupillen seine Iris zu verschlucken drohte. Sein Gesicht war von unbändigem Bedürfnis geprägt. Angst überkam mich, aber einen Moment später spürte ich das wahre Ergebnis meines panischen Handelns.

Es schien sexuelle Energie aus dem Körper der Fae in den meinen zu strömen. Ich fletschte die Zähne und spürte, wie mein eigenes Bedürfnis, stieg.

„Zorah, *hör auf*", sagte Rans leise.

Aber ich wollte nicht aufhören. Ich wollte diese Kreatur vor mir ausbluten lassen, bis er nur noch eine leere Hülle war. Ich wollte diesen Fae auf seinen Knien sehen – er sollte mich anflehen, aufzuhören … oder mich anflehen, *nicht* aufzuhören. Ich wollte …

Die Verbindung zwischen uns riss mit einem Schmerz in meiner Seite ab und unterbrach den Fluss der rohen Kraft. Zorn verhärtete die Gesichtszüge der Fae und er schloss den Abstand zwischen uns und hob eine Hand zu meiner Kehle.

Sie glühte vor Wut.

Aus dem Augenwinkel heraus sah ich eine Bewegung. Einen Augenblick später wirbelte weißer Dampf vor mir auf und wurde in kürzester Zeit zu einer menschlichen Gestalt – Rans schlug die Hand der Fae weg. Zwischen den beiden flogen die Funken, wie bei einem Kurzschluss in einer elektrischen Leitung.

„Verdammt … *es reicht* jetzt. *Ihr beide*", knurrte Rans. „Mein Gott, Alby. Ich habe heute nicht gerade die Geduld eines Heiligen."

Ich öffnete meinen Mund, aber es kamen zunächst keine Worte heraus.

„*Was* … zur *Hölle* … ist hier los?", schaffte ich es zu sagen, meine Stimme klang wie ein unangenehmes, lautes Quietschen.

„*Was ist sie?*", zischte Legolas.

„Ärger, meistens", sagte Rans gereizt. „Genauer gesagt, Ärger, den man nicht anrührt, es sei denn, man will die Hand verlieren."

Er und die Fae standen sich gegenüber, sahen sich herausfordernd an, während ich immer noch mehr oder weniger hinter Rans Rücken kauerte. Ich drängte mich hinter ihm hervor und bemerkte, dass er jetzt wieder sein normales Aussehen innehatte und nicht mehr aussah, wie ein schmächtiger, leicht pummeliger Blondschopf.

„Ich nehme an", begann Rans, „dass ich dir nicht die Flügel abreißen muss, da du den Zauber, mit dem du mich gefesselt hast, aufgelöst hast, Tinkerbell. Aber es wäre gut, wenn du anfangen würdest, zu reden. Diese Zelle riecht nach Bann-

und Schweigezaubern, also nehme ich an, dass es jetzt sicher ist, ein richtiges Gespräch zu führen."

„Beantworte die Frage, Blutsauger", knurrte Legolas. „Was ist sie?"

„*Sie* steht doch genau hier!" Ich wies auf mich selbst und erhielt als Antwort einen knappen grünen Blick.

„Zorah ist der Nachkomme eines Menschen und eines Cambions", sagte Rans.

„Unmöglich", spuckte die Fae.

„Das habe *ich auch* erst gesagt", stimmte Rans zu. „Aber du hast es gespürt ... gerade eben."

Ich räusperte mich, weil ich es satthatte, in der dritten Person angesprochen zu werden. „Womit wir wieder bei der eigentlichen Frage wären – was *zum Teufel ist gerade passiert*?"

Die Fae sah mich stirnrunzelnd an. „Du weißt es nicht?"

„*Würde ich dich fragen, wenn ich es täte*?", explodierte ich förmlich.

„Du bist in Panik geraten und hast angefangen, unserem Wirt Energie zu entziehen", sagte Rans geduldig. „Wozu du natürlich *auf keinen Fall* in der Lage sein solltest – schon gar nicht gegen jemanden, dessen Magie so mächtig ist, wie seine."

Ich dachte darüber nach und überlegte, wie es zu dem passte, was ich gerade erlebt hatte. Es passte ... ziemlich gut, um ehrlich zu sein. Legolas warf mir immer noch einen finsteren Blick zu, der nicht gut zu seinem hübschen jungenhaften Gesicht passte.

Na toll. Magie war also echt und der Typ, mit dem ich jetzt zweimal geschlafen hatte, konnte nach Belieben verschwinden und wieder auftauchen und anscheinend konnte ich Fae die Sex-Energie aussaugen, wenn ich in Panik war. Diese Woche konnte wirklich nicht besser werden.

„Ich würde mich entschuldigen", begann ich langsam, „wenn ich nicht gerade in Handschellen in einer Zelle in deinem Keller stehen würde."

„Gib mir verdammt noch mal den Schlüssel, Kumpel", befahl Rans und streckte ihm eine Hand entgegen. „Dann können wir vielleicht noch einmal von vorne anfangen."

Nach einem langen Blick zog die Fae einen Schlüssel aus seiner Tasche und reichte ihn ihm. Ich blinzelte und versuchte, die Dinge in meinem immer noch von Panik geplagten Kopf neu zu ordnen, um diese Wendung zu verarbeiten. Rans drehte mich herum und einen Moment später klickten die Handschellen auf. Ich rieb mir die Handgelenke und mein Blick fiel erneut auf meine blasse Haut und die kurzen Finger.

Ich blickte misstrauisch zu der Fae auf.

Rans seufzte. „Zorah Elaine Bright, das ist Albigard vom Volk der Unseelies. Alby, das ist Zorah. Und darf ich noch hinzufügen, dass ihr beide mir zurzeit gehörig auf die Nerven geht."

Albigard und ich schwiegen und beobachteten einander noch immer aufmerksam.

„Gib mir Kraft", murmelte Rans kaum hörbar.

„Verstehe ich das richtig?", begann Albigard, „dass diese Dämonin keine Kontrolle über ihre Kräfte hat?"

„Ich stehe immer noch genau hier, *Tinkerbell*!", schnauzte ich.

Sein Gesicht verfinsterte sich, doch einen Augenblick später entspannte sich sein Gesichtsausdruck. „Ich bitte um Entschuldigung, Dämonin. Du hast keine Kontrolle über deine Kräfte?"

Ich schluckte, da mir erst jetzt klar wurde, dass ich mich mit dieser Fae direkt auseinandersetzen musste, wenn ich ihn zur Rede stellen wollte. Ich glaubte, ein Zucken von Rans Lippen wahrzunehmen und schwor ihm im Stillen bittere Rache zu nehmen, falls er sich über diese Situation in irgendeiner Weise amüsieren würde.

„Ich wusste bis eben nicht, dass ich irgendwelche ‚Kräfte' *habe*", sagte ich vorsichtig.

Er sah mir einen Moment lang in die Augen, bevor er zustimmend nickte. „Dann vergebe ich dir für die Verletzung meiner Person. Ich nehme an, es kommt zu keiner Wiederholung, sonst werde ich vielleicht weniger nachsichtig sein."

Eine kluge Bemerkung lag mir auf der Zunge, aber ich schluckte sie herunter, als mir klar wurde, dass ich offenbar gerade eine Fae sexuell missbraucht hatte, um mich von ihr zu ernähren. „Ich hatte wirklich nicht die Absicht, das zu tun", sagte ich stattdessen. „Wenn wir jetzt nur noch darüber reden könnten, warum wir in deinem gruseligen Kerker in einer Zelle eingesperrt sind, wäre alles in Butter."

Ich war hibbelig … und meine Haut juckte, als hätte ich schlechte Drogen genommen. Wenn das meine Reaktion auf Fae-*animus* war, würde ich nie wieder vom Vampir-Saft abweichen. Mein Blick fiel seitlich auf Rans – ich sah schnell wieder weg.

„Im Ernst, Alby", sagte Rans, „ich hoffe, es gibt eine gute Erklärung für diese Farce. Als ich vorschlug, uns am Flughafen zu treffen, hatte ich nicht damit gerechnet, dass du mit einem ganzen Aufgebot von Chicagos-Jungs in Blau auftauchen würdest."

Albigard atmete scharf aus, trat einen Schritt zurück und fuhr sich mit der Hand durch sein feines, glattes Haar. Die Geste nahm auch etwas von der Spannung weg, die im Raum herrschte.

„In dieser Stadt geht etwas Großes vor sich", sagte die Fae. „Groß und geheimnisvoll."

Er machte eine Handbewegung in meine Richtung, was ein Kribbeln meiner Haut verursachte. Als ich nach unten blickte, hatte sich mein Aussehen wieder normalisiert.

„Und was auch immer diese große geheimnisvolle Sache ist ... hat mit dem Menschen zu tun, von dem ich dir erzählt habe?", drängte Rans.

„Anscheinend", sagte Albigard und klang plötzlich müde. „Natürlich werden die höheren Stellen, sobald sie merken, dass du irgendwie darin verwickelt bist, hinter dir her sein – wenn sie das nicht schon sind. Ihr werdet hier eine Weile sicher sein, aber ich musste euch verzaubern, damit ihr wie normale Gefangene ausseht. Die menschlichen Vollzugsbeamten, die ich am Flughafen eingesetzt habe, wissen nicht genug, um ein Problem darzustellen, aber nur einer der beiden Gardisten hier ist vertrauenswürdig."

Rans nickte. „Ich dachte mir schon, dass es etwas in der Art ist. Aber eine kleine Vorwarnung hätte nicht geschadet, verstehst du?"

Albigard winkte ab, als ob es sich bloß um ein kleines Ärgernis handelte. „Es kann gut sein, dass das Auto mit einem Abhörzauber versehen war. Hier seid ihr sicher ... im Moment ist sich niemand eurer Anwesenheit bewusst. Ich sehe da kein Problem."

„Und mein Vater?", fragte ich, bereit, den Schwachsinn hinter mir zu lassen, auch wenn mich Albigards Nähe immer noch dazu brachte, aus meiner Haut fahren zu wollen.

Die Fae verzog seine Lippen zu einer dünnen, blutleeren Linie. „Ich werde euch beide zu der Wohnung bringen, die Darryl Bright gehört, aber wir sollten uns dort nicht lange aufhalten."

„Warte", sagte ich. „Wie sollen wir uns an deinen Gardisten vorbeischleichen und aus dem Haus kommen? Ich dachte, du wolltest nicht, dass jemand weiß, dass wir hier sind."

Albigard warf mir einen Blick zu, der andeutete, dass ich geistig minderbemittelt sei. „Ich werde dich natürlich auf magische Weise dorthin bringen. Allerdings sollte ich wohl vorher noch deinen Schimmer auffrischen."

Ich starrte ihn an. „Ich habe keine Ahnung, was das bedeutet. Aber wenn es mich zu Dads Wohnung bringt, dann lass uns nicht länger herumstehen und *es* verdammt noch mal *tun*."

„Du hast gehört, was die Dame gesagt hat", sagte Rans in einem Tonfall, der vermuten ließ, dass er mit dem ganzen Mist des Tages fertig werden wollte. Ich konnte das nachempfinden.

Albigard beschwor erneut seine leuchtende Magie und wenige Augenblicke später waren Rans und ich wieder verwandelt. Vermutlich war das der Schimmer, den er erwähnt hatte. Fasziniert drehte ich meine nun blasse Hand hin und her.

Meine Aufmerksamkeit wurde erregt, als die Fae mit einer sanften Handbewegung eine große ovale Form in der Luft heraufbeschwor. Daraufhin bildete sich ein flammendes Tor, groß und breit genug, dass ein Mensch hindurchschlüpfen konnte.

Ich starrte auf das Loch. „Oh, mein Gott. Du kannst *Portale* öffnen? Ich hatte einen Freund in der Highschool, der dieses Spiel *geliebt* hat.“

„Kommt“, sagte Albigard und ignorierte meine Worte, obwohl die Gereiztheit praktisch in Wellen von ihm abschlug.

Ich konnte nicht umhin, einen Blick auf Rans zu werfen, um zu fragen, „Ist das sicher?“, ohne es laut auszusprechen. Ich hatte den leisen Verdacht, dass alles, was die Fae jetzt verärgern könnte, schlecht wäre.

„Es ist in Ordnung, Liebes“, sagte Rans und nahm meine seltsam aussehende Hand in seine.

Er führte mich durch das Portal. Ich machte meine Augen zu, als ich hindurchtrat und mich eine Welle des Schwindels überkam. Als ich die Augen wieder öffnete, war ich … an einem anderen Ort. An einem Ort, der mir eigentlich vertraut sein sollte, aber diese Vertrautheit war zerstört worden.

Albigard trat nach uns hindurch und das Portal schrumpfte bis zu einem kleinen Punkt zusammen, bevor es ganz verschwand. Ich sah mich im Raum um und ein flaues Gefühl machte sich in meinem Magen breit.

„Ist das die Wohnung?“, fragte Rans.

„Ja", flüsterte ich und wollte nicht, dass es wahr war.

Die Wohnung meines Vaters war verwüstet worden – Möbel waren umgeworfen und zerbrochen worden, persönliche Gegenstände zerschlagen und in Stücke gerissen. Für mein ungeschultes Auge war nicht sofort ersichtlich, ob die umfassende Zerstörung das Ergebnis eines Kampfes war oder ob sie das Ergebnis einer gründlichen – und kaltschnäuzigen – Suche nach etwas Verborgenem war.

Wie auch immer, die Stille an diesem Ort machte deutlich, dass mein Vater nicht hier war.

In acht Jahren war ich nur fünfmal hier gewesen ... vielleicht sechsmal. Jeder Besuch war mit Anspannung verbunden gewesen, was es unangenehm machte. Meistens gab es lautstarke Streitereien und verletzende Kommentare. Ich ging wie betäubt weiter und versuchte, die zerbrochenen Gegenstände um mich herum wieder zu einem Bild zusammenzusetzen. Mein Blick blieb an einer Ecke eines bunten Stoffes hängen, dessen ursprüngliche Leuchtkraft im Laufe der Zeit verblasst war. Ich beugte mich hinunter, um es zu ergreifen und zog es hinter dem umgestürzten Tisch hervor.

Zitternd nahm ich die zerrissene Steppdecke – ein Flickwerk aus Rosa, Blau und Lavendel, das als Kind immer das Bett meiner Eltern geschmückt hatte. Meine Knie wurden weich und ich sank zu Boden.

Mein Vater war das einzige Familienmitglied, das ich noch hatte. Und jetzt war er weg. War es meine Schuld? Es war höchst wahrscheinlich. Warum um alles in der Welt hatte ich jemals gedacht, es wäre eine gute Idee, ihn um Hilfe zu bitten?

Familienmitglieder sind ein hervorragendes Druckmittel, hatte Rans gesagt. Und hey, was sagte man dazu? Es stellte sich heraus, dass er recht hatte.

„Ich werde ihn finden", sagte ich und blickte von meiner erbärmlichen, zusammengekauerten Position auf dem Boden zu dem Vampir auf. „Mit oder ohne dich, ich werde ihn finden und ihn da herausholen."

Rans holte Luft, um etwas zu sagen, aber Albigard kam ihm zuvor.

„Du gehst nirgendwo hin, außer zurück in die Kellerzelle, bis ich einen Weg gefunden habe, dass deine Anwesenheit in der Stadt, nicht bemerkt wird ", erklärte die Fae, offensichtlich unbeeindruckt von meinem beginnenden emotionalen Zusammenbruch.

„Einen Scheiß werde ich", knurrte ich, wobei meine Wut gefährlich hochkochte.

Rans trat zwischen uns und schnitt mir die Sicht auf Albigard ab. Er hockte sich vor mich, stützte sich auf seine Fersen und bedeckte meine Hände mit seinen, die sich im Stoff der alten Bettdecke verhedderten.

Er hatte einen ruhigen Gesichtsausdruck, der mich nur noch wütender machte. Es gefiel mir nicht und ich dachte mir, dass mir auch nicht gefallen würde, was er als Nächstes sagte, und – Überraschung, *Überraschung* – ich hatte recht.

„Wir haben keine andere Möglichkeit, die Umstände des Verschwindens deines Vaters zu erfahren, Zorah, und, in dem Moment, in dem du anfängst, herumzustochern und Fragen an die falschen Leute zu stellen, werden die Fae wissen, dass du hier bist." Seine tiefe Stimme war nicht ohne Mitgefühl, aber das war mir egal.

Ich schüttelte seine Hände ab, ohne die Flickendecke loszulassen. „Die Fae wissen bereits, dass ich hier bin!", schnappte ich und starrte Albigard an.

„*Eine* Fae weiß, dass du hier bist", korrigierte Rans und sein Ton wurde härter. „Und er ist derjenige, der sich selbst in Gefahr gebracht hat, um uns in diese Wohnung zu bringen, damit wir nachforschen können. Wirst du jetzt Hilfe annehmen oder im Alleingang etwas Selbstmörderisches tun?"

Ich starrte auf den Vampir, der nichts anderes getan hatte, als mich zu beschützen und darüber hinaus auf die Fae, der mir eine Gänsehaut bereitete. Ich ließ meinen Blick durch die zerstörte Wohnung schweifen und die Angst, dass mein Vater gegen seinen Willen entführt worden war, kämpfte mit der Angst, dass er *nicht* gegen seinen Willen entführt worden war.

Rans Bemerkung, dass nur mein Vater und ich gewusst hatten, dass ich in St. Louis ein Busticket kaufen würde, versetzte mir einen Stich mitten ins Herz. Aber wie auch immer, ich brauchte Antworten und ich würde sie auch verdammt noch mal bekommen.

„Mein einziges Ziel ist es, meinen Vater zu finden", sagte ich und begegnete wieder Rans Blick. „Von diesem Moment an ist das das Einzige, was mich interessiert. Solange es auch dein Ziel ist,

ist alles in Ordnung. Wenn ich einen Beweis dafür sehe, dass es das nicht ist, haben wir ein ernstes Problem."

„Einverstanden", sagte Rans nach kurzem Zögern, „unter der Bedingung, dass du zuhörst, wenn dir jemand sagt, dass du im Begriff bist, etwas Dummes zu tun."

Ich wandte meinen brennenden Blick zu Albigard, der mir einen Blick zuwarf, der verriet, dass er mein „Problem" nicht als ernsthaft ansah. Als ich ihn weiter anstarrte, sah er aus, als wolle er mit den Augen rollen. Ich wich diesem Blick nicht aus – ob meine Haut nun kribbelte oder nicht – und schließlich nickte er mir zu.

„Gut", sagte ich. Mein Blick fiel auf einen zerbrochenen Bilderrahmen, der neben mir auf dem Boden lag. Meine Mutter und mein Vater blickten hinter den Glasscherben hervor, lächelnd und glücklich. „Also ... wo sollen wir anfangen?"

Ende des Buch Eins

Willst du erfahren, wie es weitergeht? Hol dir *Ein Vampir Ohnegleichen: Buch Zwei*!

Weitere Bücher dieses Autors finden Sie unter www.rasteffan.com

www.ingramcontent.com/pod-product-compliance
Lightning Source LLC
Chambersburg PA
CBHW060919190726

48286CB00002B/561